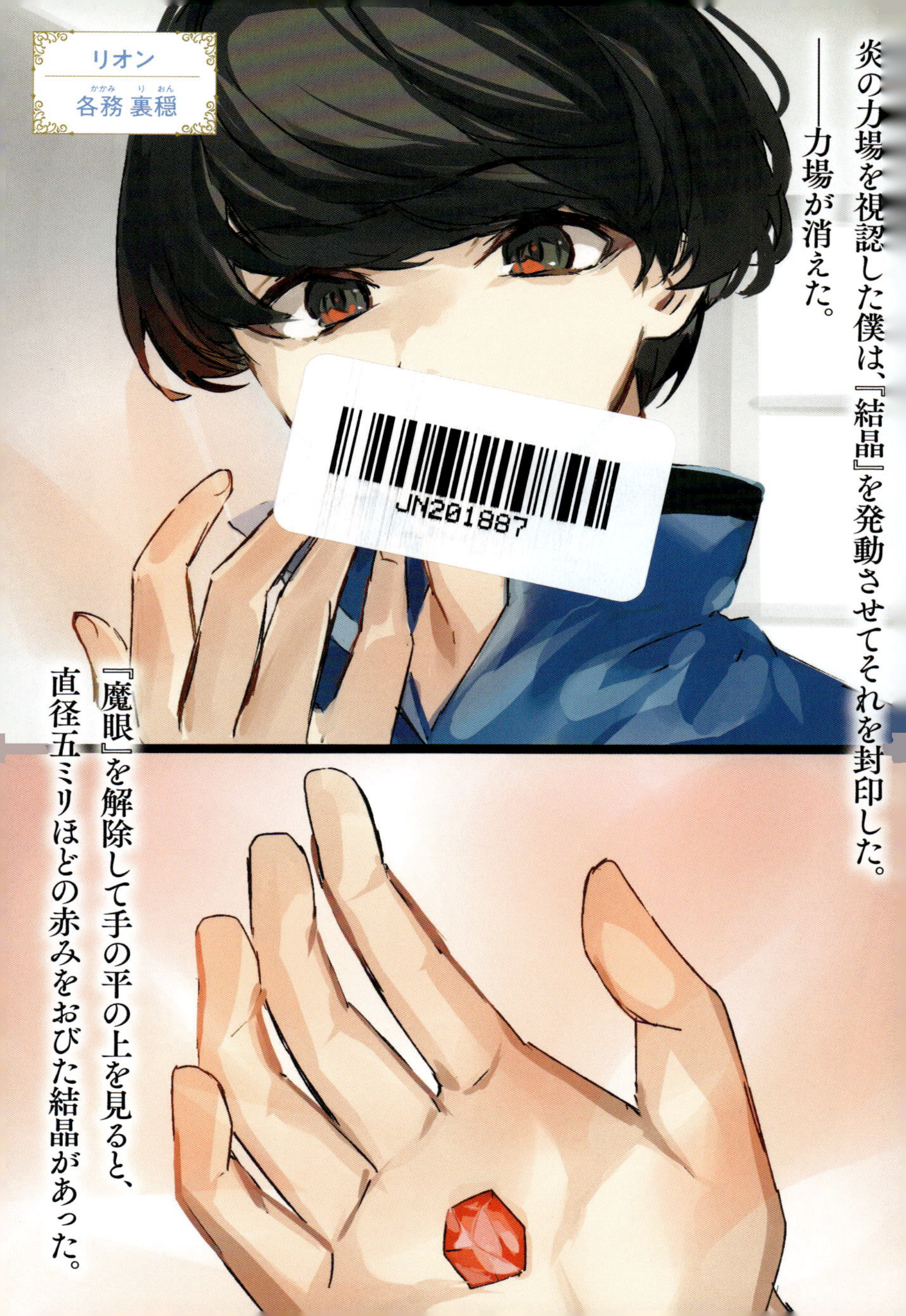
リオン
各務《かかみ》裏穏《りおん》
炎の力場を視認した僕は、『結晶』を発動させてそれを封印した。
――力場が消えた。
『魔眼』を解除して手の平の上を見ると、
直径五ミリほどの赤みをおびた結晶があった。

メリッサさんの姿が消えた。
そう思った瞬間、ジャイアントゴーレムの頭部の前に飛び上がっていた。
メリッサ
飯島《いいじま》香《かおり》
「はああぁっ！」
ジャイアントゴーレム

キュイィィィィィィィンッとドリル弾の回転数が上がっていく。
さらに、空間圧縮をマシマシで威力を高めていく。力が溜まっていくのが、分かる。

月刊シーカーという雑誌のサハギン砦攻略レイド戦という特集記事に僕の写真が載ってしまった。恥ずかしいけど、これも僕がシーカーとして少しは活躍できているんだと思うようにした。

いずれは 最強の探索者

SOMEDAY, THE ULTIMATE EXPLORER

大野半兵衛

Illustration かる

本文・口絵イラスト：かる
デザイン：寺田鷹樹（GROFAL）

CONTENTS

プロローグ　希望の光

僕《ぼく》は今、とても困っている。というよりは、生命の危機に瀕《ひん》している。

一時間ほど前にダンジョンへ入った僕だけど、たくさんの魔物《まもの》に追われて逃《に》げている時に地獄《じごく》の門と言われている巨大《きょだい》な亀裂《きれつ》に落ちてしまったのだ。

落ちた瞬間《しゅんかん》、僕は死んだと思った。でも、なぜか生きていた。そこまではまだ運があるんだと、喜んだんだけど……。

「なんでこうなったんだろうか……」

落ちる途中《とちゅう》で気絶した僕だが、地響《じひび》きを感じて目を覚ましたら巨大なドラゴンがやってきた。慌《あわ》てて近くの岩の陰《かげ》に隠《かく》れたはいいけど、そのドラゴンはそこで寝息《ねいき》を立てている。

寝ているから立ち去れると思うかもしれない。しかし、そうは問屋が卸《おろ》してくれない。僕がちょっとでも動くと、ドラゴンの尻尾《しっぽ》がピクッと動くんだ。まるで僕の存在を認識《にんしき》しているかのように、僕の動きと連動して尻尾が動くから立ち去れないんだ。

「こんなことになったのも、あいつらのせいだ」

僕はダンジョンを探索《たんさく》するシーカーという職に就《つ》いている。シーカーは誰《だれ》でもなれるけど、魔物がいるダンジョンを探索するので命の危険がある職業だ。

シーカーは特殊《とくしゅ》能力を持つ人が多く、そういう人のことをレヴォリューターと言う。

レヴォリューターは人類が進化した姿だと言う人もいるけど、僕はそうは思っていない。理由は僕自身がレヴォリューターなんだけど、進化した人類だと実感できていないから。

レヴォリューターの特殊能力は千差万別《せんさばんべつ》で、人気があるのは『肉体強化』という身体能力を強化する特殊能力。

一般人《いっぱんじん》が肉体を鍛《きた》えれば、リンゴを握《にぎ》り潰《つぶ》すくらいの力をつけることができる。でも、『肉体強化』を持つレヴォリューターは鉄球さえも握り潰せるようになる。

他にも『火操作』という特殊能力も人気がある。これは火を自在に操《あやつ》って魔物を焼く攻撃《こうげき》ができるんだけど、とにかく派手なので自己顕示《けんじ》欲の強い人が多いレヴォリューターには人気がある。

僕の特殊能力は『結晶《けっしょう》』。『結晶』は結晶を作れる特殊能力だけど、だから何？　と言われるようなものでしかない。

作れる結晶が宝石ならまだよかったけど、できるのはそこら辺に転がっている小石と変わらないものばかりなんだ。

小石を作って投げて攻撃するくらいしか、『結晶』の使い道はない。なのに、それを投げる僕には『投石』の特殊能力はない。

シーカーは魔物を殺してダンジョンの中にあるお宝を探すような暴力的な職業で、役立たずの僕を目の仇《かたき》にするようなシーカーも少ないけどいるんだ。今日は運悪く、そんなシーカーたちに狙《ねら》われてしまった。

そのシーカーたちはトレイン――多くの魔物を引き連れてくることなんだけど、僕にそのトレインを擦《なす》りつけた。おかげで僕は逃げ回る羽目になって、地獄の門に落ちてしまったんだ。

「せっかく助かったというのに、このままじゃ食われてしまう……」

どうやってこのドラゴンから逃げようか。周囲は開けた大きな坑道《こうどう》で、ところどころに僕が隠れているような岩がある。

逃げる方法を考えていたら、またズシンッズシンッズシンッズシンッという足音が聞こえてきた。

現れたのはゾウのような魔物。大きさがゾウの範疇《はんちゆう》からかなり逸脱《いつだつ》しているし、体中に鋭利《えいり》な角がある。

ドラゴンもゾウも体長は三〇メートルくらいある。なんで、僕だけこんな化け物に遭遇《そうぐう》しなければならないのか。

ドラゴンが目を覚まして首を持ち上げ、ゾウを見た。「なんじゃワレ、ここはオレの縄張《なわば》りだぞ」

「そんなもん、オレの知ったことか」とお互《たが》いに言い合って睨《にら》み合いになっている。

これ、めちゃくちゃヤバくない？　もし、この二体が戦ったら僕まで巻き添《ぞ》えになってしまう。でも、逃げたくても簡単に逃げ出せるような状況《じようきよう》じゃない。

戦いは唐突《とうとつ》に始まった。

ドラゴンが体を起こしたと思ったら、ブレスを吐《は》いたんだ。反対方向へ吐かれたブレスなのに、僕のところにまで熱気が襲《おそ》ってきた。その熱量に僕の意識が持っていかれそうになったほどで、焼け死ぬかと思った。

それほどのブレスを受けたゾウだけど、ちょっと焼けているがピンピンしている。

怒《おこ》ったゾウは突進してその巨大な象牙《ぞうげ》でドラゴンを串刺《くしざ》しに……してない。多少は刺さっていて流血しているけど、傷はそこまで深くないようだ。

——ドスンッ。

「ひぃっ」

ドラゴンの尻尾が僕の隠れている岩のすぐ前に振《ふ》り下ろされ、僕は情けない声を出してしまった。

幸いにも岩があったので直接破片《はへん》が当たることはなかったけど、直撃したらこの岩ごと僕はぺしゃんこだ。

逃げたいけど、逃げられない。このままではいずれ僕は……。

巨大魔物同士の一騎討《いっきう》ちは、不意に終わりを告げた。

なんと、その二体を超《こ》える超巨体《ちょうきょたい》(一〇〇メートル級)のネズミの魔物が現れて、その凶悪《きょうあく》な前歯でドラゴンの首を噛《か》み切り、ゾウの腸《はらわた》を撒《ま》き散らした。

「うっそーーーんっ……ネズミ最強……?」

あまりの早業《はやわざ》に、僕はただ茫然《ぼうぜん》とするしかなかった。

しかも、そのネズミは二体を倒《たお》したら、壁《かべ》をダダダッと駆《か》け上ってどこかへ行ってしまった。

もしかしたら寝床《ねどこ》のそばで暴れていた二体に、うるさいと苦情(肉体言語)を言いにきたのかな?

「何はともあれ、僕はまだ生きている」

それが一番重要なこと。そこでふと二体を見た。

「まだ消えない? 生きているのか?」

ダンジョン内で魔物が死ぬと、その体が消えて魔石と稀《まれ》にアイテムを残す。今回の場合、魔物同士の戦いなので魔石やアイテムが残るのか分からないけど、消えないのはまだ生きている証拠《しょうこ》だと思う。

「いや、待てよ……」

今攻撃したら、僕があの二体にとどめを刺したことにならないかな？

二体はまだ消えてないから死んでいないはずなので、攻撃してみようと思った。

短剣《たんけん》を持っているけど、瀕死とは言ってもあの二体に近づく勇気は僕にない。死にかけでも、ちょっと動いただけで僕を殺せるはずだからね。

僕は『結晶』を発動させた。手の平の上に直径二センチほどの灰色の小石が現れる。その小石をドラゴンに向けて投げつけ、さらにもう一個小石を作ってゾウに投げつけた。

山なりで放物線を描《えが》いた小石は、二体に命中した。的が大きいから外すほうが難しい。

「ちょっと離《はな》れたところで、様子を見るか」

僕はあの二体からやや離れた岩の陰に隠れた。

二体を観察すること一分ほど、ゾウが消えた。その直後に、ドラゴンも消えた。

二体が消えた場所に何かがあるように見えたので、それを回収しようと立ち上がった時だった。僕の頭に天の声が響いた。


【ユニークモンスター棘角象《とげつのぞう》の討伐《とうばつ》を確認しました】

【ユニークモンスター棘角象の討伐報酬《ほうしゅう》として、『時空操作』を与《あた》えます】

【ユニークモンスター灼熱竜《しゃくねつりゅう》の討伐を確認しました】

【ユニークモンスター灼熱竜の討伐報酬として、『魔眼《まがん》』を与えます】

思わず尻《しり》もちをついてしまった。

天の声を聞いた人は何らかの特殊能力を得る。

そういえば、ダンジョンにはエリアボスと言われる魔物がいて、そのエリアボスを倒すと稀に特殊能力を得ると聞いたことがある。

あの二体はエリアボスではないけど、ユニークモンスターという凄《すご》そうな魔物だから、ちょっと小石を当てただけの僕に特殊能力をくれたのかな。

「これぞ漁夫の利！」

歓喜《かんき》に湧《わ》く僕の脳内に、二つの特殊能力の使い方が染《し》み渡《わた》ってくる。二つとも凄い特殊能力だと、理解できた。

「はは……ははははは。僕はもう役立たずじゃない」

使えない『結晶』しか持っていなかった僕は、他のシーカーたちにバカにされていた。そんな僕だけど、凄い特殊能力を二つも得た。

「しかも、『魔眼』は僕が元々持っていた『結晶』と、とても相性《あいしょう》がよさそうだ」

『結晶』は小石を作るだけの特殊能力ではなく、力を封《ふう》じる効果もあるんだ。そして、『魔眼』は色々な力を可視化する特殊能力だ。

これまで力を識別できなかったため、『結晶』本来の効果が生かせていなかった。だけど、『魔眼』によって僕は力を可視化できるようになったんだ。

気持ちが高ぶってしまいドラゴンとゾウのドロップアイテムのことを忘れていた。

ドラゴンのドロップアイテムは赤色の魔石と鎧《よろい》だった。

ゾウのドロップアイテムは黄色の魔石と指輪だった。

魔石は極小、小、中、大の順にサイズがあって、それぞれの大きさ内でも五段階に分かれている。

この二つの魔石は、僕が知っている大サイズよりもはるかに大きい。

魔石の色は透明《とうめい》が一番安く、色つきが高い傾向《けいこう》になる。どの色の魔石が高くなるのかは相場によって変動するので一概《いちがい》には言えないけど、色つきは透明の魔石の倍くらいの金額で買い取ってもらえるはずだ。

鎧と指輪はシーカー組合で鑑定《かんてい》してもらわないと、どういう効果があるのか分からない。たまに呪《のろ》われたアイテムもドロップするので、下手に身につけるわけにはいかない。

アイテムは『時空操作』で収納した。容量無限の収納スペースが操れるのはとても便利だ。

それに、『時空操作』では一度行ったことがある場所へ、移動もできる。俗《ぞく》に言う転移だ。

僕はとても便利な特殊能力を得てしまった。自然と頬《ほお》が緩《ゆる》んでいく。

「おっといけない。こんなところにいたら、あのネズミがやってくるかもしれないぞ」

『時空操作』でダンジョンの入り口付近へ通じるゲートを出現させ移動する。目の前に水の膜《まく》のようなものが出てきて、それを通り抜《ぬ》けるとダンジョンの入り口付近に出ることができた。

第一章　万年一〇級シーカー

「各務裏穏《かかみりおん》様」

シーカー協会で僕《ぼく》の名前が呼ばれた。僕の名前は各務裏穏。学生時代の友達《ともだち》はカカミは言いにくいと、リオンと呼んでいた。

大学を卒業する時の僕は、就職先がなくて困っていた。その頃《ころ》は全国平均の求人倍率が〇・七一倍だったので、多くの新卒者が就職浪人《ろうにん》になったんだ。

就職浪人になりたくなかった僕は、誰《だれ》でもなれるシーカーになった。就職浪人という言葉から逃《に》げたかった。

シーカーは自営業だし、怪我《けが》をしたり死んでも自己責任。その代わり、ある程度の実力を身につけると、そこそこ儲《もう》かる職業でもある。

僕がシーカーになって、二年二カ月が過ぎようとしている。

シーカーの階級は、下は一〇級から上は一級、そして頂点に特級がある。僕は最底辺の一〇級シーカーだ。

普通《ふつう》は半年くらいで一〇級から九級に昇級《しょうきゅう》できるんだけど、僕は『結晶《けっしょう》』が戦闘《せんとう》の役に立たなかったこともあって二年経《た》っても一〇級のまま。それが他のシーカーからバカにされる理由だった。

受付に行って魔石《ませき》の買い取り分の金額を受け取った。極小五級の魔石四個、金額にして八〇〇〇円。

地獄《じごく》の門の下で得た大きな魔石は出していない。あんな魔石を僕が出したところで、誰も僕が魔物を倒《たお》して得たと信じてくれないと思ったんだ。なんと言っても二年以上も一〇級シーカーをしている落ちこぼれだからね。

下手したら、盗《ぬす》んだと疑われる。『時空操作』と『魔眼』を得たとはいえ、まだ十分に力を使えていない。ユニークモンスター同士が戦っていたら、もっと凄《すご》い化け物が現れて二体を屠《ほふ》ったなんて、誰も信じてくれないだろう。

また、鎧《よろい》と指輪の確認《かくにん》もまだ頼《たの》んでいない。鑑定料《かんていりょう》がかかるので、懐《ふところ》具合がよろしくない今の僕では、鑑定を頼めないんだ。それに魔石と同じように、僕が倒したと誰も信じてくれないはずだ。

僕にトレインを擦《なす》りつけたあの悪質シーカーのことをシーカー協会に言おうと思ったけど、これも止《や》めた。証拠《しょうこ》がないし、どうせ万年一〇級シーカーの言うことなんて、誰も真に受けない。

はぁ……。僕はいつからこんなに卑屈《ひくつ》な考えをするようになったんだろうか。でも、こんな考えも今日までだ。明日からは新しいリオンの物語が始まるんだから！

風呂《ふろ》なしトイレ共同で一カ月の家賃が二万八〇〇〇円のアパートに戻《もど》った僕は、『結晶』と『魔眼』について考えた。

『魔眼』は色々な力を可視化できる特殊《とくしゅ》能力で、『結晶』は認識できる力を結晶にする効果がある。

非常に相性《あいしょう》が良い二つの特殊能力を使って、色々できるはずだと僕は思った。

以前、コンロの炎《ほのお》を結晶に封印《ふういん》しようと試《ため》したことがある。でも、コンロの炎を封印することはできなかった。「認識できる力」というものを明確に認識できなかったからだ。

では、「認識できる力」とは何か？　そこがよく分からなかった。

でも、『魔眼』は力を可視化できる特殊能力だ。

コンロに火を点《つ》けて『魔眼』を発動させると、見えていた世界が切り替《か》わった。なんというか、サーモグラフィのような原色のような世界だ。

本来は青っぽい色のコンロの炎は、『魔眼』を通すことで白っぽいものになった。しかも、炎の揺《ゆ》らぎがなくて、直線的に一〇センチくらいが力場になっている。

炎の力場を視認した僕は、『結晶』を発動させてそれを封印した。

――力場が消えた。

『魔眼』を解除して手の平の上を見ると、直径五ミリほどの赤みをおびた結晶があった。

「よし！」

思わず結晶を握《にぎ》りしめてガッツポーズし、飛び上がった。

ドスンッドスンッと飛び上がっていたため、一階の住人に苦情を言われて気づいたけど、ガスを止めていなかった。慌《あわ》ててガスを止めて、窓を開けて換気《かんき》した。

それからは『魔眼』で何が見えるかという検証を始めた。

翌日、ダンジョンに向かった。ダンジョンの最寄《もよ》り駅で電車を降りた僕は、大きなバックパックを背負っている。

バックパックを背負っているので、通勤通学ラッシュを避《さ》けた重役出勤だ。シーカーは出勤時間を自分で決めることができるので、そこは優越感《ゆうえつかん》がある。

本当は『時空操作』で別空間にバックパックを収納できるんだけど、使わない。大事なものは別空間に収納してあるけど、いきなり僕が荷物なしでダンジョンに入ったら違和《いわ》感があると思うから。

僕は悪い意味で有名人なので、大きな変化を見せないようにした。

「ああん、なんでお前がいるんだよ」

ダンジョンに入ろうとしたら、不意に肩《かた》を引っ張られた。

「てめぇ、なんで生きてるんだ」

そこには僕にトレインを擦りつけた三人のシーカーが立っていた。

僕よりも後にシーカーになったけど、僕とは違《ちが》ってすぐに一〇級から九級に昇級して、今は八級になっている。この三人はなぜか僕に絡《から》んでくる。

「君たち、今度あんなことしたら、シーカー協会に言うからね」

「はんっ。俺《おれ》たちが何をしたって言うんだ、えぇっ⁉」

「お前のような万年一〇級が何威張《いば》っているんだよ」

「てめぇのような無能は、さっさと野垂れ死ねよ」

三人は人目も気にせずに、僕に絡んできた。

でも誰かが見ているところでは、僕に手を出すようなことはしない。今までも嫌味《いやみ》を言うことはあっても、手を出さなかった。トレインを擦りつけたのも、おそらくは嫌がらせ程度の軽い気持ちなんだと思う。

彼《かれ》らには遊びの延長なのかもしれないけど、やられた人はたまったものではない。そういうことを考える頭はないけど、人前で手を出さない程度は考えられる厄介《やっかい》な人たちだ。

三人は言いたいことを言って、ダンジョンに入っていった。

気分が悪くなったけど、僕もダンジョンに入って坑道《こうどう》のような岩が剥《む》き出しの道を進む。あまり明るくはないけど、なぜか視界が確保できる。これがダンジョンの特徴《とくちょう》だ。

最初に遭遇《そうぐう》したのは、ダブルヘッドラビットだった。頭が二つあるウサギで、動きが速くて攻撃《こうげき》を当てるのが大変な魔物だ。

もっとも、それは今までの僕の基準なので、一般的《いっぱん》には最弱な部類の魔物である。

僕は短剣《たんけん》を抜《ぬ》いて『時空操作』の転移を発動させた。目の前に水のような膜《まく》ができて、そこに短剣を勢いよく突《つ》き刺《さ》した。

「ピギッ⁉」

ダブルヘッドラビットは悲鳴のような声を残して倒れた。

何をしたかというと、転移のゲートをダブルヘッドラビットの腹の下に出しただけ。短剣を勢いよく突き入れたらダブルヘッドラビットの腹に短剣が刺さって、息絶えたんだ。

見える範囲《はんい》にいる魔物なので転移ゲートを適切な大きさにでき、場所も正確にダブルヘッドラビットの下に出せた。これなら身体能力は関係なく、魔物を攻撃できる。

ダブルヘッドラビットは透明《とうめい》な魔石を残して消えた。極小五級の一番安い魔石だ。

次はゲッコウフロッグという魔物が現れた。体長が五〇センチくらいのカエル型の魔物なんだけど、舌が長く五メートルくらいがその射程距離《きょり》になる。

でも、僕はもっと遠くから攻撃できるんだよね。

転移ゲートを首の下に出して、短剣を突き入れた。

「グゲッ!?」

そのまま左に短剣を動かして喉《のど》を裂《さ》いた。喉を裂いた感触《かんしょく》が手に残り、ゲッコウフロッグは消えて魔石を残した。

今まではできるだけ避けていたゲッコウフロッグだけど、こんなに簡単に倒せるなんて嘘《うそ》のようだ。今までの苦労はなんだったのか……。

ちょっと進むと足長クモがいた。今度は別の戦い方を試してみることにした。

『時空操作』は空間を操作するだけではなく、時間も操作できる。だから、時間を操作してみることにした。

足長クモは八本の長い足の攻撃が危険で、突きと薙《な》ぎ払《はら》いを注意しなければならない。

僕は短剣を構えて足長クモににじり寄っていく。一〇メートルほどのところで、足長クモが僕に気づいて戦闘態勢に入った。

長い八本の足を器用に動かして僕に迫《せま》るんだけど、『時空操作』で足長クモの時間を長くした。

一秒を一・五秒くらいまで引き延ばしたんだけど、今の僕にはこれが限度だ。それでも、僕の記《き》憶《おく》にある足長クモの動きよりも遅《おそ》くなった。

足長クモが長い足で突いてきたのを、短剣で受けて弾《はじ》いた。足長クモがよろけたところで、横へと回り込《こ》んでその細い首めがけて短剣を振《ふ》った。

攻撃が浅かったようで、足長クモは長い足で薙ぎ払ってきた。それを後方に大きく飛んで躱《かわ》した僕は、ヒットアンドアウェイを繰《く》り返した。五回目の攻撃の後、足長クモが動かなくなって魔石を残して消えた。

足長クモの時間を長くしても、攻撃を受ける怖《おそ》れがある。それでも以前よりは短い時間で足長クモを倒せた。

短剣ではなく槍《やり》のほうがいいかも。でも、その前にお金を稼《かせ》がないと、武器も買えない。貧乏《びんぼう》が恨《うら》めしい。

次のターゲットはダブルヘッドラビットだ。『魔眼』でダブルヘッドラビットを見てみると、もやもやした感じの力場ができていた。それを『結晶』で封印すると、ダブルヘッドラビットは動かなくなって消えた。

「うわー。短剣で攻撃することなく、しかも一歩も動かずに勝ててしまったよ」

これは大きい。なんと言っても、僕自身はまったく動いてないのに、魔物の命を奪《うば》えるのだから。

これは人間でも同じことができるんだろうな……。やらないけど。

ダブルヘッドラビットの魔石を拾って、次の獲物《えもの》を探すとまたダブルヘッドラビットがいた。

天井《てんじょう》が二〇メートルくらいある高い場所だったので、ダブルヘッドラビットの下に転移ゲートを設置して、反対側の転移ゲートを天井近くに出してみた。

結果、ダブルヘッドラビットは転移ゲートに落ちて姿が消え、天井付近の転移ゲートから出て地面めがけて落下した。

ペシャンコ。大体七階建てのビルから飛び降りたようなものか。生きていたとしても瀕死《ひんし》で動けないだろう。そう考えている間にダブルヘッドラビットは消えて魔石を残した。

次もダブルヘッドラビットだった。『時空操作』で収納していたコンクリートブロックを、ダブルヘッドラビットの上に落とした。でも、当たりどころが背中だったせいか、生きていた。今度は頭に落としたら、死んだ。

コンクリートブロックの落下については、いくつか検証した。高さがあると避《よ》けられることがあった。高さがないと頭に当たっても生きていることがあった。

結論としてコンクリートブロックはあまり良くない。もっと重量のあるものなら良さそうだけど、微妙《びみょう》な攻撃だった。

一番確実なのは、『魔眼』で見て『結晶』で力を結晶に封印すること。これ、確実に倒せる。一〇〇パーセント倒せる。

短剣や剣での攻撃より確実で、しかも一方的に攻撃できるのでチキンハートの僕には丁度いいかもしれない。

ダンジョン内で魔物をたくさん倒した。一回の探索《たんさく》でこんなに魔物を倒したのは初めてのことだ。嬉《うれ》しい。

どれも極小五級の魔石だけど、三〇個もあるとそれなりの金額になる。

「きゃぁぁぁ」

意気揚々《ようよう》とダンジョンの中を歩いて出口に向かっていると、悲鳴が聞こえた。

無意識に走り出すと、角を曲がったところでゲッコウフロッグに襲《おそ》われているシーカーを見つけた。

長い舌がシーカーの足に絡まりついていて、動けないようだ。

僕は転移ゲートを開いて、短剣を振り入れた。舌がスパンッと切れて、ゲッコウフロッグが痛みにのた打ち回った。

駆《か》け寄った勢いに任せて、飛び蹴《げ》りする。同時に『魔眼』と『結晶』のコンボで、ゲッコウフロッグの命を奪い取った。

「大丈夫《だいじょうぶ》か⁉」

足に絡まった舌が消えて自由になったシーカーに声をかけた。

「は、はい。ありがとうございます」

マントのフードを目深《まぶか》に被《かぶ》っていたので分からなかったが、シーカーは可愛《かわい》い少女だった。年齢《ねんれい》は一七、八くらいかな？　あまりの可愛らしさに、思わずガン見してしまう。

「あ、あの……私の顔に何かついていますか？」

「え、あ、いや、何もついていないよ」

僕が手を貸して立たせてあげようとすると、彼女《かのじょ》は左足首を痛めているようで倒れそうになった。

「歩けそうにないな。ポーションは持ってないの？」

ポーションを飲めばすぐに治るくらいの怪我だと思うけど、残念ながら持っていない。ポーションは一本五万円もするので、僕のような金欠シーカーでは買えないんだ。

「ポーションはさっき使ってしまったので、地上に帰る途中《とちゅう》だったのです」

運が悪かったようだね。僕がたまたま通りかかってよかったよ。

「肩を貸すから、ダンジョンから出ようか」

「すみません……」

彼女に肩を貸してゆっくりと歩いていると、足長クモが現れたけど結晶にして倒した。

「え？　……今、魔物が勝手に倒れませんでした？」

彼女に結晶の話はしてないので、誤魔化《ごまか》すことにした。

「きっと誰かと戦っていたんだよ」

「そんな感じはしませんでしたけど……」

「細かいことは気にしないの」

「はい」

ダンジョンの入り口が見えてきた。ひと安心だ。

彼女をシーカー協会の医務室に連れて行ってから、魔石の換金《かんきん》に向かう。

今日は三二個の魔石を持ち込んだ。なんと六万四〇〇〇円になった。初めてこんな高額を得て、嬉しくなった。

「今日は数年ぶりに焼き肉だ！」

某《ぼう》チェーン店の焼き肉屋に入って、カルビを頼んでから気づいた。

「名前を聞いてなかった……」

せっかくの出逢《であ》いなのに、連絡《れんらく》先どころか名前さえ聞いてないなんて。もう二度とあんな可愛い子に出逢えないかもしれないのに。残念だ。

「まぁいいか。名前を知ったところで、カノジョになってくれるわけでもないんだから」

店員さんがカルビを運んできた。

焼けたカルビをご飯の上に載《の》せて、カルビでご飯を包むようにして口に運ぶ。美味《うま》い！

数年ぶりの焼き肉は、なんとも言えない美味《おい》しさだった。タレがついたお米がまた美味い。

無我夢中で食べると、同じものをもう一皿頼んだ。ご飯もお代わりした。こんなに食べたのは、何年ぶりだろうか……。

振り返ってみると、社会人（シーカー）になってからは、本当に貧乏だった。でも、これからは違うぞ。『時空操作』と『魔眼』、それに『結晶』があれば、僕だってできるんだ。

翌日もダンジョンに入った。

魔物を発見すると、結晶にして命を奪う。今までと結果は変わらないけど、やっていることは殺戮《さつりく》機械のようだ。

戦っているという認識が薄《うす》くなる作業のような虐殺《ぎゃくさつ》に、ちょっと考えてしまう。でも、魔物を倒して魔石やアイテムを持って帰らないと、生活ができないから狩《か》らないという選択《せんたく》はない。

これまで一体の魔物を倒すのに、三〇分くらいかかっていた。だから連戦できずに一日五体くらいしか狩れなかった。体力も精神力も限界だった。

それが今ではほぼ一瞬《いっしゅん》で戦いが終わる。いや、戦いと呼ぶようなものではなく、ある意味機械的な作業に近い。そのおかげで、三〇体狩っても疲《つか》れは以前よりも少ない。

そして僕はあの地獄の門のところまでやってきた。下を覗《のぞ》くが底が全く見えない。

この地獄の門に落ちなかったら、こんな未来はなかった。あの時はあの三人を呪《のろ》ったけど、おかげで『時空操作』と『魔眼』を手に入れることができた。

ある意味、あの三人には感謝している。でも、トレインを擦りつけるのは、許せることではない。仕返しは考えていないけど、何かあっても僕は三人を助けない。それくらいかな。

証拠がない以上は、シーカー協会に訴《うった》えてもどうにもならない。自分でも甘《あま》い考えだと思うけど、人を殺したり傷つけたりするのは性に合わないのだから仕方がない。

さらに進むと、エリアボスがいる場所に到着《とうちゃく》した。初めてここまで来たけど、今はエリアボスはいないようだ。

エリアボスを倒すと、二四時間後にリポップ（復活）する。今は倒されてから二四時間経過していないということだ。

このまま次のエリアに向かうこともできるけど、今日はここで帰ることにした。次のエリアのマップを購入《こうにゅう》しないと、迷子になってしまう。もっとも、転移ゲートがあるので、迷子になっても帰れるはずだけどね。

ちょっと休憩《きゅうけい》して帰ろうと、隅《すみ》で腰《こし》を下ろしたところで五人組のシーカーが目の前を通って次のエリアに向かっていった。

僕も以前はパーティーを組んでいた。だけど、『結晶』が全然役に立たないと分かると、とたんに追い出されてしまった。それ以来、僕はソロでこのダンジョンに入っている。


「あの！」

地上に戻ってシーカー協会に入ろうとしたら、呼び止められた。昨日助けた少女だ。

今日は淡《あわ》い青色のワンピースとカーディガンというい出で立ちなので、その可愛さが際立《きわだ》っている。

そこだけスポットライトが当たっているかのように輝《かがや》いているようだ。

「あの、昨日はありがとうございました」

「足、大丈夫？」

「はい、軽い捻挫《ねんざ》でした」

彼女の名前は根岸《ねぎし》緑《みどり》というらしい。僕は一八歳《さい》くらいかと思っていたけど、二二歳なんだとか。少女ではなく女性だったねと、心の中で謝《あやま》っておいた。

僕も名乗ってリオンと呼んでほしいと言うと、彼女もミドリと呼んでほしいと言った。

「まだシーカーになって一カ月くらいなんです。それで上手《うま》く戦えなくて……。リオンさんに助けてもらわなかったら、今頃私は死んでいたと思います。本当にありがとうございました」

ミドリさんは何度も頭を下げ、僕に感謝していると言った。

「お礼がしたいのですが、これからお時間ありますか？」

「そんなに気にしなくていいよ」

「それでは私の気がすみません。今日、時間がなければ、改めてお時間を作ってもらえませんか」

こうまで言われて断り続けるのは難しくて、僕は魔石の換金後ならと受け入れた。

今日は五二個の極小五級魔石を換金したので、一〇万四〇〇〇円になった。過去最高額を更新《こうしん》して、僕はニコニコだ。

ＡＴＭで半分を貯金し、更衣室《こういしつ》で着替《きが》えて彼女のところに向かった。

「お待たせ」

シーカー協会の前から出ているバスで、都心へ向かった。どこに行くのかと聞くと、彼女は食事ができるところとだけ答えた。

しかし、会話がない。こういう時、自分の口下手さが恨めしい。

「ここです」

「え？」

そこは某有名ホテルに入っている高級レストランだった。

「えーっと……ドレスコードがアウトっぽいんだけど」

僕はジーパンと七分袖《しちぶそで》のTシャツ、それにパーカーという格好《かっこう》だった。どう考えても高級なレストランに入れないと思う。

「大丈夫ですよ」

「そ、そうかな……」

思い切って入ってみると、何も言われずに席に案内された。意外と緩《ゆる》いレストランなのかなと思いながら、メニューを見た。

――読めない。

英語……ではなくフランス語かな？　さっぱり分からない。

「リオンさん、何を食べますか？」

「えーっと……」

読めないと言うのは恥《は》ずかしい。でも、全然分からないので、僕は彼女に顔を寄せてぼそりと呟《つぶや》いた。

「全然読めないんですけど」

「あ、ごめんなさい」

「いや、僕が勉強不足なだけなんで」

彼女はニッコリ微笑《ほほえ》むと、肉と魚、どちらにしますかと聞いてきた。

肉は昨日焼き肉を食べたから、魚かな。

「でしたら、ヒラメのムニエルなんてどうでしょうか?」

ムニエルってなんだろう? よく分からないけど、それでいいと答えた。他にも聞かれたけど、彼女に全部任せた。

「ワインは何にしますか?」

「えーっと、僕、お酒は飲めないので」

「そうなんですね、すみません」

「僕のことは気にしないで、ミドリさんは飲んで」

僕に気兼《きが》ねする必要はないのに、彼女はワインを頼まなかった。

しかし、メニューに値段が書いてなかったけど、ここいくらするのだろうか。

お会計をしてくれたミドリさんは、カードを出していた。そのカードの色が真っ黒でお洒落《しゃれ》だなと思った。

「今日はご馳走《ちそう》になりました。美味しかったです」

料理の味なんて覚えてません。フォークとナイフの使い方を彼女のマネするだけでアップアップだったし、スープを音を立てずに飲むと味わえないよ。

でも、こんな可愛い子と食事できて、僕は幸せだった。こんなことはもう二度とないかもしれない。胸の中のアルバムにしっかり保存しておこうと思う。

今日は新しい武器を買おうと思って、武器や防具を売っているシーカー協会のフロアに向かった。短剣は使いやすかったけど威力がなかったので、普通の剣を買うことにした。売店で剣を見ていくが、とても種類が多い。剣てこんなにも色々あるんだ。

「あの、初心者でも使いやすい剣ってどれですか？」

二年二カ月シーカーやってるけど、初心者のようなものなんで。

「それならオーソドックスなショートソードが使いやすいと思いますよ」

店員さんが教えてくれたのは、刃渡《はわた》り六〇センチほどの剣だった。ショートソードは材質などでいくつか種類があるようだけど、僕が薦《すす》められたのは鉄製のものだった。値段を見ると鉄製は八万円が最安値だった。ダンジョン内で採掘《さいくつ》できる魔鉄と言われるものだと五〇万円もした。八万円ならなんとか買えるので、買うことにした。

僕は買った剣を腰に携《たずさ》え、第二エリアに向かった。もちろん、地図も購入済みだ。

大きなバックパックを背負い、最短の道を通って第二エリアに向かうと、なんとそこにエリアボスがいた。エリアボスを倒さないと、第二エリアに行けない。

エリアボスは大クモと言われる魔物で、その体長は一メートルほどある。足長クモの時も思ったけど、僕はクモは好きじゃない。見ていると鳥肌《とりはだ》が立ってくる。

「大丈夫だ。今の僕ならやれる」

僕は自分に言い聞かせて『時空操作』を発動させ、ショートソードを転移ゲートに突き刺した。

すると大クモの真上からショートソードが首に突き刺さった。

足長クモなら一撃で倒せるはずが、さすがはエリアボスなだけあってまだ生きていた。

怒《おこ》った大クモはダダダッとこっちに走り寄ってくる。鳥肌が酷《ひど》くなる。『魔眼』を発動させて『結晶』でその命を封印したら、大クモは動かなくなって消えた。

「ふー、気持ち悪かった……あれ？」

大クモの消えたところに、魔石とアイテムが落ちていた。エリアボスでもアイテムを落とさないことが多いのに、なんてラッキーなんだろうか。

『魔眼』と『時空操作』を得てから、運が上向きになった気がする。

アイテムは瓶《びん》に入った青い液体だ。ポーションだと思われるけど、鑑定しないと詳細《しようさい》は分からない。

そういえば、鎧と指輪はいつ鑑定してもらおうか。僕にも『アイテム鑑定』があればよかったんだけどなぁ。

あの二つのアイテムを鑑定に出すのは、もっと後にしよう。今は力をつけるのが先だ。

第二エリアは地底都市の様相を呈《てい》していた。

「うわー、凄いや」

岩肌には階段があり、岩がくりぬかれた家もある。それを上ったり下りたりして進むのがこの第二エリアだ。

第一エリアは二年二カ月も探索していたので地図を見なくてもどこにいるか分かったけど、第二エリアはまったく土地勘《とちかん》がない。

階段を上がると十字路の死角からダブルヘッドラビットが出てきた。僕は慌てて『魔眼』と『結晶』を発動させた。

角が多いと、こういうことが起こる。もっと近かったら、特殊能力を発動する前に戦闘に突入《とつにゅう》ということも考えられる。何か対策を練らないといけないと思ったところで、ちょうどいい考えが浮《う》かんだ。

『魔眼』は力場を見ることができる。なら、建物や岩の向こう側の力場も見えるんじゃないかと。

思ったらやってみないと気が済まないので、『魔眼』を発動してみる。相変わらずのサーモグラフィのような光景が広がる。慣れないと歩くのにも苦労しそうだけど、立体的な認識はできる。

それから『魔眼』を発動しながら壁伝《かべ》いにゆっくり進んだ。

壁の向こうに動く力場が見えた。その形と数からおそらくシーカーだ。いつでも『結晶』を発動できるように身構えながら、彼らがいなくなるのを待った。

「壁の向こう側の力場は見えるようだから、とにかく『魔眼』に慣れないと」

少し進んだところで魔物の力場を発見した。壁の向こう、約一〇メートルくらいのところにいる。

壁越《ご》しでも『結晶』にできるかと思ってやってみたら、できてしまった。間に障害物があっても、『結晶』は問題なく効果を発揮してくれた。

何度か休憩を挟《はさ》みながら、『魔眼』の世界を進みながら魔物を倒していった。

今日の魔石の換金額は九万二〇〇〇円で、最高額は更新できなかった。第一エリアを最短で進んだのと、第二エリアで『魔眼』に慣れるために動きが遅かったせいで魔石の数が稼げなかったのが理由だ。

でも、エリアボスの大クモの魔石は、極小四級の茶色だったので、一万円だった。初めて魔石一個で一万円になった。嬉しい。

また、ポーションと思われるアイテムを鑑定してもらった。アイテム一個で五〇〇〇円の鑑定料が取られるけど、今なら払える。

鑑定の結果、下級ポーションだと分かった。ポーションは下級でも五万円くらいするので、これは売らずにお守りにしようと思う。

今日はアパートに帰る前に『SFF』を測定する。『SFF』というのは、Special Factor Forceの略で、直訳すると『特殊な因子の力』となる。

細かいことは分かっていないけど、『SFF』が多いと戦闘力が高いと思われているんだ。学者さんたちが調べているけどほとんど分かっていない力で、シーカー協会はこれの数値を階級の基準にしている。

シーカー協会には、特殊能力ではなく『SFF』を測定してくれるフィジカル測定器がある。縦型の日焼けマシーンのようなカプセルで、服を着たままでも『SFF』を測ってくれる。

二カ月ほど前に測定した時の僕の『SFF』は、たったの一六ポイントだった。

一般人が一〇ポイント前後、レヴォリューターは少なくても三〇ポイントはあると言われている。

そして、魔物を倒したら倒しただけ『SFF』は増えていく。

二年もシーカーをしていたけど、前回の数値はレヴォリユーターの基準さえも満たしていなかった。

今回は……お、二一ポイントだ！　やったー！　一年で三ポイント程度しか伸《の》びなかったのに、二カ月前から五ポイントも増えたよ。

『ＳＦＦ』が五〇ポイントを超《こ》えると、九級への昇級試験が受けられるので、早く五〇ポイントをクリアしたい。

一説では、集中的に魔物を倒すほうが、『ＳＦＦ』は増えやすいそうだ。僕は最近になって一日に五体倒せるようになった。それ以前はもっと少なかったので、『ＳＦＦ』が増えづらかったんだと思う。

あのドラゴンとゾウを倒した時、本来であれば膨大《ぼうだい》な『ＳＦＦ』が僕に入ってくるはずだった。だけど、あの時は特殊能力の『時空操作』と『魔眼』を得た。特殊能力を得ることができた時は、『ＳＦＦ』は得られない。理屈《りくつ》は分からないけど、そういうものだということが知られている。

アパートに戻った僕は、溜《た》まりに溜まった結晶を卓袱台《ちゃぶだい》の上に置いた。

極小五級の魔石よりもさらに小さな小石だけど、全て魔物の命の結晶だ。

言うまでもなく『結晶』は力を結晶にできる特殊能力だけど、解放することもできる。

魔物の命の結晶を解放したらどうなるか。それは『ＳＦＦ』が上がるんだ。一番弱い魔物たちの生命結晶なので劇的な上昇は期待できないけど、数多く吸収したら『ＳＦＦ』が五〇ポイントを超えるのもすぐのはずだ。

僕は生命結晶を一つ一つ握って、解放していった。全部で八八個の生命結晶によって、どれだけ

『ＳＦＦ』が上昇したかは分からない。明日もう一度フィジカル測定器で測定すれば、どれだけ上がったか分かる。そのために今日測っておいたんだ。

翌日、僕は真っ先にフィジカル測定器を使った。

「っ⁉」

六五ポイントだった。あの生命結晶一つで〇・五ポイントも『ＳＦＦ』が増えた計算だ。

『ＳＦＦ』が多ければ多いほど、特殊能力を発動していない状態の身体能力が高いと言われている。もちろん、特殊能力も強くなる。

八級のシーカーになると、ダブルヘッドラビットなどの弱い魔物を素手《すで》で殴《なぐ》り殺すことができるようになる。

最上級の特級シーカーになれば、あのドラゴンやゾウを倒せるかもしれない。もしかしたら、あの巨大《きょだい》なネズミさえも倒せるかも。

シーカーにとって、『ＳＦＦ』は強さの基準になっているんだ。

「普通に戦っていても『ＳＦＦ』は増えるし、生命結晶からも増える。これまでの苦労がなんだったのかと思えてしまうよ」

これならダブルヘッドラビットのような弱い魔物と剣で戦えるかもしれない。そう思うと、嬉しくなる。

昇級試験を申請《しんせい》する前に『魔眼』の世界に慣れておこうと、ダンジョンの第一エリアを歩き回った。

シーカーの反応、ダブルヘッドラビットの反応、ゲッコウフロッグの反応、足長クモの反応、それぞれに特徴があり判別は難しくない。そして、シーカーや魔物が動いた後には、力場の残滓《ざんし》というべき跡《あと》が残る。それを辿《たど》れば、シーカーや魔物へ行きつけるのも大きい。

さて、特殊能力を使わなくても僕の戦闘力は確実に上がっている。武器を短剣からショートソードに換《か》えて重くなったけど、それを振り回す腕力《わんりよく》がついている。それにショートソードのほうが、短剣よりも深い傷が与《あた》えられる。

『SFF』が三倍に上がったことで攻撃力だけでなく、防御力《ぼうぎよりよく》も上がっていると思われる。でも、それを自分で試すつもりはない。

これまで一回の戦闘に三〇分くらいかかっていたけど、一〇分もかからなくなった。特殊能力を使えば、それこそ瞬殺だ。嬉しい！　本当に嬉しくて、思わず踊《おど》り出しそうになったほどだった。

ショートソードの戦いに慣れれば、時間はもう少し短くなるだろう。でも、魔物とショートソードで戦うと、『結晶』を使う場面が少なくなる。かなり迷った末、最初はショートソードで戦って倒せそうなタイミングで『結晶』を使うことにした。

最初は魔物の弱り具合が分からずにショートソードで倒してしまうことが多かったけど、よく見ると魔物の動きが徐々《じよじよ》に精彩《せいさい》を欠いたものになっていくのが分かった。

ギリギリ死ぬ寸前のタイミングを見計らって『結晶』を発動させれば、ショートソードの戦いにも慣れて結晶も集まる。一石二鳥だ。

戦い方を模索《もさく》していたので、今日の魔石は二五個しか集まらなかった。戦闘に時間がかかったのが原因だけど、力場残滓を追って魔物を見つけるので索敵《さくてき》は時間が短縮されたと思う。

考えたらこれまで魔物の動きを予測したり、動きの精彩さを観察することはなかった。今まではとにかく我武者羅《がむしゃら》に短剣を振っていたけど、そういったところが成長しなかった原因なのかもしれないと反省する。

魔物の動きが予測できると、その動きに合わせてカウンターを入れられる。そうすると、大きなダメージを与えられることが分かった。

タイミングの取りかたがまだまだだけど、経験を積めば僕でもなんとか剣の戦いができそうでよかった。

シーカー協会で魔石を換金すると、今日は五万円になった。これまで日給一万円がやっとだったのに、最近はその数倍を得られる。

シーカーは自営業なので、年金や健康保険、ダンジョンに通うための交通費など支払いが大変なんだ。でも、この調子ならそういったことに頭を悩《なや》ませることはなくなると思う。

帰ろうと外に出たらミドリさんとばったり出会った。ミドリさんはマントのフードを深々と被っていたので誰だか分からなかったけど、声をかけてくれたのでミドリさんだと分かった。

「今、お帰りですか？」

「はい。今、魔石を換金してきたので、これから帰るところです」

「私も今から換金するところなのです。もしよかったらこの後に、食事でもどうですか？」

ミドリさんのような可愛い子に誘《さそ》われて、ノーと言う人はいるのかな？　少なくとも僕はイエスです。そう答えて、彼女の換金と着替えを待っていると、何気なく空を見上げた。

最近、空を見上げることなんてなかった。いつも下を見ていた気がする。少しは自分に自信が持てたのかもしれない。

「お待たせしました」

ぼーっと空を見上げていたら、ミドリさんがやってきた。今日のミドリさんはシックな服装で、なんだか大人っぽく見えた。彼女のように可愛いと、何を着ても似合うんだね。

「何を食べます？」

「えーっと、ミドリさんは何がいいですか？」

「私ですか？　私はリオンさんが食べたいものがいいです」

「僕、あまり外食しないから、よく分からないんだ。自炊《じすい》のほうが安く済むし。ミドリさんが決めてもらえるかな」

「そうなのですか？　うーん……それなら、居酒屋に行ってみたいです。私、行ったことないので」

僕はお酒を飲まないので、居酒屋に入ったことがない。でも、彼女が行きたいと言うのなら、一度は行ってみてもいいかな。

「あ、リオンさんはお酒を飲まないのでしたね。ごめんなさい」

「いいよ。お酒を飲まなくても焼き鳥とかはあるから」

居酒屋といっても僕ではどこが美味しいとか分からないので、なんとなく目についた駅前の居酒屋に入ることにした。

掘《ほ》りごたつのように足を下に入れられるテーブルに、向き合って座る《すわ》。改めて見ると、本当に可愛い。

「へー、こんなに色々なものがあるんだね」

焼き鳥でも塩とタレがあるし、部位も色々ある。

店員さんが最初に飲み物を聞いてきた。彼女はチューハイで僕はウーロン茶を頼んだ。

「居酒屋ってこんな感じなんですね。なんだか新鮮《しんせん》です」

「僕もだよ」

会話が続かない。どうしたらいいのかな？　そう思っていると、店員さんが飲み物を持ってきてくれたので、串《くし》のセットとサラダを頼んだ。

「乾杯《かんぱい》しようか」

「何に乾杯します？」

どうしようかな……。そうだ！

「僕とミドリさんの出逢いに乾杯しようか」

「はい！」

僕たちはグラスをカチンと合わせた。

しかし、こんな可愛い子と出逢えたし、『結晶』も使えるようになった。最近はいいことばかりで、どこかに落とし穴がないか勘ぐってしまう。

「チューハイってこんな感じなんですね」

どんな感じか分からないけど、ミドリさんを見る限りでは不味《まず》いということはなさそうでよかった。

ミドリさんがなんでシーカーのような危険な仕事をしているのか聞いてみた。

「誰かのためになるかなと思って、私はシーカーになりました」

「誰かのため？」

僕は就職浪人になるなら、シーカーをしようという考えでこの世界に入った。とにかく、日々の生活がアップアップだったので、誰かのためとか考えたことはなかった。

「誰かのためと言うなら、別にシーカーでなくてもよかったんじゃないかな？」

「私もそう思わないわけではありません。でも、二〇年前のあの惨事《さんじ》を知ってしまったら、シーカーになるしかないと思ったのです」

二〇年前の惨事というのは、魔物がダンジョンから出てきて地上で暴れまわった災禍《さいか》のことだろう。僕がまだ幼い頃の話なので歴史の授業やテレビでしか知らないその出来事は、『百鬼夜行《ひやっきやこう》』と言われるものだ。

外国では『スタンピード』と言われている『百鬼夜行』が、二〇年前に発生した。その被害《ひがい》は大変なもので、二万人もの人が魔物に殺されてしまった。

他の国でも絶え間なく発生しているので地球規模で考えれば、頻度《ひんど》的には毎年発生していると専門家たちは言っている。

僕は他人事《ひとごと》だと気にもしていないことを、ミドリさんは気にしてシーカーになったのか。凄いな。僕ではマネできないよ。

「凄いね。僕ではそんな高尚《こうしょう》なことを考えもしなかったよ」

「高尚だなんて、大げさです。それに、考え方は人それぞれですから、私の考えを誰かに押《お》しつけるつもりもありません」

ミドリさんの考えは素晴らしい。でも、ミドリさんの戦闘力はどうなのか？　先日の怪我のことがあるので、あまり危ないことはしてほしくない。

「立ち入ったことを聞くんだけど……」

「なんでしょうか？」

「ミドリさんの『ＳＦＦ』と特殊能力のことを聞いてもいいかな？　あ、答えたくなければ、答えなくてもいいんだけど」

シーカー同士で『ＳＦＦ』と特殊能力のことに触《ふ》れるのは、よくないとされている。ただし、パーティーを組む前提になると話は別で、『ＳＦＦ』と特殊能力のことを知る必要があるけど。

「いえ、大丈夫です。シーカー登録した時の私の『ＳＦＦ』は四〇でした。今は少し多くなっているかもしれません」

『ＳＦＦ』の初期値が四〇ポイントは優秀《ゆうしゅう》な部類だ。僕なんて一三ポイントで三分の一くらいだったし。

「特殊能力は『植物操作』です」

初めて聞く特殊能力だ。どういったものだろうか？

「『植物操作』はそのままの意味で、植物を操《あやつ》る特殊能力なんです」

「戦闘より農業のほうが向いているような気がするんだけど……」

ミドリさんは陰《かげ》のある笑《え》みを浮かべた。

「その通りです。でも、魔物にも有効なんですよ」

「たとえば？」

「植物の蔦《つた》を魔物に絡ませて、動きを封じることができます」

「へー、それはいいね。他にもあるの？」

「えーっと……今はそれくらいしか……」

　魔物の動きを封じることができれば、それだけで大きなアドバンテージになる。それに『ＳＦＦ』も四〇ポイントあるんだったら、剣の攻撃もそこそこ強いはずだから、効率よく魔物を狩れるはずだ。

　頼んだものを店員さんが運んできた。

「美味しそうですね」

　僕は塩の焼き鳥、ミドリさんはタレの焼き鳥を手に取り食べた。サッパリして香《こう》ばしくて美味しい。ミドリさんも美味しそうに頬《ほお》を緩ませている。

「しかし、植物で魔物の動きを封じて攻撃すれば、かなり安全に狩りができるね」

「そうでもないのです」

「どうして？」

「蔦を出現させるのに、三〇秒くらいかかるのです。ですから、その前に攻撃されると」

　ミドリさんが苦笑《くしょう》する。

「でも、『ＳＦＦ』が四〇ポイントもあれば、第一エリアの魔物くらいなら普通に戦えるよ。それに、パーティーを組めば、『植物操作』の真価を発揮すると思うよ」

「私もパーティーを組んでと思ったのですが」

言い淀《よど》むにはそれなりの理由があるのだろう。シーカーは危険な職業なので、女性の比率が低い。そうすると、どうしても男性とパーティーを組まざるを得ない。となると、どうしてもついて回るのが、男女関係の問題だ。

男性シーカーは女性シーカーとあわよくばと思うし、女性シーカーの中にも強かったり将来有望な男性シーカーを狙《ねら》う人がいる。

ミドリさんくらい可愛い子なら、男性シーカーたちが放《ほう》っておかないのも無理はない。

「リオンさんはソロですよね？　パーティーは組まないのですか？」

「僕？　僕は以前パーティーを組んでいたけど、役に立たないから追放されたんだ」

「でも、リオンさんは強いじゃないですか」

「二年以上一〇級シーカーをしている僕が強いとは、誰も思わないよ」

「二年も？」

ミドリさんの顔に、困惑《こんわく》の色が浮かぶ。

「最近、やっと『ＳＦＦ』が九級の昇級試験の基準を超えたんだ」

「そうなんですね」

どう言えばいいか分からないといった感じだ。

「あの、今度一緒《いっしょ》にダンジョンに入って、狩りの仕方を教えてもらえませんか？」

「僕が？　万年一〇級シーカーに学ぶことなんてないと思うよ」

ミドリさんはそれでもと言うので、明後日《あさって》一緒にダンジョンに入ることにした。僕の戦い方は独特だから、参考にはならないと思うけど。

ミドリさんと一緒にダンジョンに入った。ミドリさんはいつものようにマントのフードを深々と被って顔を隠《かく》している。

僕は『魔眼』を発動させながら、彼女と並んでダンジョンの中を進んだ。残念なことに『魔眼』を発動させていると、彼女も力場の塊《かたまり》にしか見えない。

最初に遭遇したのはダブルヘッドラビットだった。

僕はショートソードを抜いて、ダブルヘッドラビットとの距離を詰《つ》めた。

先手は僕が取った。ショートソードはダブルヘッドラビットの胴体《どうたい》を深々と抉《えぐ》り、ダブルヘッドラビットの動きが悪くなる。

ダブルヘッドラビットの攻撃を躱しながらカウンターで攻撃を繰り返すと、すぐに息絶えるくらいまで弱った。さらにショートソードを振るタイミングで『結晶』を発動させると、ダブルヘッドラビットは動かなくなった。

「凄いです。全然危なげなかったです！」

「ダブルヘッドラビットとは嫌というほど戦ってきたから、コツは掴《つか》んでいるつもりだよ」

ダブルヘッドラビットは動きが速いけど、攻撃力はそこまで高くない。だから、動きをしっかり見てカウンターを入れれば、より大きなダメージが与えられる。

もっとも、このコツを掴んだのは、つい最近なんだけど（汗《あせ》）。

「今度はミドリさんの戦い方を見せてくれるかな」

「はい。分かりました」

可愛らしく胸の前で拳《こぶし》を作ったミドリさんの相手は、ゲッコウフロッグだ。

五〇センチほどの体から、五メートルほどの舌が伸びてきて人間を拘束《こうそく》する。だから、五メートル以内に入るのは、かなり危険だ。

「僕がゲッコウフロッグを引きつけるから、拘束してくれるかな」

「分かりました」

僕は長い舌を警戒《けいかい》しつつ、ゲッコウフロッグに近づいて斬《き》りつけた。これでゲッコウフロッグの敵対心は僕に固定された。ミドリさんが視界に入っても僕を狙うだろう。

矢が放たれるようにゲッコウフロッグの舌が伸びてきた。ショートソードで受け流すと絡みつかれてしまうので、回り込んで伸びてくる舌をやり過ごす。

ゲッコウフロッグを同じ場所に固定するのはなかなか難しかったが、三〇秒ほどでゲッコウフロッグの下の地面から芽がいくつか生えてきたかと思うと、すくすく育ってゲッコウフロッグに絡みついた。生えるまでは時間がかかるが、生えてしまったらかなり生長が早い。

「口を塞《ふさ》ぐようにできるかな」

「やってみます」

蔦がゲッコウフロッグの体の自由を奪い、口を塞ぐように巻き付いた。

「うわー、これ凄いね。こうなったら、動けないよ」

ゲッコウフロッグは必死にもがいているが、まったく動けない。ショートソードを突き刺すと、ゲッコウフロッグが消えるのと同時に蔦が枯《か》れ始めた。

「この蔦はかなりの強度があるのかな」

「私の『ＳＦＦ』に比例して強度は上がります」

一瞬で命を狩る僕の『結晶』とは相性が悪いけど、魔物を拘束できる『植物操作』の蔦は絶対に使える。さらに、今僕が感じたことができれば、ミドリさんは容姿ではなく実力で人気になると思う。

「蔦は地面しか生えないの？」

「どういう意味ですか？」

「たとえば、魔物から蔦を生やすとか？」

「……やったことがないのですが、多分できると思います」

「じゃあ、次は魔物から蔦を生やしてみて」

「はい」

次の魔物はダブルヘッドラビットだった。一気に近づいて前足を斬りつける。これで少しは動きが遅くなる。

ダブルヘッドラビットをその場で動けなくするのはかなり苦労したけど、三〇秒ほどでダブルヘッドラビットの体から芽が生えてくると、どんどん生長して体に巻き付いていく。

僕はその光景を『魔眼』を通して見ていた。やっぱり考えていた通りだ。僕は蔦に拘束されたダブルヘッドラビットから距離を取った。

「とどめを刺さないのですか？」

「このまま見ていて」

ミドリさんは不思議そうにしているけど、僕には分かる。あの蔦は魔物の生命力を奪っているんだ。

最初に蔦を見た時、地面の力場が薄くなった。それで蔦に地面（ダンジョン）の力が吸い上げられたのだと思った。植物が生える対象を地面から魔物に変えれば、魔物の生命力を奪いながら蔦が生長するはずだと。

魔物がもがけばもがくほど、蔦は引きちぎられないように生命力を吸い上げて強度を増す。自分の生命力で育った蔦が自分を拘束してくるのだから、考えたらメチャクチャ恐《おそ》ろしい攻撃だ。

しばらく見ていると、ダブルヘッドラビットが力尽《つ》きたのか動かなくなった。

「え？」

そのままダブルヘッドラビットが消えてなくなると、ミドリさんが驚《おどろ》いた。

「蔦は魔物の生命力を吸って育つようだね」

「私、こんなこと考えもしませんでした。リオンさんは賢者《けんじや》です！」

「いや、賢者ではないから」

それはさすがに褒《ほ》めすぎだ。

「次は魔物が動いていても蔦が生えるか実験しようか」

「お願いします！」

実験の結果、はたして動いている魔物でも蔦は育った。つまり、ミドリさんは最初に『植物操作』を発動さえすれば、あとは時間を稼ぐだけで魔物を倒せるということだ。

「芽が生えるまで三〇秒、その後蔦が拘束して魔物が動かなくなるまでに一分。さらに二分で魔物

の生命力は尽きる。つまり、三分三〇秒で戦闘は終わるってことだね」

僕がシーカーになった頃は一時間以上かかった。他の初心者でもソロだと三〇分はかかるだろう。それなのに、ミドリさんは三分三〇秒で終わらせることができる。

「チートだ。ミドリさん。『植物操作』はチートだよ！」

「チートですか？　えーっと、よく分かりませんが、嬉しいです！」

そこから『植物操作』の戦いに慣れるように、僕はできるだけ手を出さずに魔物を狩った。

ミドリさんはどんどん魔物を狩って、戦い方を自分のものにしていった。

「もう大丈夫だね。あとはできるだけ体力をつけるようにすれば、いいと思うよ」

「毎日ランニングして、体力をつけます。本当にありがとうございます！」

シーカー協会で魔石を換金して着替えた僕たちは、近くのカフェに入ってコーヒーを飲みながら、課題について話し合った。

「あの、もしよかったら、私をリオンさんのパーティーメンバーにしてもらえませんか」

「僕とパーティーを？」

「はい。どうでしょうか？」

申し出は嬉しいけど、ミドリさんと僕の特殊能力は相性が悪い。それに、僕はしばらく一人でシーカーを続けていこうと思っている。

今まで誰にも相手にされなかった負け惜《お》しみとかではなく、今は一人でどこまでやれるのか試してみたい。

「ごめん。行けるところまで一人でチャレンジしたいと思っているんだ」

「そうなのですね……」

僕も男なのでミドリさんのような可愛い女の子とパーティーを組めたら嬉しい。でも、シーカーを続けるためには、ここで甘えてパーティーを組んではいけないと思った。

もっとも、力をつけた時に誘われたら、ホイホイついていっちゃうかもしれないけど。


翌日、僕はダンジョンに入った。ミドリさんは『植物操作』の使い方をもっと研究するため、僕とは別行動している。

今日は第二エリアに向かった。他のシーカーがいるとなかなか狩りができないので、人気《ひとけ》のない場所に向かうことにした。

岩の町に入った僕は地図を片手に人気のない場所を進んだ。第一エリアでも見られる魔物を狩りながら進んでいくと、初めて見る魔物がいた。

ホワイトモンキーという白い体毛の、真っ赤な顔とお尻《しり》をしたサルの魔物だ。建物の上や中から石を投げつけてくるスナイパーと言われる魔物で、かなり遠いところからも狙ってくる危険な魔物だ。

この清須《きよす》ダンジョンで活動するシーカーの最初の関門は、一人で魔物を倒すこと。その次の関門が、このスナイパーと言われるホワイトモンキーだ。

石でいきなり攻撃されて、当たり所が悪く即死《そくし》するシーカーも多い。

でも、僕には『魔眼』がある。遠くや建物の中にいても、ホワイトモンキーの力場を見ることができる。つまり、僕への奇襲《きしゅう》は簡単に成功しないのだ。

もちろん、警戒しながら進まなければいけないけど、ホワイトモンキーは警戒すれば危険は少ない。

そのホワイトモンキーは、まだ僕のことに気づいていない。『時空操作』でホワイトモンキーの後方に移動して、ショートソードで斬りつける。

いきなり現れた僕に背中を斬られたホワイトモンキーが、悲鳴をあげながら僕に飛びかかってきた。

ホワイトモンキーを躱しながら、ショートソードで一閃《いっせん》する。そして『結晶』を発動して、命を奪う。

カウンターを狙っていたけど、上手くいった。初めて戦ったけど、接近戦はそれほど苦労しなかった。

転移ゲートを使って後方から攻撃するのは、なかなか素晴らしい戦術だと我ながら思った。この華麗《かれい》な勝利を、ちょっと前の僕に見せてやりたい。

第二エリアを進むと、リトルデーモンが現れた。リトルデーモンは子供のような容姿をした悪魔系の魔物だ。小さな羽をパタパタさせて空中を飛び、トライデントという槍を持っている。リトルデーモンのトライデントは槍として使うのではなく、その先から火炎《かえん》を放出して攻撃してくる。火炎はかなり強力な攻撃だけど、接近戦は苦手な魔物だ。

僕を見つけたリトルデーモンは、トライデントの先から火炎を放射した。僕はその火炎の前に転移ゲートを発生させ、さらにリトルデーモンの後ろにその出口を繋《つな》いだ。

火炎に焼かれたリトルデーモンの羽が焼失した。弱ったところに『結晶』を発動して終わりという、なんともあっけない戦闘だった。

火炎を放射するリトルデーモンに近づきたくないし、自分の炎に焼かれてダメージを負ってくれれば言うことなしだ。

次はゴブリンが現れた。ゴブリンは醜悪《しゆうあく》な顔をした子供くらいの背丈《せたけ》の小鬼《こおに》で、剣を持っている。

僕はゴブリン相手に、真正面から戦いを挑《いど》んだ。剣と剣でどれだけ戦えるのか、試してみたかったのだ。

引き裂かれたような口から涎《よだれ》を垂らしながら、ゴブリンが僕に向かって駆けてくる。

ゴブリンが剣を振りかぶったところで、踏《ふ》み込んでショートソードを横に薙ぐ。ゴブリンの肉を斬る手応《てごた》えがあった。

そこで僕は油断してしまった。かなり良いタイミングで斬ったから、ゴブリンはのた打ち回っているものと勘違いし、足を止めて見てやろうとした。

しかし振り返った瞬間、腹部に衝撃《しようげき》を受け、僕は転倒《てんとう》してしまった。なりふり構わないゴブリンが体当たりしてきたようだ。

倒れ込んだ僕に、ゴブリンは錆《さ》びたボロボロの剣で刺そうと馬乗りになった。

慌てた僕はゴブリンをどかそうとするが、小さい体のゴブリンが岩のように重く感じる。

黒目のない白目にいくつもの血管が浮かび血走っている。その目に狂気《きようき》を見た僕は、恐怖《きようふ》を感じた。

これまで何度も死にそうになったことはあるけど、今回はその中でも群を抜いて怖《こわ》い。それは、ゴブリンが人型だからなのかもしれない。

剣が振り下ろされる。僕は必死で首を右に曲げ避けた。剣が頬を掠《かす》めて痛みを感じたが、それどころではない。ゴブリンは再び剣を振り上げて、僕に振り下ろしてくる。

「うわぁぁぁっ」

無我夢中で暴れまくった。それがよかったのか、ジタバタさせた足がたまたまゴブリンの後頭部にヒットした。

「グギャッ」

ゴブリンが朦朧《もうろう》として横に倒れたので、僕は夢中でゴブリンの上に跨《また》がって拳を振り下ろした。怖かった。だから何も考えずに、とにかく拳を振り下ろしていた。

何度も何度もゴブリンの顔を殴った。知らずに涙《なみだ》が出て、恐怖が体中を駆け巡《めぐ》っていた。

気づけば僕は地面を殴っていた。ゴブリンが息絶えて消えたのさえ分からなかった。それほど僕は混乱していたのだ。

「はぁはぁ……」

なんて様だ。顎《あご》と鼻筋から大粒《おおつぶ》の汗が滴《したた》り落ちる。そして目から涙も。

ゴブリンの白目を思い出すだけで、身震《みぶる》いする。僕はこんなにも弱いのに、調子に乗っていたんだ。それを神様が教えてくれた。いや、調子に乗った僕に、神様が罰《ばつ》を与えたのかもしれない。

ミドリさんにちやほやされて、新しい特殊能力を得て、僕は調子に乗っていた。

「真摯《しんし》に戦おう」

とにかくひたむきに戦いに向き合おう。もう油断してこんな思いをしないで済むように、自分を

律しよう。

『時空操作』で収納しておいたオキシドールをタオルに含《ふく》ませて頬の傷を拭《ふ》く。

「っ……」

この痛みは戦闘が終わってないのに、気を抜いた僕への戒《いまし》めだ。この痛みを一生忘れない。

今の僕には下級ポーションもあるけど、この程度の傷にポーションを使うのはもったいない。それに、この痛みをしばらく感じていたい。そうしないといけないような気がしたんだ。

よく見れば、ゴブリンや地面を殴った拳が腫《は》れている。

ショートソードを握ることはできるけど、握力《あくりょく》が弱くなっている。これは地上に帰ることも考えなければいけない。

その時、岩肌から流れ落ちる水が見えた。地図にも描《か》いてあるけど、それは飲料水にもなるものだ。

滝《たき》つぼで両手を冷やして、ついでに休憩する。休憩中も気は張っておく。さきほど痛い目を見たので、その舌の根も乾《かわ》かないうちに油断はしない。

滝つぼで冷やしたおかげで、両手の握力が戻った。何度か素振りして調子を確かめたけど、これなら大丈夫だ。

ホワイトモンキーにもリトルデーモンにも、そしてゴブリンにも僕は油断せずに戦った。今回は九級の昇級試験を受ける前に戦い方を復習しておこうと思っていたから、いい感じで気が引き締《し》まった。絶対に九級への昇級試験に合格するぞ。

そろそろ帰ろうと思っていると、十字路を曲がった先にある壁に力場の異常を発見した。そこは袋小路《ふくろこうじ》になっていたけど、壁が他の壁と力場が違う。手を当てて触《さわ》ってみるが、他の壁と同じ感触だった。

「『魔眼』では明らかに違うけど、触り心地《ごこち》は変わりない。どうするかな？」

地図を見てもここは袋小路になっている。地図はシーカー協会がかなり念入りに調べて作ったものだから何かがあるとは考えにくいけど、なんだか気になる。

「『結晶』で力場を封印したらどうなるのか？」

思い立ったが吉日《きちじつ》とばかりに、僕はその壁の力場を『結晶』で封印した。力場を失った壁はガラッと崩《くず》れていった。

「おおおっ！　隠し通路だ！」

崩れた壁の先には通路があって、どこか誘っているようにも思えた。

ダンジョンには隠し通路と言われる、何かで隠されているため通常では発見できない通路がある。僕はその隠し通路に当たったようだ。

隠し通路には強力な魔物、そしてお宝が眠《ねむ》っている。気持ちが高揚《こうよう》するのを抑《おさ》え込んで、冷静に状況《じょうきょう》を確認する。

後方に魔物やシーカーの反応はない。

隠し通路の中を確認すると、奥《おく》の方に動く力場を発見した。これまで見た魔物とは違う力場を持つ魔物のようだ。

他にも二つの力場がある。それは動いていないので、お宝ではないだろうか。先《ま》ずはその二つの力場を確認することにした。

隠し通路を進むと、宝箱があった。ダンジョンで出てくる宝箱は木でできているが、その金具に使われている金属が鉄、銅、銀、金の四種類があるのは有名な話だ。

第一や第二エリアのような浅い層では、滅多《めった》に宝箱は発見されない。発見されても鉄の宝箱ばかりなのに、僕の目の前にある宝箱は銀だった。それが二つもあるのだから、大当たりだ。

宝箱には罠《わな》があるものもある。普通、浅いエリアの宝箱に罠はないが、警戒して損はないので宝箱の裏側に回り込んで蓋《ふた》を開けた。

「罠はなかったか」

宝箱の中には腕輪《うでわ》があった。シーカー協会で鑑定してもらうまでは身につけるわけにはいかないので『時空操作』で収納した。

もう一つの宝箱も後ろから開けた。ピシュッと音がして、矢が飛び出した。

「予想を覆《くつがえ》す罠か。警戒しておいてよかった」

矢が飛び出す罠だったので、後ろにいた僕は無事だった。もう罠はないと判断し、中を見てみると剣があった。僕が使っているショートソードよりも少し長く、装飾《そうしょく》はシンプルというか質素な剣だった。魔剣や魔道具系の剣かもしれないと思うと心が躍《おど》るが、これも収納して鑑定してもらうことにする。

「さて、最奥《さいおう》の力場に向かうけど、戦って勝てるのか？」

その力場は離《はな》れたところからもかなり強力な光彩《こうさい》を放っていた。遠くから力場を『結晶』で封印すれば勝てると思うが、安心はできない。

ドーム状になった空間のほぼ中心で、大きな剣の先端《せんたん》を地面につけながら右へ左へと忙《せわ》しなく動く魔物が見えた。力場の正体はゴブリンだったが、背丈は僕と同じくらいあった。

「ホブゴブリンか」

ホブゴブリンは普通のゴブリンよりも大きく、刃渡り一・五メートルほどある大きな剣を軽々扱《あつか》う腕力がある。

ホブゴブリンは第四エリアに出てくる魔物だ。こんなところにいていい魔物ではない。僕は思わず顔を歪《ゆが》めた。

迷った末、僕は戦うことにした。傲慢《ごうまん》になっているわけでも、無謀《むぼう》な挑戦《ちょうせん》でもない。冷静に判断して勝てると思ったからだ。

ホブゴブリン相手に真正面から戦いを挑むのは自殺行為《こうい》だろう。今回はショートソードの出番はない。最初から必殺技《わざ》でケリをつけるつもりだ。

ドーム状のエリアに入っていくと、入り口が壁で塞がった。ちょっとした力場があったので変だなとは思ったけど、ホブゴブリンを倒さないと出られない罠にハメられてしまったようだ。

でも、僕には『時空操作』があるから、もしホブゴブリンに勝てそうになくても、脱出《だつしゅつ》はできるはず。また、塞がれた入り口の力場を封印すれば、この壁はなくなるだろう。

ホブゴブリンが僕を獲物として認識し、大きく裂かれたような口が、歪《いびつ》に笑っている。

僕も笑いを返して、『結晶』を発動した。

グイィィンッとホブゴブリンの力場が小さくなっていく。それに伴《ともな》ってホブゴブリンの顔から笑みが消え、苦悶《くもん》の表情を浮かべた。

油断せずに睨《ね》めつけていると、ホブゴブリンは膝《ひざ》をつき、さらに苦しそうに大きく肩を揺らして呼吸している。

このまま見ていれば勝てるはずだが、警戒は解かない。ホブゴブリンが消えるまでは絶対に目を離さない。

「っ⁉」

すると、ホブゴブリンがその手に握っていた大剣を投げつけてきた。大剣は凄い速度で飛翔《ひしょう》し、僕の脇《わき》を通り過ぎて壁に刺さった。

僕はホブゴブリンの動きを冷静に見ていたので、その大剣を躱すことができた。それでも背中に冷や汗をかくほど、ぎりぎりの回避《かいひ》だった。

「グオォォォッ！」

ホブゴブリンが咆哮《ほうこう》をあげ、地面に倒れた。大剣が命中しなくて残念、とでも叫《さけ》んだのかもしれない。

消えてなくなったあとは、アイテムが残された。

「宝箱から二つ、さらにホブゴブリンからも一つ。この隠し通路は大当たり中の大当たりだな」

僕は意気揚々と地上に戻り、シーカー協会で隠し通路のことを報告すると、会議室に通された。

地図を広げて隠し通路のことを職員に説明すると、専属シーカーのパーティーを調査に送ると言っていた。

隠し通路で得た三つのアイテムを鑑定してもらった。

腕輪は腕力を上昇させるものでそこまで劇的な効果はないが、それでもオークションに出せば数百万円はするだろうと教えてもらった。

剣は赤銀製で特殊な効果はなかったが、かなり丈夫な上になかなか手に入らないものだ。共に僕が使おうと思う。

さらに、ホブゴブリンからドロップしたのはブーツだった。このブーツは俊敏《しゅんびん》性を上昇させるものだった。裸足《はだし》のゴブリンからブーツがドロップする違和感はさておき、このブーツも僕が使うことにした。

三つのアイテムのうち、二つが身体能力を上昇させるものだった。これは僕が非力だと言われているのだろうか……。

気を取り直して九級昇級試験の申請をした。

受付の女性が目を剥いて驚いている。二年二カ月……もうすぐ二年三カ月になるけど、ずっと一〇級だった僕が昇級試験を受けるのがそんなに珍事《ちんじ》なのだろうか。へこむ。

今日の収入は過去最高を更新した。なんと二一万円になった。

通常、ホブゴブリンの魔石は極小三級だが、あのホブゴブリンの魔石は極小一級だった。

あの隠し通路で長い間力を蓄《たくわ》えていたことで、ホブゴブリンの格が上がったのかもしれない。

清須ダンジョンの第二エリアで発見された隠し通路の調査について、シーカー協会から話を聞いた。隠しエリアの宝箱は僕が中身を回収したので、消えてなくなっていた。これは一般的に知られていることなので、簡単な報告だけがあった。

そしてドーム状の部屋は、僕がホブゴブリンを倒してから二四時間後にリポップしたことから、エリアボスと同等の魔物だと判明した。通常の魔物のリポップは一時間から二時間程度で、エリアボスは二四時間が通常のサイクルなのだ。

「リポップしたホブゴブリンを倒しましたら、下級ポーションがドロップしました。ホブゴブリンを三回倒しましたが、三回とも下級ポーションでした。ブーツは初回特典のようなものだと思われます。また、ドロップ率は一〇〇パーセントでしたので、下級ポーションが欲《ほ》しいシーカーたちで順番待ちができるものと思われます」

ポーションは下級でも五万円とそれなりに高額なので、一〇〇パーセントドロップだと討伐《とうばつ》の順番待ちができてもおかしくはない。

別の魔物から一度だけ下級ポーションがドロップしたので、僕も一つ持っている。お守りのようなもので、大怪我をしない限り使うつもりはない。

職員から隠し通路の説明を受けた後、九級昇級試験の日程と内容を聞いた。

九級の昇級試験は試験官と共にダンジョンに入って魔物を倒すというものだ。九級昇級試験は個人の能力を見るものなので、パーティーを組んでいても一人で戦うことになる。

試験対象の魔物は第二エリアにいる魔物で、一人で戦って一〇分以内に倒せれば合格という至ってシンプルなものだった。

特殊能力は使い放題で、武器は爆発《ばくはつ》を伴う武器以外ならなんでも使っていいことになっている。

今回、九級試験を受けるのは、僕の他に七人。四人と三人のパーティーだと自己紹介《しょうかい》の時に聞いた。その三人の中にはミドリさんもいた。女の子だけの三人パーティーを組めたようで、ひと安心だ。

　そして、試験当日。

　ミドリさんのパーティーメンバーは、剣と盾《たて》を持った気の強そうなアサミさんと、短剣二刀流で性格が明るいアズサさん。二人は高卒でシーカーになったそうでミドリさんが一番年上なんだけど、パーティーリーダーはアズサさんらしい。

　アズサさんは活発系美少女で、他の二人を引っ張っていくリーダーシップがあるらしい。

「リオンさん。第二エリアに隠し通路が見つかったらしいですよ。聞きました？」

「知っているよ。ミドリさんはもう行ったの？」

「様子を見に行ったのですが、下級ポーションがドロップするのでたくさんのシーカーが順番待ちをしてましたよ」

　二四時間リポップなので、僕は並ばない。だって、並んだ順番が一〇番目なら、一〇日も待たないといけないのだ。一〇日もその場から離れられないなんてあり得ない。

　あの後、僕は第二エリアの穴場を探して探索したけど、隠しエリアが発見されたことで普通なら人が寄り付かないような場所にもシーカーたちがいた。だから、休養と防具の新調をして、今回の九級昇級試験に臨《のぞ》んだ。

「あれはさすがに並べないよね、リオンさん」

「僕も一度見にいったけど、たくさん並んでいてアズサさんの言うように、並ぶ気にはならなかったよ」

アズサさんはかなり人懐《ひとなつ》っこい。その容姿もあって、若いシーカーに人気があるようだ。

「ポーションを使わない戦い方をすればいい」

アサミさんは少しぶっきらぼうな感じの喋《しゃべ》り方をする。目つきも鋭《するど》くクールな風貌《ふうぼう》なので、違和感はない。

下級ポーションは第一エリアのエリアボスである大クモからドロップするが、大クモのドロップアイテムは固定ではなくランダムだ。ただの鉄の塊の時もあれば、銅の塊の時もある。その中で大当たりなのが下級ポーションで、ドロップ率はかなり低い。下級ポーションが固定ドロップの、隠し通路のホブゴブリンが人気になるのも分かる。

僕とミドリさんたちが和気あいあいと喋りながら進んでいると、大きな爆発音がした。

男子パーティーの一人が『爆破』系の特殊能力を持っているようだ。ダンジョン内では、爆弾《ばくだん》の爆発は威力がかなり抑えられてしまうが、特殊能力の爆発は抑制《よくせい》されないのでかなり強力だ。でも……。

「あんなに派手に音を立てたら、魔物が寄ってくるかな」

僕がそう言ったそばから、足長クモが二体現れた。現れた二体に派手な攻撃をするものだから、次から次へと魔物が近寄ってくる。負の連鎖《れんさ》だ。

先ほど少し触れたが、特殊能力による爆発はダンジョンの中でも地上でも威力に変わりはない。対して、地上では圧倒《あっとう》的な破壊力《はかいりょく》や攻撃力のある火薬や燃焼剤《ねんしょうざい》は、ダンジョンの中では爆発力がかなり小さくなってしまう。

どうしてと聞かれてもダンジョン内ではそうなるとしか説明できない。ダイナマイトやＴＮＴ爆

薬、自動車などの内燃機関といった爆発を伴う現象は使いづらくなっているのがダンジョンの現状なのだ。だから、拳銃《けんじゅう》のようなものは使用しないのがシーカーの常識になっている。

「私たちも手伝ったほうがいいでしょうか？」

「うーん、どうだろう……？」

男子パーティーが道中の魔物を倒してくれるおかげで、僕とミドリさんのパーティーはすることがなかった。多分、彼らは女の子三人に良いところを見せようと張り切って魔物を倒しているんだと思う。僕と喋っている三人を見て気を引こうと、派手な演出をしているようだ。

僕は今年二五歳（まだ二四歳！）だけど、彼らのような頃もあったと妙に懐かしく思ってしまう。ただ、がんばってアピールするのはいいけど、昇級試験の前に疲れ果てないようにしてほしいものだ。

僕が手伝おうかと聞いたら、赤毛の少年が不要だと言った。彼は四人のリーダー格の少年で、『爆破』系の特殊能力を持っている。その彼が派手に特殊能力を使いまくったおかげで、わんさかと魔物がやってきた。

一二体の魔物と連戦した男子たちが肩を大きく揺らして息をしている。

そんなことがあったけど、僕たちは何とか無事に第二エリアのゴブリンゾーンにやってきた。

「おい、オッサン」

まさかと思ったけど、「オッサン」というのは僕のことだった。僕はまだ二四歳の青年です！

僕をオッサンと呼んだのは男子パーティーの一人で、全く似合っていない赤毛をした少年だ。『爆破』系の特殊能力を使って魔物をおびき寄せる、痛いヤツだ。

「あんたのこと知ってるぞ。万年一〇級の冴《さ》えないオッサンだろ」

「万年一〇級は否定しないけど、オッサンと言うのは止めてほしいかな。まだ二四なんで」

「オッサンにオッサンと言って、何が悪いんだよ」

赤毛の少年は良く言えば四人の中のリーダー格、悪く言えば鼻つまみ者だった。そんなヤツが年上の僕にも歯に衣《きぬ》着せぬ物言いをした。

「オッサン。昇級できんのか？　怪我する前に家に帰ったらどうだ」

なんでそんなことを言うのかと思ったが、考えてみたら彼らにとって僕は邪魔者《じゃまもの》なんだ。ミドリさんたちと親しくお喋りする僕は、彼らにとって天敵なのかもしれない。

「お兄さんはそろそろ一〇級を卒業したいんだ。だから、このまま試験を受けるよ」

「チッ」

僕がいたって女性陣《じょせいじん》にアピールできるのに、やり方が悪いんだよね。彼女いない歴イコール年齢の僕が、他人のことをとやかく言うのもおこがましいんだけどさ。

試験は一対一の戦いなので、最初は誰が戦うかと試験官に問われた。僕がやろうと思ったけど、男子たちがやると言うので手を挙げなかった。

最初はあの赤毛の少年が戦うことになった。彼の特殊能力はかなり強力なので大丈夫だろうけど、それでも連戦の疲れが顔に表れている。

ゴブリンを発見したので、赤毛の少年の戦いが始まる。

派手に『爆破』系の特殊能力を発動させたけど、命中精度が悪い。いつもは仲間が魔物の動きを抑えてくれていたんだろう、彼は動く相手に『爆破』系特殊能力を命中させるのに苦労していた。

魔物だって火の球が飛んで来たら避けるよね。それを考えもせずフェイントも何もなしに『爆破』系特殊能力を放っても、当たらないのは当然だ。

幸いここは大きな音を立てても、他の魔物を呼び寄せない場所のようで、これだけ騒々《そうぞう》しくしても他の魔物は近づいてこない。そういう場所を試験官が選んでいるのだろう。

「一〇分経過した。不合格だ」

試験官が告げると、見えない刃がゴブリンの首を飛ばした。試験官は『風』使いか。

「俺はまだできる！」

「試験時間は一〇分だ。お前は自分の戦い方を考え直すべきだな」

「くっ」

かなりふて腐《くさ》れているが、試験というのは厳正に判定されるべきものだ。

彼の『爆破』系特殊能力の威力は強力かもしれないけど、動く魔物に当たらなければ宝の持ち腐れだ。

その後、赤毛の少年のパーティーメンバーも試験を受けた。二人が合格して一人が不合格だったが、メンバーの半分以上が九級なら、九級パーティーとして扱われる。

「あの赤毛君が暴走しなければいいんだけど……」

「どういうことですか？」

ミドリさんが僕の独り言を拾ってしまったようだ。

「彼のようなシーカーはプライドが高いんだ。今までパーティーの中心にいたと思うけど、彼よりも上のメンバーが二人もいる。彼が我慢できるといいんだけど」

ミドリさんたちが納得《なっとく》したように頷《うなず》く。

次はアサミさんが試験を受けることになった。

アサミさんはゴブリンの剣を盾でいなして危なげなく勝った。時間も八分かからなかったので、合格だ。

アズサさんは二本の短剣を器用に使って、攻守にそつがない。彼女も八分かからずゴブリンを倒し合格した。

ミドリさんの戦いは、以前見た時よりもかなり上達していた。発芽までの時間が短くなっていたし、魔物の生命を吸う速さも速くなった。三分を少し越えたときゴブリンは消えた。合格だ。

「九級昇級、おめでとう」

僕がそう言うと、ミドリさんは嬉しそうに、僕のおかげだと言った。僕はそんなことないと否定したけど、彼女は僕のちょっとしたアドバイスに今でも感謝をしてくれているらしい。

最後は僕の番だ。赤銀製の剣を抜いてゴブリンと対峙《たいじ》する。

息遣《いきづか》いを読み、ゴブリンが駆け出すのと同時に僕も動く。

剣を上段に振り上げ飛び掛《か》かってくるゴブリンを、僕は剣を振り上げて弾いた。剣を弾かれて体勢を崩したゴブリンの首に向かって、剣を横に薙いだ。

斬られたことに気づかないゴブリンが動こうとしたけど、首がぐらりとズレて地面に落ちる。その場に倒れ、消え去った。

溜まった結晶を『ＳＦＦ』に変換し身体能力が上がったことで、ここまで圧倒的なことができるようになった。

「合格だ。おめでとう」

「ありがとうございます」

試験官も驚いていた。まさか万年一〇級の僕が、合格するとは思ってもいなかったようだ。でも、素直におめでとうと言ってくれたことが嬉しい。

「リオンさん、おめでとうございます！」

「おめでとう、リオンさん」

「おめでとう」

ミドリさん、アズサさん、アサミさんが駆け寄ってきた。

「皆《みんな》、ありがとう」

これで万年一〇級とバカにされることはなくなるだろう。自分でも強くなれると思うと嬉しい。

「一瞬でゴブリンの首を斬り落とすなんて、凄いです」

ミドリさんが興奮している。僕もまさかここまで上手くいくとは思ってもいなかったよ。

「けっ、まぐれだ。万年一〇級がゴブリンを倒せるわけないだろ！」

いい気分だったのに、赤毛君が水を差してきた。ここは大人の対応をしよう。

「君も万年一〇級にならないように、向上心を持ってね」

うん、とても大人の対応だ。

「クソジジイが偉《えら》そうに言うな！」

あれ、なんで怒ってるの？

危《あや》うく殴りかかられそうになったけど、試験官が止めてくれた。よかった。

第二章　必殺技

第二エリアのエリアボスはブルーリトルデーモンだ。普通《ふつう》のリトルデーモンは火炎《かえん》放射で攻撃《こうげき》してくるけど、このブルーリトルデーモンは水を操《あやつ》る。剣《けん》のように鋭《するど》い放水でシーカーたちを傷つけるし、射程距離《きょり》も火炎放射より長い。

近づいていくとブルーリトルデーモンがトライデントの先を僕《ぼく》に向けて放水してきた。僕は転移ゲートを出して、その放水をブルーリトルデーモンの後頭部に向けた。

自分の放水が後頭部に命中して吹《ふ》き飛んだブルーリトルデーモンに、赤銀製の剣を振《ふ》るう。

この赤銀製の剣は第二エリアの隠《かく》し通路の宝箱から見つけたもので、刃渡《はわた》り九〇センチほどのやや長めの日本刀に近い片刃《かたは》の剣だ。

赤銀はダンジョン内でしか手に入らない金属なので、この剣の価値はかなり高い。

シーカー協会で鑑定《かんてい》してもらった後、オークション履歴《りれき》を確認《かくにん》したら二〇〇〇万円から三〇〇〇万円くらいの価値だったので驚《おどろ》いた。

赤銀製の武器はもっと階級が上のシーカーが使うグレードなので、本来は九級の僕が使うような剣ではない。

鉄製のショートソードは予備の武器として、収納の中に入れてある。

『SFF』が高くなると、武器が力に耐《た》えられなくなることがあるけど、この赤銀の剣なら長く使えるはずだ。

そんな赤銀製の剣を振ったら、手応《てごた》えもなくブルーリトルデーモンの首が地面に落下した。

後頭部にダメージを受けた時点で瀕死《ひんし》だったから、倒《たお》すのは難しくなかった。

ドロップアイテムは黄銅の塊《かたまり》だった。金色だったので金塊《きんかい》か！　と一瞬《いっしゅん》思ったけど、ブルーリトルデーモンから金塊はドロップしない。僕は黄銅だと判断した。

これが迷宮金属《ダンジョンマテリアル》と言われる迷宮黄銅や迷宮鉄などの特殊《とくしゅ》な金属なら数百万円になるけど、ただの黄銅では数千円から数万円にしかならないのが悲しいところだ。

ブルーリトルデーモンはエリアボスでも下級の魔物《まもの》なので、こんなものだね。

僕が探索《たんさく》している清須《きよす》ダンジョンは、第五エリアまである初心者用のF級ダンジョンだ。地獄《じごく》の門の下にはA級ダンジョンでも出てこないような魔物が存在していたけど、そのことは誰《だれ》も知らないと思う。

普通は八級昇級《しょうきゅう》と共にE級ダンジョンへ活動の場を移すので、清須ダンジョンでは見習いと言われる一〇級と九級シーカーが活動している。

第三エリアに入った僕は、第二エリアと同じようにあまりシーカーがいない場所を選んで探索した。

この第三エリアは第一や第二エリアに較《くら》べると、かなり薄暗《うすぐら》い。だけど僕には『魔眼《まがん》』があるから暗さは問題にならない。最近は『魔眼』を発動させたままダンジョン内を進むことが当たり前になっている。だから、明るさは関係ないのだ。

第二エリアで隠し通路が発見され、第三エリアでも隠し通路があるかもしれないとシーカーたちが広範囲《はんい》で活動しているようだ。あちらこちらにシーカーの姿がある。

第三エリアで最初に遭遇《そうぐう》した魔物は、ブラックフラワーという花の魔物だった。黒い花ビラを飛ばしてきてシーカーを斬《き》り裂《さ》いたり、花粉でシーカーを麻痺《まひ》させたりする嫌《いや》らしい戦い方をする魔物だ。

極《きわ》めつきは細い根をシーカーに突《つ》き刺《さ》して生命力を奪《うば》うという、ミドリさんの『植物操作』に似た攻撃をしかけてくる。

ブラックフラワーには近づかないのが一番だ。僕は『結晶《けっしょう》』でブラックフラワーの力場を奪った。

魔石を拾おうとしたら、魔石のそばにアイテムが落ちていた。エリアボスでもない魔物がアイテムを落とすのはかなり珍《めずら》しいことだけど、まったくないわけではない。

「花の指輪……？」

黒い花があしらわれ、その真ん中に黒い石がハメられている。どういうものか鑑定してもらわないといけないけど、良い効果があっても男の僕では花の指輪は使いづらい。

第三エリアを適度に探索して地上に戻《もど》った僕は、シーカー協会で魔石を換金《かんきん》した。今回は二三万円を超《こ》えた。毎回のように過去最高額を更新《こうしん》していくので嬉《うれ》しい限りだ。

次に花の指輪を鑑定してもらった。

「こちらは麻痺耐性《たいせい》の指輪になります」

この麻痺耐性もそこまで高い効果ではないみたいだけど、麻痺耐性の指輪は需要《じゅよう》があるのでオークションに出せば一〇〇〇万円以上になるだろうとのことだった。こういうものがドロップしてくれるとかなり嬉しい。

本当は僕が使いたいところだけど、デザインがちょっとあれなので判断を保留した。

アパートに帰ってから近くのスーパー銭湯に向かう。稼《かせ》げるようになったので風呂《ふろ》のある物件に引っ越《こ》ししようかと思ったけど、清須ダンジョンを踏破《とうは》してから引っ越そうと思いとどまる。

広い湯船に浸《つ》かると「あぁぁっ」と声が出る。

夏だと水で体を流すだけで済ますことが多いけど、やっぱり風呂はいい。夏本番になると、スーパー銭湯で風呂に浸かっても帰るまでに汗《あせ》をかくから早めに風呂付きの物件に引っ越せるように、清須ダンジョンを踏破しようと決心する。

翌日もダンジョンに入った。第三エリアではブラックフラワーの他に、サイレントバットが現れる。

このサイレントバットは音もなく近づいてくるコウモリ型の魔物で、気づいたら攻撃を受けていたなんてことが多いらしい。

飛び回るサイレントバットは、剣では対応が難しい。しかも、風を操って攻撃してくるので、厄《やっ》介《かい》極まる。

そこで僕は『時空操作』を試《ため》してみた。サイレントバットの進行方向に網《あみ》のような空間の歪《ゆが》みを出現させると、それに搦《から》め捕《と》られもがいているサイレントバットに転移ゲートから剣を突き入れととどめを刺した。

意外とできるものだと、自分でも感心した。

第三エリアには大モグラという体高一メートルほどのモグラの魔物が出てくる。ほとんど姿を現さない魔物だけど、地面の下を掘《ほ》って空洞《くうどう》を作るので体重が重いシーカーは、地面が崩《くず》れて空洞に落ちることがある。この空洞に落ちると、振動《しんどう》を感知した大モグラが近づいてきてシーカーを襲《おそ》う。

狭《せま》い穴の中での戦いは大モグラに有利なので、穴に落ちないようにスキーのような板をつけて進むシーカーもいる。

僕は幸いにもそこまで体重が重くないので落ちることはなかった。仮に落ちても転移ゲートがあるので、そこまで警戒《けいかい》していない。

地面の下にいる大モグラも『魔眼』で発見できるので、『結晶』で生命力を奪う。空洞内に落ちている魔石は転移ゲートを繋《つな》げて拾えば問題ない。

そうやって進んだ僕は、第三エリアから第四エリアへと入った。第三エリアのエリアボスは他のシーカーに倒されていた。

第四エリアは洞窟《どうくつ》がかなり広い。将棋盤《しょうぎばん》のように四角の空間が並んでいて、それを繋ぐ通路の幅《はば》は一メートルくらいだ。

シーカーのいないルートを選んで進んだ僕は、誰もいないところで転移ゲートをアパートに繋げて帰った。

清須ダンジョンを第五エリアまで探索すると一泊《ぱく》二日が最短ルートになる。しっかりと探索するには、四日や五日は籠《こ》もることになる。

僕は踏破を急いでいるけど、探索も忘れていない。本来はダンジョンの中で野営するのだけど、僕には『時空操作』があるのでアパートというセーフティゾーンで休むことにした。

他のシーカーがこのことを知ったら文句を言ってきそうだが、これが僕の特殊能力なので言われる筋合いはない。

濡《ぬ》らしたタオルで体を拭《ふ》いて、カップラーメンでお腹《なか》を満たした僕は布団《ふとん》に入った。ゆっくり寝《ね》ることができた。おかげで疲《つか》れは残っていない。寝袋《ねぶくろ》ではこうはいかないから、本当に助かる。

朝食を食べてしっかりと準備し、第四エリアに戻る。

転移ゲートを出ると、一五メートルほど先にコボルトが見えた。そのコボルトはいきなり現れた僕に、かなり驚いているようだ。

コボルトは二足歩行する犬で、動きがかなり速い。でも、『ＳＦＦ』がかなり上がった今の僕にとって、そこまで危険ではない。

鋭い爪《つめ》で引っ掻《か》こうとしてくるコボルトの攻撃を避《よ》け、カウンターでその腕《うで》を斬り飛ばすと、コボルトがのたうち回る。僕は構わず『結晶』を発動した。

すぐにホブゴブリンを発見し、これも倒した。得た結晶はすぐに解放して取り込《こ》んでいる。日々『ＳＦＦ』が増えていく。それが身体能力になって僕を前に進ませる。

以前はほとんど増えなかった『ＳＦＦ』も、今では急速に増えていく。それに魔物を倒したことで自然と増える『ＳＦＦ』もあるはず。この清須ダンジョンを踏破した後に、『ＳＦＦ』を測る時が楽しみだ。

第四エリアをくまなく歩き回った。それだけで一日かかったが、これで心置きなく第五エリアへ向かうことができる。

第四エリアのエリアボスもいなかった。運が良いのか悪いのか。そのまま第五エリアへ足を踏《ふ》み入れた。


第五エリアはかなり明るい。明るすぎるほど明るい。岩が光を発しているように、あちこちが光っている。なんだか気持ち悪いエリアだ。でも、『魔眼』を発動していれば、眩《まぶ》しさは関係ない。

ゴブリンライダーはオオカミに跨《また》がったゴブリンだ。その速さはコボルトを上回るからちょっと苦労したけど、それでも苦戦するほどではなかった。情報は持っていたけど、初見なのでその速さに少し驚いただけだ。

ゴブリンライダーはゴブリンを殺しただけで、オオカミも一緒《いっしょ》に消え去ってしまう。逆にオオカミを殺した場合も、ゴブリンが消えてしまう。一心同体のようだ。

さらに探索を進めると、丸い何かが空中に浮《う》いていた。『魔眼』で見てなかったら、気づかなかったと思うほど裸眼《らがん》では何も見えない。

「あれがこの第五エリア最大の厄介者か」

エネルギーボールと呼ばれるその魔物は、この眩しさに紛《まぎ》れて姿を隠している光の球だ。攻撃力はほとんどないが、見えないことをいいことに体当たりしてくる。当たりどころが悪いと衝撃《しょうげき》で意識を失い、目のような弱い場所に当たるとかなりマズいことになる。

でも、一番厄介なのは、他の魔物と戦っているところに乱入されることだ。気づいたら体当たりをうけ、脳震盪《のうしんとう》を起こしていたとかあるらしい。それで全滅《ぜんめつ》するシーカーパーティーもあると聞いたことがある。

エネルギーボールに『結晶』を発動して倒す。『魔眼』があれば、油断しない限り怖《こわ》くない魔物だ。

「あ……」

探索を進めていたら、また壁《かべ》の力場を見つけてしまった。そこは第四エリアに続く通路からも、エリアボスのいる場所からもかなり離《はな》れていて、誰もいなかった。

『結晶』で封印《ふういん》したら壁が崩れた。ここまでは第二エリアと同じだ。

隠し通路の中に入っていくと、Y字路になっていた。僕は迷いなく右へ向かった。

右に向かった理由は、こっちが宝箱っぽいから。実際に目の前に宝箱が鎮座《ちんざ》している。

宝箱は一つだけだったけど、金の金具の宝箱なので期待に胸が弾《はず》む。

前回、第二エリアの隠し通路の宝箱の一つには、罠《わな》があった。あの時は『魔眼』で見た力場に違《い》和《わ》感があったけど、この宝箱にはない。罠はないと思うが、念のために後方から蓋《ふた》を開ける。

罠はなかった。宝箱の中には本があった。これ、もしかしてレヴォリューションブックじゃないかな。

レヴォリューションブックというのは、特殊能力を持っている人限定のパワーアップキットみたいなものだ。ただ、なんでもかんでもではなく、対応した特殊能力だけをパワーアップしてくれるものなので、僕が持っている『結晶』『魔眼』『時空操作』に対応してない可能性が高い。

「五級以上になると、このレヴォリューションブックでパワーアップさせてないとキツいって聞くからな……」

三級以上になっているシーカーのほとんどはレヴォリューションブックを使っていると聞いたことがある。

これがどの特殊能力に対応しているか分からないけど、それなりに高額になると思う。さすがは金の宝箱だね。

「さて、隠し通路のボスはどんな魔物かな」

Y字路を左へと進むと、一辺が一〇〇メートルくらいある正方形の空間があった。その中心になんとオークがいた。

イノシシの頭に人間の胴体《どうたい》、二メートルくらいの巨体《きょたい》で口からは牙《きば》が見える。その大きな牙と力士のような体形が威圧《いあつ》感を醸《かも》し出している。

第二エリアの隠し通路のボスはホブゴブリンだったが、第四エリアにもいる魔物だった。しかし今回は、この清須ダンジョンにはいないはずのオークが金棒を持って仁王立《におうだ》ちしている。

第五エリアのエリアボスよりも強いと思われるオークに、僕は思わずにやけてしまう。

「考えていた戦い方を試す良い機会だ」

四角い空間に足を踏み入れると、入り口に鉄格子《てつごうし》が現れた。第二エリアは壁が現れて塞《ふさ》がれたが、ここは鉄格子のようだ。

一人の僕には関係ないけど、鉄格子なら通路から援護《えんご》できるかもしれないね。

決してボッチじゃないから……。グスンッ。

「僕の心を抉《えぐ》るとは、やるな、オーク！」

僕は怒《いか》りをオークに向け、いつでも『時空操作』を発動できるようにしながらオークへ近づいた。

オークは血走った目で僕を睨《にら》み、大きな口をニヤリと吊《つ》り上げた。

二〇メートルまで近づくと、オークは動き出した。一気に加速して駆《か》け寄ってくる。

一〇メートルまで迫《せま》ったところで、オークが何かにぶつかって後頭部から倒れた。したたかに後頭部を地面にぶつけたオークは苦悶《くもん》の表情で転げまわった。

「オークの顔面の高さに『時空操作』で箱を作っておいたけど、あんなに綺麗《きれい》にぶつかるとは思ってもいなかったよ」

時空の箱は無色透明《とうめい》だから、『魔眼』を発動していないと全く見えない。

起き上がったオークが凄《すご》く怒《おこ》っている。地団駄《じだんだ》を踏みながら睨んできた。

「そんなに睨まれても手加減はしないよ。僕の『時空操作』がどれだけやれるか、調べる良い機会なんだから」

「ブモォォォッ！」

怒り心頭のオークが僕に向かってくるが、今度は駆けてこない。また見えない箱に顔を当ててしまうのではないかと警戒したのだろう。そのくらいは考える頭はあるようだ。

「でもね……」

オークが地面にできた穴に落ちた。

「空間を操れるということは、そういうことなんだよね」

穴といっても地面を掘ったわけではなく、空間を操作して穴が開いたようにしているだけだ。

その穴に落ちたオークがきょとんとしているが、すぐに青い肌《はだ》を赤くして怒り出した。

オークの頭上に、さっき顔面をぶつけた空間の箱を出す。複数の空間を操作することはそれほど難しくないけど、空間を動かすのは難しいので箱を一度消してから出した。

オークは穴から出ようとするが、空間の箱に頭をぶつけて出られない。

「ブ、ブモッ!?」

何が起きているのかさえ理解できないオークが、必死にもがく。笑っては悪いが、滑稽《こっけい》に見えてしまう。

「やっぱり攻撃力は大したことないか」

空間箱が頭上にあるだけなので嫌がらせにはなるけど、攻撃力はそれほどない。

箱を動かそうとするけど、すごく不自然にちょっとだけ動く。それが今の僕の限界だった。

空間を円錐状《えんすいじょう》にして、回転させたらドリルみたいになるかな？　そう思って空間を操作したけど、これがとにかく難しい。

円錐を作るのはそこまで苦労しないけど、まったく回転しなかったのだ。動かすのも難しいのに、高速で回転なんてできないよね。

やっぱり空間を動かすのは難しいということが分かった。

「これは訓練しないといけないな」

ドリルは諦《あきら》めて、今度はオークを別空間に隔離《かくり》してみた。

力士のような巨体を駆使《くし》して、その空間を破ろうと暴れまくるオークだったけど、次第《しだい》に動かなくなってきた。

「激しく動けば、それだけ酸素を使う。それは魔物も同じようだね」

狭い密閉空間で激しく動いて酸素を消費したオークは、自分が排出《はいしゅつ》した二酸化酸素のせいで空間内の酸素濃度《のうど》を下げる結果になった。つまり、酸欠状態になっているのだ。

「魔物も酸欠になることが分かっただけでも収穫《しゅうかく》だし、空間を操ることではめ殺しもできると分かった。空間を動かしたりドリルにするのは課題だけど、それが分かったことも収穫だ」

もうオークに用はないので、『結晶』を発動して倒した。

オークが倒れた場所には、魔石の他に肉が落ちていた。オーク肉はキロ一万円くらいで換金できるちょっとした高級食材だ。それが一〇キロほどあるので一〇万円くらいになりそうだけど、レヴォリユーションブックに較べるとしょぼいドロップだった。

もっとも、レヴォリユーションブックがこんなF級ダンジョンで得られるということのほうが異常なんだけど。

「オーク肉は美味《おい》しいと聞くから、ご褒美《ほうび》に自分で食べようかな」

隠し通路を出た僕はエリアボスを確かめたけど、いなかったので転移ゲートを使って地上へ戻った。


シーカー協会の受付でバックパックからゴロゴロと魔石を出すと、受付の女性職員が驚いていた。

正確に数えたわけではないけど、四日分の魔石なので一五〇個くらいあると思う。

「お待たせしました」

三〇代半ばくらいの女性職員が、魔石の換金の明細を見せながら説明をしてくれた。

シーカー協会の受付をしているのはほとんど女性だけど、僕が二年三カ月ほど通った中に、二〇代の人はいない。シーカー協会の女性職員も男性職員も、シーカーを引退した人が多いからだ。そのため、二〇代の職員はどうしても少なくなる。

「換金総額は、一〇二万四〇〇〇円になります」

第三エリアから第五エリアの魔物の魔石で、極小四級と極小三級ばかりだったのに一〇〇万円を超えた！　この他に黄銅の塊なども換金して、僕はとても気持ちが高揚《こうよう》した。

つづいて第五エリアの隠し通路のことを報告した。そしたら大水《おおみず》支部長が出てきた。職員が対応すると思っていた僕はちょっと驚いた。

大水支部長は五〇代くらいの色黒の男性で、ボディビルダーのような鍛《きた》えられた体形が服の上からも分かった。

「カガミ君は第二エリアでも隠し通路を発見したね」

「僕は各務《カガミ》です」

「すまない。以後気をつけるよ。それで、隠し通路を見つけるコツでもあるのかね？」

僕は頷《うなず》いたけど、『魔眼』のことは教えなかった。

「そういうものはシーカーの生命線だから、秘匿《ひとく》するのは当然だな。愚問《ぐもん》だった」

隠し通路を見つけるコツは、シーカーの収入に関《かか》わることなので簡単に教えることはない。大水支部長もそれを分かっているから無理強《むりじ》いはしない。

その後、隠し通路に出て来たオークや、金の宝箱があったことを報告した。

「オークからはオーク肉がドロップしたか。あれはかなり美味《うま》い肉だ。換金するかね？」

「いえ、自分で食べようと思います」

一〇〇万円も収入があったので、売らなくても資金は十分ある。せっかくなので、自分で食べようと思った。

次は金の宝箱から得たアイテムの話になった。僕はバックパックからレヴォリューションブックを取り出して、テーブルの上に置いた。

「っ⁉」

大水支部長は身を乗り出してレヴォリューションブックを凝視《ぎょうし》しながら鋭い目つきで僕を見た。F級ダンジョンで出ることがないと思われていたレヴォリューションブックが目の前にあるのだから、驚くのも無理はない。

「これはレヴォリューションブックなのか？」

「そう思います。協会で鑑定してもらえますか」

「もちろんだ。君、これを直ちに鑑定に回してくれ」

「は、はい！」

大水支部長は、職員にそう指示すると席に座り直した。

「あれが隠し通路にあったのかね？」

「はい。第五エリアの隠し通路に一つだけ金の宝箱があったのですが、その中から得ました」

「むぅ金か……。あれがレヴォリューションブックだとしたら大変な発見だ。しかし、五つのエリアしかない清須ダンジョンからよくあれほどのアイテムが出たな……」

清須ダンジョンは第五エリアまでしかないと確認されているが、僕は地獄の門の下にあるエリアのことを知っている。そのことを教えるか迷ったけど、やめておいた。いつか僕がもっと力をつけ

た時に、あのエリアを探索したい。それ以前にあのエリアが発見されないことを祈《いの》っておこう。

職員が戻ってきて、レヴォリューションブックで間違《まちが》いないと言った。しかも、『肉体強化』用のレヴォリューションブックらしい。『肉体強化』を持つレヴォリューターは多いので、オークションに出せばかなり高額になるだろう。

「オークションに出したいと思います。手続きをしてもらえますか」

「うむ。それがいいだろう。君、手続きを進めてくれ」

「はい」

『結晶』『魔眼』『時空操作』用のレヴォリューションブックだったら僕が使ったんだけどなぁ。

「ところで、カカミ君は少し前に九級に昇級したばかりなのに、もう八級の昇級試験を受けるのかい？」

「はい。『ＳＦＦ』の基準値を超えましたので、そのつもりです」

ダンジョンから戻ってきて『ＳＦＦ』を測定したら、二五〇ポイントだった。

八級昇級の基準値が二〇〇ポイントなので、僕はその基準をクリアしている。清須ダンジョンも踏破したので、八級になってＥ級ダンジョンの探索をしたいと思っている。

「基準をクリアしているのであれば、昇級試験を受けるのに問題はない」

大水支部長は次の試験の日程を教えてくれた。

八級への昇級試験は、第五エリアにいるゴブリンライダーを制限時間以内に倒すこと。僕はすんなりゴブリンライダーを倒して、八級に昇級した。

引っ越しをした。風呂とトイレがちゃんとある賃貸マンションだ。

引っ越し祝いをしようと高校の頃《ころ》の友人を呼んで、オーク肉を振る舞《ま》うことにした。

本当はミドリさん、アサミさん、アズサさんたちも呼びたかったんだけど、なかなか三人に連絡《れんらく》が取れなかったのだ。

シーカーになってから収入が少なかった僕は、スマホを解約した。固定電話もなかったので、連絡手段は手紙やハガキ、あとはシーカー協会で伝言を頼《たの》むくらいしかない。スマホを買いなおそう。それくらいのお金は稼げるようになった。また、三人には別の機会に招待しようと思う。

「リオンがこんなマンションに住むとは思わなかったな」

彼《かれ》は高校時代の友人で、名前は土岐頼光《ときよりみつ》と言う。今は国立大学で研究しているけど、なんでもロボットを研究しているらしい。何度も説明を聞いたけど、その都度難しい言葉を並べるので僕にはさっぱりだった。

「やっと芽が出たって感じだよ」

「二年以上も一〇級だったんだ、普通は一年で見切りをつけて他の道を歩むものだぞ」

「へへへ。僕は諦めが悪いんだよ」

「そうだったな。昔からリオンは諦めが悪かった」

ヨリミツは呆《あき》れたように笑って缶《かん》ビールを飲んだ。

僕とヨリミツは元々大して親しくなかった。ただのクラスメイトだったんだ。でも、僕が虐《いじ》められているのを知ったヨリミツが助けてくれたんだ。それ以来、僕が彼に懐《なつ》いたという感じかな。

「お前の特殊能力、『結晶』だったたか？　以前は小石しか作れなかったけど、あれが使えるようになったんだろ。どういった感じなんだ？」

「『結晶』は力を封印するものなんだ」

「力を封印？　面白《おもしろ》そうだな」

ヨリミツは『結晶』について詳《くわ》しく話せと迫ってきた。教えてあげると、ヨリミツはじっと何かを考え始めた。こうなると、僕の声は聞こえなくなるので、しばらくジュースを飲みながら待つ。

「おい、リオン。その結晶を俺《おれ》に預けてくれないか」

一〇分以上考えて口を開いたと思ったら、結晶をどうするというのだろうか？

「何に使うの？」

「魔物の生命力を封印して、それを解放すると『ＳＦＦ』を得るんだろ？　研究対象として面白いじゃないか！」

「ロボットの研究をしているのに、結晶なんか研究するの？」

「違うアプローチから攻《せ》めるのもいいかもしれないぞ」

よく分からないけど、ヨリミツの研究者魂《だましい》に火が点《つ》いたようだ。こうなったヨリミツは人の話を聞かないので、ゴブリンライダーとエネルギーボールの結晶を三個ずつヨリミツに渡《わた》した。

「結晶で面白い研究ができたら、僕にも教えてくれよ」

「もちろんだ。任せておけ」

宴会《えんかい》もそこそこに、ヨリミツは休日だというのに研究室に向かった。自分の引っ越し祝いを、僕は一人ですることになってしまったよ。

僕は八級シーカーとして、Ｅ級ダンジョンに向かった。

引っ越しだけではなく、家具も新調したのでお金がなくなった。稼がないといけない。

電車に乗って最寄《もよ》り駅で降りて一〇分ほど歩くとそのダンジョンはある。

僕が通っているシーカー協会清須支部から一番遠いダンジョンが、Ｅ級の枇杷島《びわじま》ダンジョンだ。

清須支部では四つのダンジョンを管理している。

シーカーは、八級から六級が一番多い。この清須支部はこの八級から六級のシーカーが入れるＥ級とＤ級のダンジョンを管理しているので、必然的に所属しているシーカーは多くなる。そのため、清須支部は夜中でもシーカーが使えるように、二四時間営業をしている。

枇杷島ダンジョンの第一エリアは草原タイプで、そのほぼ中央に湖があるらしい。

僕は第一エリアに入って、まず空があることに驚いた。天井《てんじょう》があるはずなんだけど、そうは見えない。ダンジョンというのは、本当に不思議なところだね。

草原を歩いていると、グリーンウルフが現れた。緑色の体毛が草原に馴染《なじ》んでいて見分けにくいけど、『魔眼』を使っている僕にとっては丸見えだ。

赤銀製の剣を抜《ぬ》いて駆けだす。僕と同時にグリーンウルフも走り出して、その距離が一気に縮む。

「はっ！」

剣を振り抜くと、軽い手応えがあった。油断せずに振り向いて追撃を加えようとしたが、グリーンウルフは倒れて痙攣《けいれん》していた。『結晶』を発動させてその生命力を奪った。

八級の昇級試験の前に溜《た》まっていた結晶を解放したことで、今の僕の『ＳＦＦ』は三四〇ポイントになっている。おかげで、身体能力だけでグリーンウルフを倒せた。

この『SFF』は不思議なもので、半年ほど魔物を倒していないと減ってしまうらしい。だからシーカーは半年以上休養を取らない。

グリーンウルフを倒しながら三時間ほど歩いたけど、草原の先は見えない。

Eランクダンジョンはﾌランクダンジョンよりもはるかに広いと聞いていたけど、ここまで広いとどっちに進んでいるか分からなくなる。

「太陽があれば方角は分かるけど、ないもんな……」

ここがダンジョンの中なのだと思い知らされる。

そんな僕の前にグリーンウルフの群れが現れた。八体のグリーンウルフだ。体高一メートルほどの大型犬サイズで、牙の間から涎《よだれ》が垂れている。僕を食べ物と勘違《かんちが》いしている目だ。

「狩《か》るのは僕で、狩られるのはお前たち。いつまでも弱い僕だと思うなよ！」

剣の柄《つか》を強く握《にぎ》り、僕は駆け出した。

『魔眼』は力場を見るだけではない。敵の動きを緩《ゆる》やかに見せてくれる動体視力を強化させる効果もある。

「はぁぁぁっ！」

一体目のグリーンウルフに飛びかかってその首に斬りつける。

位置取りに気をつけ、足を動かし続ける。止まったら囲まれてしまうから。

「やっ！」

剣を振った時の音が、最近変わってきた。誰かに教えてもらったわけではないから、まだまだ粗《あら》が目立つかもしれないけど、少しずつ良くなっている我流《がりゅう》の剣だ。

間延びした時間の中で、僕は八体のグリーンウルフをそれぞれ一刀のもとに斬り捨てた。『魔眼』の効果を切ると、時間が急激に加速したかのような錯覚《さっかく》に襲われる。この感覚は未《いま》だに慣れない。右手にある赤色の剣は、まるでグリーンウルフの血を吸ったかのようだ。刃《は》を振って血を飛ばすが、血がついていたかさえも疑問だ。

「ふーーーっ」

荒《あら》ぶった心を落ちつかせるように、息を吐《は》いて納剣する。

「あ、結晶にするの忘れてた」

いかん、いかん。僕の糧《かて》になる結晶だ。手に入れなければもったいない。こういう時に貧乏性《びんぼうしょう》が出る。

再び歩き出して、湖を目指す。さて、あと何分かかるかな。

グリーンウルフのゾーンが終わりに近いのか、ハイコボルトが出てくるようになった。茶色の毛をしていて『魔眼』なしでも簡単に見分けられる。

ハイコボルトもグリーンウルフ同様に、動きが速い。だが、一体だけなら問題はない。一体だけなら。

「なんで三〇体もいるんだよ！」

さすがにキツいと思った僕は、最初から『結晶』を発動させることにした。

僕へと躍《おど》りかかってくるハイコボルトを左へ右へと避け、なかなか『結晶』を発動するチャンスがない。

「つっ」

危なかった。ハイコボルトの爪が脇腹《わきばら》をかすった。革鎧《かわよろい》がなかったらヤバかった。いや、今もヤバいんだけど！

「仕方ない、こうなったら……」

『時空操作』！

「ギャウンッ」

自分の周りに空間の壁を作った。ハイコボルトがこの壁を壊《こわ》せるとは思えないが、早めに決着をつけたほうがいい。『結晶』で空間の壁を殴《なぐ》りつけるハイコボルトの生命力を次から次に結晶に変えていく。

「終わってみれば圧勝だったけど、これだけの数に囲まれるとさすがに『時空操作』を使わないとダメか」

魔石を拾いながら今の戦いを振り返る。数が多い時は、最初から『時空操作』で防御《ぼうぎょ》を固めたほうが良さそうだ。

だけど、空間の壁は動かせないんだよな。防御に重点を置いた固定型なんだ。『結晶』で一方的に命を奪うことができるが、もっと自由自在に動かせる防御力が欲《ほ》しい。

「お金が少し貯《た》まったら、『時空操作』をもっと使いこなす訓練をしないとな」

やっと稼げるようになったけど、引っ越ししたからすっからかんだ。まずは先立つものを稼がないと、日々の生活もままならない。

探索を進めてやっと湖に到着《とうちゃく》した。水は綺麗で湖底の岩が見える。ダンジョンの中なのに、小魚も泳いでいる。

「大きな湖だ。これで魔物がいなかったら、泳げるのになぁ」

僕が湖を見ていると、水中から近づいてくる力場を確認した。この湖にも魔物が生息しているのだ。

現れたのはサハギン。魚顔で水色の鱗《うろこ》を持つ二足歩行する半魚人型の魔物だ。魚顔がちょっとマヌケな感じで、笑いそうになる。

二叉《ふたまた》の槍《やり》を持った五体のサハギンが、水面から飛び出てきて僕に襲いかかってくる。僕は後方に飛びのいて、サハギンの攻撃を躱《かわ》した。

サハギンは水の中では高い機動力を持つが、地上ではゴブリン程度の動きだと聞いている。だから、できるだけ陸地に上げて戦うのがセオリーだ。

「確かにゴブリンくらいの動きだ。これだったら五体くらい捌《さば》ける」

赤銀製の剣で一体を斬りつけ、そのまま駆け抜けると二体目の腹を斬り裂いた。

別のサハギンの二叉槍を剣で弾《はじ》き、仰《の》け反ったところを懐《ふところ》に入って逆袈裟《けさ》に斬りつける。

全てのサハギンを瀕死の状態にしてから『結晶』を発動してその命を奪った。

ここまで遭遇した魔物のほとんどは群れていた。五体くらいなら問題ないけど、ハイコボルトのように三〇体にもなると、さすがに厳しい。今回の探索でそれが分かっただけでも収穫だと思う。

地上に戻った僕は、シーカー協会で魔石を換金した。

魔物が群れで出てくるので魔石の数も多くなった。換金額は六〇万円を超えた。一日でそれだけの収入があると、月に一〇〇〇万円を超える収入になってしまう。金銭感覚が狂《くる》いそうだ。

普通のシーカーはパーティーを組んでいることが多いので、換金して数人で分けることから、そこまで多くの収入にはならない。ソロの僕は全額が懐に入るので、同じ八級シーカーの数倍の収入になる。

しかも、僕の剣は赤銀製なので、丈夫《じょうぶ》で長持ちする。実際、今回の戦いを経ても、刃こぼれ一つしていない。

でも、普通の八級シーカーの武器は、鉄製がメインなので一年に数回は買い替《か》えが必要になる。盾《たて》や鎧も同じで経費がかさむことになる。もちろん、武器で戦わないシーカーもいるので、全部が全部というわけではないけど。


「あ、リオンさん！」

後ろから呼ばれて振り向くと、ミドリさんが手を振っていた。気恥《きは》ずかしいけど、控《ひか》えめに手を振り返す。

「リオンさんも今帰ってきたのですか？」

「魔石の換金を終えたところなので、これから着替えて帰るところなんだ」

「私たちもこれから換金して帰るところなんです。一緒にお食事なんてどうですか？」

ミドリさんの後ろにいるアサミさんとアズサさんも、一緒に食事をと言ってくれたので誘《さそ》いを受けることにした。

「引っ越し祝いにお伺《うかが》いできなかったので、今日は私が奢《おご》りますね」

「いいの？」

ミドリさんが笑顔《えがお》で頷くので、その申し入れを受けることにした。

あまり高級なところは肩《かた》が凝《こ》るので、お願いして庶民《しょみん》的な食堂で食事をした。

最近知ったけど、ミドリさんはかなり良いところのお嬢様《じょうさま》らしく、僕とアサミさんとアズサさんとは金銭感覚がやや違う。

助けたお礼として高級そうなホテルのレストランに行ったのを覚えているけど、本当に高級だったのだろう。

そして、ミドリさんが持っていた黒いカードは、上限なしでなんでも買えるカードだった。そのカードがあれば、家でもジェット機でも買えるらしい。

あるところにはあるのだと、ちょっと引いたのを覚えている。


マンションのベランダに出て、『空間操作』を訓練することにした。

空間を四角や丸、三角や円錐にすることはそれほど難しくない。難しいのは動かすこと。

一辺が一メートルほどの四角い空間を作って動かそうとするけど動かない。三時間くらい唸《うな》りながら空間を動かそうとしたけど、動く気配がない。まるで何かに押《お》さえ込まれているようだ。

「押さえ込まれている……そうかっ！」

空間の箱を出した周囲にも空間がある。その空間が邪魔《じゃま》をして動かせないんじゃないかと僕は考えた。円錐でも周囲の空間に圧迫《あっぱく》されていたら、回転しないのではないかと。

だったら周囲の空間に干渉《かんしょう》して、動かせるようにしてあげたらいいのではないか。でも、どうやればいい？

とりあえず、空間に干渉してみる。僕が作った空間の箱を、動かしたいほうの空間を柔《やわ》らかくするようにイメージをする。

「あ、動いた！」

ただ、これはとても疲れる。空間の箱を一〇メートル動かしたところで頭痛がし始め、それがどんどん酷《ひど》くなっていく。

「これヤバい」

頭が酷く痛むため、リビングのソファーに座《すわ》って休むことにした。

たった一〇メートルの距離を動かしただけでこれでは、実戦で使えない。

「訓練すれば頭痛はなくなるのだろうか……」

試すしかないか。

三日間探索を休んで、空間の箱を動かす訓練を続けた。

最初は一〇メートルだったのが、徐々《じょじょ》に距離を伸《の》ばして三〇メートルくらいなら動かせるようになった。

次は円錐を回転させられるようにしたいけど、三日も探索を休んでいると体が鈍《なま》ってしまう。

僕はダンジョンに入って、魔物を狩った。今回も湖まで行って帰ってきた。ただ、前回のように三〇体のハイコボルトに襲われることはなかった。

シーカー協会で魔石を換金すると、別室に通されてオークションに出していたレヴォリューションブックが落札されたと聞いた。僕が手にする金額はなんと三億六〇〇〇万円だった。

「来月一五日にカカミ様の口座に入金されます」

レヴォリューションブックをオークションに出すことにした時、金額が大きくなることに備えて口座を登録した。

シーカー協会のオークションの入金は、月末締《じ》めの翌月一五日支払《しはら》いだ。

「最近のカカミ様は魔石の換金もそれなりの金額ですから口座へ振り込みもできますが、どうしますか？」

日々の探索で得た魔石の換金も口座振り込みにしたらどうかと勧《すす》められた。そのほうが、支払い業務の手間が少なくなるのでシーカー協会にもメリットがあると正直に言う姿勢に好感が持てる。

今ではそこまで現金が必要ではないので、口座振り込みの処理をしてもらった。

「また、次の確定申告では、大変な額を申告することになります。必要であれば、シーカー協会から税理士を紹介《しょうかい》しますが、どうしますか？」

シーカーは自営業なので、確定申告をしなければならない。

今までは金額が少なかったので、確定申告しても大した税率ではなかった。でも、今年はかなり多くの収入がある。嬉しいことだけど、大金を税として納めなければいけない。素人《しろうと》が申請《しんせい》して間違っていたら、脱税《だつぜい》になってしまう。

税理士のことは、今すぐに返事をしなければいけないことではないので、覚えておいてほしいとのことだった。

ちなみに税率はどのくらいになるのかと聞いたら、なんと所得税だけで四五パーセントも取られるらしい。半分近くも取られるなんて、なんて悲しい現実なんだろうか。さらに、来年になれば住民税などの税金もかなり上がるはずだと言われた。

今までも税金は大きな負担だったけど、儲《もう》ければ儲けるほど税率や額が上がる。税金恐《おそ》るべし。

翌日、シーカー協会指定の訓練場に赴《おもむ》いた僕は、『空間操作』の訓練に精を出した。

動かせる距離は三〇メートルだけど、それだけでは足りない。将来を見据《みす》えるなら、最低でも五〇〇メートルは動かしたい。ドラゴン種のような化け物は、数百メートル先から攻撃してくることもある。あの地獄の門の下には、そういった化け物が多くいるはずだ。

朝から晩まで空間を動かす訓練をして、また三日が過ぎた。なんとか一〇〇メートルくらいは動かせるようになった。

四日目に円錐を作って回転させてみた。最初はかなりゆっくりだけど、回転してくれた。毎分一〇回転くらいのゆっくりな動きだったので、この回転数を増やしていく。

毎分一〇〇回転くらいのところで、また頭痛がするようになった。距離を動かすよりも、回転させるほうが負担が大きいのだろうか。


気分を変えるためにダンジョンを探索することにした。今回は第二エリアへ向かうことにした。

転移ゲートを使って湖まで移動し、そこからエリアボスがいるであろう場所まで進む。途中《とちゅう》で何度も魔物に遭遇したが、赤銀製の剣と『結晶』で問題なく対応できた。

エリアボスはいなかったので、すんなり第二エリアへ入った。

第二エリアも草原が広がっている。しかし、ここに湖はない。あるのはなんと砦《とりで》である。沼地《ぬまち》にサハギンの砦があるのだ。

その砦を見たいと思った僕は、歩き出した。出てくる魔物は第一エリアと変わらないけど、群れの数がかなり多い。

さすがに五〇体のグリーンウルフの群れを見た時は逃《に》げようかと思ったけど、思いとどまって戦うことにした。と言っても、『空間操作』で空間の壁を自分の周りに展開し、『結晶』で生命力を奪う作業のような戦い方だったけど。

やっとのことで砦が見えるところまで進んだ。

砦の周辺だけではなく、中にもかなり多くのサハギンがいるのが『魔眼』で見える。

「一〇〇体どころの話ではないな……」

僕は戦略的撤退《てったい》を決断した。

こういった砦だったり要塞《ようさい》、城などは多くのダンジョンに見られる。そのほとんどがソロでは攻略できないような、魔物の数と強力な魔物が潜《ひそ》んでいる。

だから、レイド（複数のパーティーやソロシーカーが集まること）を組織して攻略戦が行われる。

この枇杷島ダンジョンでも毎年二回から三回の頻度《ひんど》で、七級シーカーが集まって砦攻略レイド戦が行われる。

僕もそれに参加したいけど、八級では参加できない。早く七級に昇級して僕もレイドに参加したいものだ。

地上に戻ってシーカー協会で魔石を換金した僕は、翌日再び訓練場へ向かった。

あのサハギン砦を見て、空間ドリルを完成させると心に誓《ちか》った。

頭痛がしたら休憩《きゅうけい》して、また訓練をする。日々訓練と探索を交互《こうご》に行った。いつしか月が替《か》わっていて、夏真《ま》っ盛《さか》りになっていた。

夕方だというのに、まったく風がなく暑い。汗を拭《ぬぐ》いながら待ち合わせの場所に向かう。

「待ったか？」

「いや、今来たところだ。リオン」

居酒屋で待ち合わせした相手はヨリミツだ。訓練場で空間ドリルの訓練をしていたら、いきなり呼び出されたのだ。

スマホを買ったはいいけど、登録してあるのが家族とシーカー協会、ヨリミツ、ミドリさん、アサミさん、アズサさんしかないのは寂《さび》しい限り。

「いきなり呼び出して、どうしたんだ？」

ヨリミツは先にビールをやっていた。

「結晶について色々面白いことが分かったから、リオンに教えてやろうと思ってな」

「そういえば、結晶を渡していたな」

ヨリミツは結晶について調べたことを教えてくれた。

最初に魔石と比較《ひかく》したらしく、そのエネルギー量がなんと魔石の七倍以上あったらしい。

さらに、魔石ではありえない『ＳＦＦ』の増加について、僕が渡した結晶一個で〇・八ポイントほどが上昇する見込みだと言った。

「へー、〇・八ポイント上昇するって、よく分かったね」

僕は結晶を使ってから『SFF』の上昇値を確認している。どの結晶がどれだけ上昇するか、そうやって把握《はあく》するしかない。『結晶』の特殊能力を持っていないヨリミツが、どうやって『SFF』の上昇値を知ったのか気になる。

「研究室にはシーカー協会にないような測定器もあるんだ。それに、『結晶』の特殊能力を持っていなくても、『SFF』は解放できるぞ」

「そんなことができるの？」

なんと高圧をかけると、結晶が解放されるらしい。そんなことで解放するなんて思ってもいなかった。

ただし、解放した結晶から『SFF』の放出は検出できても、それを人体に取り込むことには失敗していると悔《くや》しそうに語った。

「『SFF』のことはいい。問題は魔石の七倍ものエネルギー量を内包していることだ」

「ヨリミツはやっぱり研究者なんだな」

「なんだいきなり」

「僕以外じゃ結晶を解放できないと思っていたのに、ヨリミツはそれをやってのけた」

「解放しても取り込めないのでは意味がない。それよりもエネルギー量のことだ」

ヨリミツは興奮したように結晶の有用性を語った。その半分も理解できなかったけど、結晶が高エネルギー体なのは分かった。

「そこで、正式に研究用に結晶を購入《こうにゅう》したいんだ。違う魔物の結晶をそれぞれ一〇個買うから、用意してくれ」

「もしかして、それが目当てで僕を呼び出したのか？」

「そうだが、それが何か？」

会いたいからじゃなく、研究のためか。ヨリミツらしいな。

僕はヨリミツの頼みを受け入れることにした。ヨリミツが楽しそうにしているのもあるけど、僕も結晶の使い方が他に見つかるかもしれないと思ったからだ。

二日後に数種類の結晶を、大学の研究室へ届けることになった。その代金とは別に、この居酒屋の代金は全部ヨリミツに払ってもらった。


翌日、朝早くから訓練場へ向かった僕は、空間を動かす訓練をした。昨日の訓練でかなりいいところまで行ったので、なんとか今日で完成させたい。

長さ三〇センチ、直径一五センチの鋭い円錐を作り回転させる。毎分一〇〇回転、二〇〇回転、三〇〇回転と回転数を上げていく。ここまでで頭痛はない。順調だ。

さらに回転数を上げて五〇〇回転、七〇〇回転、一〇〇〇回転。まだ頭痛はない。昨日は毎分五〇〇〇回転くらいで頭痛がした。

今回は毎分一〇〇〇回転で飛翔《ひしょう》させるつもりだ。一〇〇〇回転させた円錐を飛翔させるためには、押し出す力が要《い》る。円錐の底辺で空間を膨張《ぼうちょう》させて、一気に解放する。この膨張させるのも、かなりの苦労を要する。

円錐の進行方向の空間に干渉するのは、回転させる最初だけ。

弾丸《だんがん》のように射出された回転円錐が、空間を斬り裂きながら飛翔し、一〇〇メートル先にあるコンクリートブロックへと突き刺さる。

それだけでも厚さが一メートルほどあるコンクリートブロックの半分ほどまで刺さった。さらに、そこから回転の力でゴリゴリと削《けず》ってコンクリートブロックを貫通《かんつう》して、後方にある盛土に穴を開けた。

射出してコンクリートブロックに着弾するまで二秒かかるかどうかなので、時速一八〇キロ近くは出ているはずだ。

推進力となる空間の膨張をもっと増やせば、速度はまだ上がるはずだから試すことに。

膨張率を先ほどの倍くらいにして、回転円錐を射出する。着弾した瞬間にブロックが爆《は》ぜると、盛土が大きく抉られて穴が開いていた。穴は測定できないほど深いけど、怒られないよね……。

飛翔した時間は一秒もない。おそらく〇・五秒くらい。膨張を倍にしたら、速度が四倍くらいになった。時速にしたら七二〇キロだ。

膨張はまだ増やせそうなので、マッハを超えるかもしれない。でも、これ以上やったら確実に怒られるだろうから、ダンジョンの中で試そうと思う。

「なにはともあれ、やっと完成した。せっかくなので名前をつけよう。何がいいかな」

単純だけど、ドリル弾でいいか。

「必殺技、ドリル弾！」

僕はとうとう完成させた。

このドリル弾は発動に時間がかかるので、使いどころが限られることだろう。それでも戦局を左右するだけの攻撃力がある。

ふとしたことで思いついたが、実現すると充実感《じゅうじつ》がある。

「必殺技を考えたり訓練するのって、楽しいよな」

こういうのは使える使えないではなく、男のロマンなんだ。


枇杷島ダンジョンに入って、第三エリアを目指す前にドリル弾の威力を確かめようと、あのサハギンの砦に向かって射出する。

五〇〇メートルくらい離れたところから、膨張マシマシで射出したら砦の壁に数メートルの穴を開けて突き抜けていった。速度はマッハを超えたと思うけど、正確には分からない。

よく見ると、穴の向こう側が見えたので砦を完全に貫通したようだ。

「凄い威力だ……」

声を失っていると、穴からわらわらとサハギンが出てきた。かなり怒っているみたい。

「これはヤバいな」

多くのサハギンを倒したようだけど、穴からどんどんサハギンが湧《わ》き出してくるので、さすがに魔石を拾いに行けない。

魔石は惜《お》しいけど、命には代えられない。僕は転移ゲートを使って離脱した。

「はぁ……びっくりしたなぁ。あんなに怒るとは思っていなかったよ」

砦が遠くに見えるところで腰《こし》を下ろしてひと息つき、サハギンたちの憤怒《ふんぬ》の表情を思い出した。

ドリル弾は射出するのにそれなりの時間が必要になるので、奇襲《きしゅう》に使うのはいいけど乱戦では使いづらい。それでも砦を貫通するほどの威力があるのが分かり、満足だ。

「とりあえず、ドリル弾がかなり凄い威力なのは分かった」

ちょっと休憩してから第三エリアを目指して探索を再開した。

残念ながらドリル弾を使うような魔物は出てこない。グリーンウルフ、ハイコボルト、サハギンが群れで出てきても『結晶』で対応できるし、小さな群れなら剣でも対応できる。

そして第三エリアへの通路を発見した。その前にはエリアボスが鎮座しており、寝ているようだ。

エリアボスのレッドウルフは赤い体毛のオオカミ型の魔物で、体高は一・五メートルもありグリーンウルフよりも大きい。しかも、爪に炎《ほのお》を纏《まと》わせて攻撃してくるので、かなり厄介だと言われている。

「他にシーカーはいないか。それじゃあ、僕が戦うしかないね」

僕は赤銀製の剣を抜き、戦闘《せんとう》態勢を取った。

レッドウルフは僕の気配を感じ、首だけを動かして視線を向けてきた。僕が三〇メートルほどまで近づくと、レッドウルフは立ち上がって伸びをした。

やる気満々の視線が向けられ、その四本の脚《あし》の先に炎が立ち上る。

さらに距離が詰《つ》まると、お互《たが》いに地面を蹴《け》った。

「はっ」

「ガウッ」

レッドウルフと交差する。僕の剣はレッドウルフの爪に阻《はば》まれた。この強烈《きょうれつ》な手の痺《しび》れは、この剣を使い始めて初めての感触《かんしょく》だ。

「今の身体能力は互角《ごかく》か……」

いや、レッドウルフはまだ様子見っぽい。僕のほうが少し不利のようだ。

レッドウルフが飛びかかってきた。それを僕は躱そうとしたけど、なんとレッドウルフは空中でさらに加速した。

急に速度が上がったレッドウルフの爪が胸を抉り、僕は吹き飛んだ。

「ぐっ」

革鎧が引き裂かれ、胸の肉が裂かれる。さらに炎が傷口を焼いて追い打ちをかける。歯を食いしばって痛みに耐え、レッドウルフに視線を向ける。胸がジンジンと痛み、肉を焼いた臭《にお》いが鼻を刺《し》激《げき》した。

「痛い。だけど、これで踏ん切りがついた」

『時空操作』で自分の周囲に空間の壁を展開。そこにレッドウルフが飛びかかってきて壁にぶつかる。

見えない壁があることに怒ったレッドウルフは、爪で壁を攻撃してきた。炎を纏った激しい衝撃を受けるが、壁はびくともしない。

レッドウルフは見えない壁に護《まも》られている僕を憎々《にくにく》しいとばかりに睨みつけてくる。その敵意に満ちた瞳《ひとみ》を見ると、なんでこんなに憎まれなければいけないのかと思ってしまう。

「悪いけど、僕はこんなところで死ねないんだ」

シーカーの頂点に立とうとか、何かをしたいという目的があるわけではない。強くなりたいとは思うけど、それだって命を懸《か》けてまでしたいと思わない。何よりも、剣の戦いに拘《こだわ》っているわけではない。

『結晶』を発動してレッドウルフの生命力を封印すると、レッドウルフは力なくその場に倒れて消えた。

「いてて……」

胸がズキズキ、ジンジンと痛む。

手の中にあるレッドウルフの結晶を解放すると、胸の痛みが少し引いた。結晶を解放することで、治癒《ちゆ》の効果がある。

効果はかなり低いので、レッドウルフの結晶だけでは完治しないけど、これまでに得た結晶をあと六個解放したら傷は完全に塞がった。

このくらいの傷なら下級ポーション一本で完治するけど、どうせ解放する結晶なので今使って傷を治したほうがいい。

下級ポーションは簡単に手に入らないから、いざと言う時に取っておきたい。

「この革鎧も替え時かな」

ちょっと前に買ったものだけど、初心者用の革鎧なのでもう少し防御力のある防具が欲しいと思った。

レッドウルフの魔石は極小一級の赤色。多分、これ一個で五、六万円になるはず。赤色は需要が多いので、もう少しするかもしれない。

ドロップアイテムはレッドウルフの皮だった。

「これで革鎧を作ろうかな」

できればダンジョン産の防具が欲しいけど、とても高価なんだよね。レヴォリューションブックが落札されたから、お金はあるけどさ。

――宝箱でも落ちてないかな。

第三エリアに進んだ。草原の奥《おく》に岩山が見える。第四エリアへ向かうには岩山を登らないといけないが、そろそろ夕方なので帰って休むことにする。

転移ゲートを使ってマンションに直通で帰った。風呂に入ってから食事をして、ヨリミツに渡す結晶を用意した。

グリーンウルフ、ハイコボルト、サハギンの結晶を個別の袋《ふくろ》に一〇個ずつ入れる。

ベッドに入ってテレビを見ながら寝入った。

第三章　サハギン砦攻略レイド戦

ヨリミツの研究室がある大学へ向かった。研究棟《けんきゅうとう》は部外者の立ち入り禁止区域なので、スマホで連絡《れんらく》を入れた。

ヨリミツはすぐにやってきて、入門証を受け取って中へ入った。ＩＤ認証《にんしょう》と顔認証がある扉《とびら》を二つ通って研究室へ入ると、そこに壮年《そうねん》の男性がいた。なんかほんわかした雰囲気《ふんいき》の人だ。

「こちらはこの研究室の責任者の安住《あずみ》教授だ」

「安住です。カカミ君のことはトキ君からよく聞いているよ」

「カカミリオンです。よろしくお願いします」

出されたパイプ椅子《いす》に腰《こし》かけると、ヨリミツが早く結晶《けっしょう》を出せというので、三つの袋《ふくろ》を出した。

「この結晶のエネルギーは、魔石《ませき》の七倍もある。それだけでも画期的なことなんだ」

居酒屋でもそんなことを言っていたと思うが、難しい話は理解できない。そんな難しい話をヨリミツと安住教授がしている。僕《ぼく》は所在なさげにその話を聞いている。さっぱりだよ。

「なあ、リオン」

「なんだ？」

「コンロの火も封印《ふういん》できると言っていたよな」

「できるよ」

「それって、重力も封印できるのか？」

重力を封印するなんて考えもしなかった。だけど、重力も力場なら、できるはずだ。

「やってみないと分からないけど、できるんじゃないかな」

「それは凄《すご》い！　できれば、やって見せてくれないかね！」

「そうだぞ、リオン！　早くやってくれ！」

二人の食いつきがすごい。目が怖《こわ》いんだけど。二人に促《うなが》され、重力を『魔眼』で確認する。地面から立ち上るような力場があるので、これが重力なんだろう。

『結晶』を発動させた。すると、ヨリミツと安住教授がふわりと浮《う》いて落ちた。

「今のは重力を封印したことで、一瞬《いっしゅん》だけ無重力になったということか……」

「重力を封印しても、すぐにまた重力が発生したのか」

二人は目をまん丸にして驚《おどろ》くが、すぐに科学者の顔に戻《もど》った。

「リオン、重力の結晶を」

一〇分くらい待っただろうか、ヨリミツがそう言ったので重力を封印した結晶を渡《わた》した。

二人は僕がいることを忘れて、その結晶を機器に入れて何かを始めた。これ、帰っていいのかな……。

二時間くらいしてからようやくヨリミツが僕のことに気づき、まだいたのかと言った。さすがにそれはないだろうと、僕は憤慨《ふんがい》してヨリミツの脛《すね》を蹴《け》ってやったら、飛び上がって痛がっていた。

『ＳＦＦ』が常人よりもはるかに多い僕が力任せに蹴ったら、ヨリミツの脛は折れてしまうのでちゃんと手加減した。

「まったく研究者や科学者というのは、どうしてあんなにも自分のことばかりなのか」

ヨリミツも安住教授も研究バカだ。似た者同士というのかな。

ぶつぶつ言いながら大学の門を出ると、スマホが鳴った。誰《だれ》かと思ったら、ミドリさんだった。

「これから？　……うん、大丈夫《だいじょうぶ》。……栄《さかえ》の店で合流だね、分かったよ」

ミドリさんは居酒屋系の店が気に入ったようで、よく行っているみたい。もちろん、パーティーメンバーのアサミさんとアズサさんはまだ未成年なのでお酒は飲めない。

ただ、ミドリさんもお酒が目的ではなく、居酒屋料理が好きらしい。僕も一人の食事よりも、ミドリさんたちと一緒《いっしょ》に食べたほうが楽しいので二つ返事でＯＫした。

栄の居酒屋に到着《とうちゃく》すると、丁度ミドリさんたちもやってきた。一緒に店に入って、まず飲み物を頼《たの》む。僕はウーロン茶、アサミさんはコーラ、アズサさんはオレンジジュース、ミドリさんは生中《なまちゅう》だ。

それから名古屋名物の手羽先を一〇人前、三人は冷ややっことかサラダなどヘルシーなもの、僕はご飯が食べたかったのでおにぎりを二つと串《くし》を頼んだ。

そう言えば、結晶の代金をもらってなかった。今はお金に困ってないのでもらわなくてもいいけど、親しき中にも礼儀《れいぎ》ありと言うから今度会ったら催促《さいそく》してやろう。

「え、三人とも八級になったの？」

乾杯《かんぱい》の後、三人が八級に昇級《しょうきゅう》したと聞かされた。

先に八級に昇級した僕が言うことじゃないけど、結構早い昇級だったので驚いた。

「次からは私たちも枇杷島《びわじま》ダンジョンを探索《たんさく》するつもりなんです。そこでリオンさんに枇杷島ダンジョンで気をつけることを教えてほしいなと思って」

三人は枇杷島ダンジョンのことが知りたいらしい。シーカー協会にダンジョンの資料はあるけど、実際に探索している僕の話を聞きたいと言った。

「第一エリアと第二エリアの魔物はそれほど強くないけど、とにかく群れで現れるんだ」

少なければ四体ほどだけど、多いと三〇体を超《こ》える数で現れるから覚悟《かくご》しておくようにと教えた。

「三〇以上か……大変そうだな」

アサミさんの呟《つぶや》きが聞こえた。彼女《かのじょ》がこのパーティーの守りの要なので、それだけの数をどうやって引きつけて捌《さば》くかを考えているようだ。

「他のE級ダンジョンでは魔物が強くなるけど、枇杷島ダンジョンは数で攻《せ》めてくる感じかな。第二エリアには砦があって、数百か下手をすれば一〇〇〇を超える数のサハギンが陣取《じんど》っているよ」

「砦のことは聞いたことがあります。七級になったらレイド戦に参加したいと思っています」

ミドリさんの言葉に、二人も頷《うなず》く。

僕もレイド戦に参加したいと思っているので、早く七級に昇級しないとね。彼女たちには負けてられないや。

レッドウルフの皮で革鎧《かわよろい》を作った。レッドウルフの皮は、耐熱《たいねつ》と耐火の効果があるので、この革鎧にもその効果がついている。

皮が赤かったためかなり派手な革鎧になってしまったけど、見る人が見ればレッドウルフの皮だと分かってくれると思う。そんな真新しい革鎧を着こんで、僕はダンジョンに入ることにした。

しかし、革鎧も赤ければ、剣《けん》も赤い。僕は赤備えを目指しているわけではないんだけど、図《はか》らずも揃《そろ》ってしまった。

第二エリアと同じ魔物に加え、かなりユニークな魔物が第三エリアには出てくる。エレメンタルと言われる風の塊《かたまり》や、土の塊だ。

風のエレメンタルは一メートルくらいの竜巻《たつまき》のような形をしている。やや緑がかった色は草原の緑に隠《かく》されることはなく、風のエレメンタル周辺の草は刈《か》り取られて巻き上がっている。

土のエレメンタルも一メートルほどで、形は岩そのもの。岩山近くから出没《しゅつぼつ》するようになるんだけど、こちらは岩に擬態《ぎたい》しているのでかなり見つけにくい。

エレメンタルは他の魔物のように群れない。二体が近くにいることはあっても、群れていない。また、遠隔攻撃《えんかくこうげき》が得意で、気づいたら攻撃されているということも珍《めずら》しくはない。

草原を進むと早速《さっそく》グリーンウルフの群れが現れた。数は一二体で、猛《もう》スピードで僕に向かってくる。

革鎧を作っている間、『時空操作』の新しい使い方を考えていた。『時空操作』には二つの属性がある、『時間』と『空間』だ。この二つのうち『空間』についてはそれなりに使っていた。必殺技《わざ》のドリル弾《だん》も開発した。しかし、『時間』のほうはまだまだ開発が必要だと感じていた。

僕が『時間』属性を使い熟《こな》すには、どうしたらいいか考えた。以前使った魔物の時間を遅《おそ》くするデバフ（弱体）しか思いつかない。

僕自身の時間を加速させるという効果もあるけど、それを多用するとそれだけ年を取る可能性があるのであまりしたくない。

ドリル弾の時はかなり難しくて習得まで時間がかかったけど、対象の時間を遅くすることは以前やったことがあるから苦労しない。でも、効果は五割くらい遅くするのが限度で、一〇秒を一五秒くらいに引き延ばす感じだ。

「遅延《ちえん》」

一二体のグリーンウルフの時間経過を遅くしたので、動きが緩《ゆる》やかになった。

赤銀製の剣を抜《ぬ》いて僕も駆《か》ける。一体、また一体と動きの遅くなったグリーンウルフを剣で斬《き》っていった。

グリーンウルフたちからすれば、僕が神速の速さで動いたと思ったかもしれない。

僕自身の速度は変わってないけど、時間の流れがゆっくりになったグリーンウルフにとっては致《ち》命《めい》的な差だった。

以前よりも剣の扱《あつか》いに慣れた僕にとって、遅延はかなり使える。僕自身の時間を加速させれば、その時間の流れの差はもっと開く。あまりやりたくないけど。

それに、使い慣れれば遅延の効果をもっと大きくすることだってできるはずだ。

レッドウルフ戦の時にこの遅延を最初にかけていたら、あんな怪我《けが》はしなくて済んだかもしれない。これからも自分の安全のために、色々なことを模索《もさく》していこうと思っている。

草原を進んでコボルトの群れを殲滅《せんめつ》した直後、風のエレメンタルを発見した。周囲の草を刈りつつ移動しているため、『魔眼』がなくても判別はしやすかった。

風の刃《やいば》が飛んできてもいいように、自分の周りに空間の壁《かべ》を展開する。ドリル弾を訓練したおかげで、壁を展開したまま少しは移動できるようになっていた。これは便利なんだけど長時間の展開は無理。動かさないとずっと展開できるけど、動かすとせいぜい五分くらいしか展開できない。

二〇メートルほどまで近づくと、風のエレメンタルから何かが飛んできて空間の壁に当たった。壁は鉄壁《てっぺき》、傷一つない。

相手は風なので剣で斬りつけることはしない。『結晶』を発動すると竜巻がどんどん小さくなって最後にはなくなった。普通《ふつう》の魔物と違《ちが》う最後に、ちょっと笑った。

それから何度か風のエレメンタルと遭遇《そうぐう》して、風の刃が飛んできた。その射程距離《きより》は二〇メートル。感知される範囲《はんい》は三〇メートルくらい。

僕は空間の壁があるし、三〇メートル以上離《はな》れたところから『結晶』を発動して倒《たお》せるからいいけど、接近戦主体のシーカーはかなり危険だ。

ミドリさんのパーティーメンバーの二人も接近戦主体だから危険だ。今度会ったら警告しておこう。

岩山まであと少しまで近づいたところで、土のエレメンタルを発見した。敵の射程外から『結晶』を発動させるのが基本だけど、土のエレメンタルが射出する石を見てみたい。僕はわざと近づいた。土のエレメンタルから石が射出されて、空間の壁に当たった。石が粉々になったので、その威力《いりょく》が分かるというものだ。

射程距離は風のエレメンタルと同じ二〇メートル。危険度は風のエレメンタルのほうがやや上だろう。風の刃は見づらいのが危険だ。ただし、岩山に土のエレメンタルがいたらヤバいと思う。擬態して見分けがつかないところから、砲台《ほうだい》よろしく石を射出されたらかなり危険だ。

岩山まで辿《たど》りついたので、今日はここで帰ることにした。

普通のシーカーはダンジョンの中で野営して探索するけど、僕は転移ゲートのおかげでマンションに帰って休むことができる。これって、凄いアドバンテージだと思う。


一瞬でマンションに帰った僕は、疲《つか》れた体を風呂《ふろ》でケアする。ゆっくりと湯舟《ゆぶね》に浸《つ》かる。

風呂から上がると、パスタで腹ごしらえする。今日はエビの旨味《うまみ》がたっぷりのトマトソースをチョイス。忙《いそが》しい時は、パスタもソースも電子レンジで温めて食べることができるので、数分で出来上がる。しかも美味《うま》い。

ダンジョンの中に春夏秋冬はないけど、地上は夏真《ま》っ盛《さか》り。テレビでは今日の最高気温が三三度になったと言っている。普通なら夕方でもエアコンが必要だ。

でも、マンションの一〇階だと南北の窓を開けておくと、良い風が通る。夕方ともなると、かなり涼《すず》しい。

風を感じながらパスタを食べると、僕もよい身分になったと思う。

ちょっと前までは、一日三食食べることもできない日があった。実家に帰ろうと何度も思ったけど、僕は歯を食いしばってシーカーを続けた。

まだしばらくはシーカーを続けられる。今はそう実感できている。

翌日は第三エリアの岩山を登る。

全身が岩でできているような岩トカゲという魔物が現れた。四メートルほどの大きさで、ワニのような凶悪《きようあく》な顎《あご》で岩をも食《く》らう魔物だ。

見た目通りかなり硬《かた》い魔物で、倒すには特殊《とくしゆ》な打撃武器か『爆破《ばくは》』系の特殊能力が必要だと言われている。

剣で戦おうとは思わない。発見次第《しだい》、『結晶』を発動させる。土のエレメンタルも同じなので、剣を振《ふ》る機会はない。

そうやって魔物を倒しながら進んでいくと、巨人《きよじん》が現れた。僕の記憶《きおく》が正しいなら、それはトロルと言われる巨人種の魔物。四メートルの巨体で防御力《ぼうぎよりよく》が極《きわ》めて高く、傷を与《あた》えてもすぐに再生してしまう厄介者《やつかいもの》だ。

「なんでこんなところにトロルが……？」

トロルはD級ダンジョンにいるはずで、E級の枇杷島ダンジョンにいて良い魔物ではない。

「ハグレか……」

本来はそこにいないはずの魔物のことを、ハグレと言う。たまにこういうハグレ魔物が現れる。

ただでさえ明らかに強い魔物なのに、ハグレになるとさらに強さが増す。はぐれが現れると、シーカーに被害《ひがい》が出ることが多い。

歩くたびに足音が響《ひび》き、邪魔《じやま》な岩があれば砕《くだ》いて進むような乱暴者のトロルと目が合った。

ヤバいと思った僕は、即座《そくざ》に『結晶』を発動した。生命力を吸い取られていくのが不快だったのか、トロルは「グオォォォッ」と苦しそうな雄叫《おたけ》びをあげた。

普通ならすぐに生命力を封印できるけど、まるでトロルが抵抗《ていこう》しているように結晶化が進まない。こんなこと初めてなので、僕はかなり焦《あせ》ってしまった。

トロルが岩を僕に向けて投げてきた。焦った僕は空間の壁を出すことを忘れ、とっさに横に飛びのいてしまった。

飛びのいてから気づいたけど、そこは崖《がけ》になっていた。落ちそうになった僕は、岩の出っ張りに掴《つか》まりなんとか転落を免《まぬが》れたけど、宙ぶらりんであまり良い状況《じょうきょう》ではない。

足音でトロルが近づいてくるのが分かる。岩を掴む手に振動《しんどう》が伝わってくるのだ。

巨大な影《かげ》が僕を見下ろす。まるで象牙《ぞうげ》のような巨大な牙《きば》が覗《のぞ》く口が歪《ゆが》む。その太く逞《たくま》しい腕《うで》が伸《の》びてきて、岩にしがみつく僕の腕を取ろうとする。

このままではトロルに捕《つか》まり、僕は食われてしまう。考えろ、どうすればいい？　下は地面が数十メートル先にあって、逃《に》げ場はない。上からは極太《ごくぶと》のトロルの腕が伸びてくる。絶体絶命、剣が峰《みね》、九死的な状況で僕が生き残るには……。

トロルの涎《よだれ》が垂れて僕の手に付着。それが岩を掴む手を滑《すべ》らして、落ちそうになる。徐々《じょじょ》に力が入りづらくなってきた指が一つ、また一つと外れていく。

「くっ」

さらにトロルの腕があと一〇センチで僕の腕を掴むところまで近づいた。くそっ、食われてたまるか！

僕は指を離した。重力に引っ張られて自由落下が始まる。

「う……おぉぉぉぉぉぉぉぉぉぉぉぉぉぉぉぉぉっ」

地面がどんどん近づいてくる恐怖《きょうふ》が、全身を突《つ》き抜ける。

「とぉぉぉろぉぉぉるぅぅぅっ」

絶対に許さないぞ！

地面が迫《せま》る。恐怖で顔が歪む。だけど、これで終わりなんかじゃない！

地面に激突《げきとつ》する寸前に、僕は転移ゲートを発動した。

地面と僕の間に入り口を作って、地面すれすれから上のほうへ出るように出口を設置した。

一気に天地が反転した。空中に放《ほう》り出され、勢いあまって二メートルほど浮き上がって地面に落ちた。

「ぐへっ」

地面に体をぶつけたけど、痛いだけで済んだ。

あってよかった『時空操作』。本気で死ぬかと思った。

崖の上を見ると、トロルが叫《さけ》んでいる。僕が生きているのを知って悔《くや》しいようだ。

これはしっかりとお礼をしないといけない。待ってろよ、トロル。僕を怒《おこ》らせたことを後悔《こうかい》させてやる！

距離はおよそ八〇メートル。こんな高い崖を落ちるのは、めちゃくちゃ怖かったんだからな！

威力マシマシのドリル弾の発射準備。

ドリル弾は回転数を上げるのに時間がかかる。さらに、押《お》し出す膨張《ぼうちょう》力を得るのも時間がかかる。

一〇〇メートルを二秒で飛翔《ひしょう》する速度――――時速一八〇キロのドリル弾を発射させるための準備に四秒。

時速が上がれば上がるほど発射までの時間がかかる。今回はサハギン砦を貫通《かんつう》したマッハ超えまではしない。さすがにあれは威力があり過ぎだ。

「グオオオッ」

トロルが岩を持った。また僕に投げつける気だ。

「やったろーじゃんっ！」

トロルが岩を投げてきた。僕もドリル弾を発射した。

「いっけーーーっ！」

「グオオオッ」

ドンッ。一瞬でドリル弾がトロルに着弾する。投げられた岩は一〇メートルも飛ばずにドリル弾によって消し飛ばされた。

トロルは何が起きているか分からないようだ。だけど、その胸から腹にかけて一メートル以上の大きな穴が開いている。

「大男総身《そうみ》に知恵《ちえ》が回りかね。か」

そんな言葉がしっくりくる光景だった。

「あれだけの大穴が開いていたら、さすがのトロルも生きていないだろ？」

僕は転移ゲートでトロルの後方に移動し、『魔眼』でトロルを観察した。予想通り、再生が追いつかずに、生命力は今にも消えそうだった。

僕はトロルの消えかけていた命の炎《ほのお》を、『結晶』で吸い取った。今回は上手《うま》くいって、トロルは消えてなくなった。

トロルの魔石を拾い上げた。トロルの魔石は小一級だと記憶しているけど、これはどう見ても中サイズだ。清須《きよす》ダンジョンの隠し通路で倒したホブゴブリンとオークも本来のものよりも大きかった。嬉《うれ》しいことだけど、下手をしたら死んでいたと思うと素直《すなお》に喜べない。

さらにアイテムもドロップしたが、なんと二つもあった。

一つはトロルの皮で、「また皮かよ……」とちょっとがっかりした。レッドウルフの皮で革鎧を作ったばかりなんですよ。

でも、二つ目はよく分からないものだった。それが何かはシーカー協会で鑑定《かんてい》してもらおう。


トロルを倒した僕は、地上に戻った。シーカー協会へ行くと何か騒々《そうぞう》しい。どうしたのかと、思いながらフィジカル測定器で『ＳＦＦ』を測定した。

僕の『ＳＦＦ』は五八〇ポイントになっていて、七級昇級試験を受けられる五〇〇ポイントを超えていた。

七級の昇級試験が受けられると、うきうきしながら受付で昇級試験の申《もう》し込《こ》みをした。そのついでに協会内が騒々しい理由も聞いてみた。

「枇杷島ダンジョンでハグレが出没して、シーカーに被害が出ているのです」

なるほど、そういうことか。七級シーカーパーティーでは対処できないトロル《あんなの》が枇杷島ダンジョンにいたら、騒動になるのも無理はないと思う。

「カカミさんも、枇杷島ダンジョンを探索されていたと思いますが、ハグレの情報を確認してからダンジョンに入るようにしてくださいね」

「そのことですが」

僕は受付の女性の加藤《かとう》さん（名札に書いてある）に、トロルを討伐《とうばつ》したことを報告した。

「え？」

最初は信じてもらえなかったけど、トロルの魔石を見せると大慌《おおあわ》てで他の職員を呼んできた。その職員はアイテム鑑定を持っているようで、僕が出した魔石がトロルの魔石だと断定してくれた。

その後、僕は会議室に通された。大水《おおみず》支部長まで出てきたよ。

「ハグレのトロルを倒したとか。状況を確認させてもらいたい」

神妙《しんみよう》な顔をした大水支部長に、僕が岩山を登っているときにトロルと遭遇したと説明した。戦いはかなりギリギリだったけど、なんとか倒せたと話した。

ドリル弾のことは秘匿《ひとく》しつつ、『時空操作』を使って倒したと説明した。

「『時空操作』か。初めて聞く特殊能力だな。君は知っているか？」

大水支部長に聞かれた職員も知らないと答えた。

「君が新しい特殊能力に目覚めた可能性は考えていたが、本当に新しい特殊能力を得たのだな」

僕の特殊能力が『結晶』だというのは、この清須支部では有名な話。その『結晶』が使えない特殊能力だというのも、よく知られていた。なんと言っても二年以上も一〇級シーカーをしていたからね。

大水支部長は僕が新しい特殊能力を得た可能性が高いと思っていたらしい。

僕が『時空操作』のことを正直に教えたのは、シーカー協会は特殊能力の情報を開示させる命令を出せるからだ。僕が秘匿すると言っても、トロルを倒した手段について開示命令を出されてしまうと話さないといけない。だったら、僕から情報を開示して大水支部長の心証をよくしようと思った。

素直に話したら追及《ついきゅう》されなくなる。ドリル弾のことは秘匿したいから、正直に特殊能力のことを教えた。それに、シーカー協会とはいい関係でいたいという打算もある。

「特殊能力のことは、他のシーカーには秘密でお願いします」

「もちろんだ。しかし、君は珍しい特殊能力を引き当てる才能があるようだな」

『時空操作』もそうだけど、『結晶』も他に誰かが持っているという話は聞いたことがない。

もっとも、レヴォリユーターが全員シーカーになっているわけではないので、全ての特殊能力の情報が世の中に出ているとは限らない。シーカー協会が命令を出せるのは、相手がシーカーの時だけだ。それ以外の人に、シーカー協会はなんの権限も持たない。

「一応、枇杷島ダンジョンに調査隊を送ってハグレについて調査をする。確認できたら、ハグレ討伐の報酬《ほうしゅう》を渡すことになる」

隠し通路の時も調査してから報酬がもらえた。今回もそういうことなんだろう。

「まだ先の話だが、二カ所の隠し通路を発見した功績とハグレを一体討伐した功績で、五級昇級の推薦《すいせん》がスムーズになるぞ」

六級までは『SFF』の基準値をクリアすれば、昇級試験を受けることができる。でも、五級への昇級試験の推薦には、『SFF』の他にシーカー歴やこれまでの功績が加味される。

「僕はまだ八級ですから」

「トロルは六級シーカーがパーティーで倒すような魔物だ。それをソロで倒せる君ならすぐ五級に駆け上るだろう」

そう言ってもらえるのはとても嬉しい。そうなれるようにがんばると返事した。


話がひと段落したので、トロルからドロップしたアイテムの鑑定をお願いした。

皮は予想通りのトロルのものだった。問題はもう一つの黒いリンゴのようなものだった。赤いリンゴなら食欲も湧《わ》くかもしれないけど、黒いリンゴではさすがに無理だ。

「これはっ⁉」

大水支部長と職員が言葉を失っている。

「鑑定してみないとはっきりしたことは言えないが、これは大変なものだと思うぞ、カカミ君」

鑑定を待つ間に出されたお茶を一口飲む。喉《のど》が渇《かわ》いていたのでありがたい。

あの黒いリンゴは、どれほど凄いものなのかな？　ちょっとワクワクする。

職員が帰ってきて、大水支部長を見つめながら頷いた。アイコンタクト？

「カカミ君。今から話すことは決して他言しないようにしてほしい。もし、他言した場合は厳しい処分があると思ってくれ」

なんだか大事のようだ。僕は頷き、大水支部長の話を聞くことにした。

「これはダンジョンクリエーター、またの名を〈ダンジョンの実〉と言うアイテムだ」

「ダンジョンクリエーター……？」

「簡単に言うと、ダンジョンを作り出すアイテムなんだよ」

僕はしばらく呆《ほう》けた。ダンジョンがアイテムからできるなんて聞いたことがなかったからだ。

大水支部長が冗談《じょうだん》を言っているようには見えない。職員も神妙な顔をしている。本当に黒いリンゴはダンジョンを作るアイテムのようだ。

「驚くのは無理もない。ダンジョンクリエーターが発見された場合、箝口令《かんこうれい》を敷《し》くのが普通なのだ」

な、なるほど。それなら情報が出ていなくても不思議ではない。

「このダンジョンクリエーターは、国が買い上げる。オークションも何もない。しかも、税金のかからない内密の取引だ。理由は分かるな」

箝口令を敷くほどのアイテムだから、その存在はなかったことにされる。だから取引もなかったし、税金もかからない。頭の中で整理して、頷いた。

「国が購入《こうにゅう》する金額は、一〇億円」

は？　そんな金額が動くのに、内緒なの？　いきなりのことなのに、予算はあるの？

「この金額の中には、口止め料も含《ふく》まれている。拒否権《きょひけん》はないが、悪い話ではないはずだ」

口止め料が含まれていることは分かったけど、そのお金はどこの省庁が出すの？　僕はその疑問を素直に大水支部長にぶつけた。

「内閣官房報償費《ないかくかんぼうほうしょうひ》から出る」

大水支部長が言うには、内閣官房報償費は領収書が不要で会計検査院による監査《かんさ》も免除《めんじょ》されており、原則として使途《しと》が公開されることはないらしい。

そんな便利なお金があるとは知らなかった。

ダンジョンクリエーターの代金一〇億円は、すぐに支払《しはら》われた。なんと一〇億円が入った貯金通帳をもらった。キャッシュカードまであったのには驚いた。これも国が絡《から》む極秘事項《じこう》だからだと思う。

僕、大金持ちだよ。レヴォリューションブックのお金もあるし、この一〇億円には税金さえかからない。

嬉しいけど、微妙《びみょう》な感じ。ダンジョンクリエーターのことを話すつもりはないけど、つい喋《しゃべ》ってしまったらどうしよう。国を敵に回しちゃうのかな。

七級の昇級試験の受け付けを済ませると、僕はマンションに帰ってトロル戦を振り返った。なんと言っても、『結晶』でトロルの生命力を奪《うば》えなかったことが大きい。初めてのことでかなり動揺《どうよう》してしまった。

多分だけど、僕よりもかなり格が上の魔物だから、『結晶』がレジストされたんだと思う。

ハグレに遭遇するのは珍しいことかもしれないけど、まったく遭遇しないわけではない。その場合、今回のように『結晶』が抵抗される可能性は十分にあるだろう。

その時にドリル弾は切り札になるけど、発動までに時間がかかる。早くても四秒、威力を高めるには、その数倍が必要になる。この四秒から数十秒が僕の生死を分けると考えると、とても不安になる長さだ。

「即時発動の攻撃手段があったほうがいいか」

空間の壁で防御を固めても、下手をすれば破られる。それに今の僕では、空間の壁を出しながらドリル弾を発動させることはできない。ドリル弾は周辺の空間にも干渉《かんしょう》するので、僕のリソースを全部使わないといけないからだ。

「新しい攻撃手段を考える必要があるか」

今回は頭に血が上ってしまって、遅延を使うのを忘れていた。ただ、僕よりも上位の存在には、効果がないという前提のほうがいいだろう。最悪を考えて、行動したほうがいい。

「とはいえ、そんなに簡単に新しい攻撃手段が思いつくわけもなく……」

僕は新しい攻撃手段について考えたが、思いつかなかった。

昇級試験に合格して七級に昇級した僕は、ダンジョン探索の日々を送っている。

トロル戦から一カ月以上経過したけど、新しい攻撃手段は浮かんでいない。

枇杷島ダンジョンの第四エリアは巨大な城になっている。とても巨大で、出てくる魔物はオークばかり。だから、オーク城と呼ばれている。

オーク城は五階層からなる城だけど、その四階層に第五エリアに通じる通路がある。

金棒を持ったオーク、鎧《よろい》と剣を装備したオークナイト、その上位種のオークジェネラルがこの城には陣取っている。

中でもオークジェネラルの強さはD級ダンジョンのエリアボス級なので、気軽に戦えるような相手ではない。

でも安心してください。戦わなくてもいいんです。次のエリアへの通路を守るのはオークナイト。エリアボスはオークナイトなんだ。

でも、オーク城の最上階には、上位種のオークジェネラルが陣取っている。このオークジェネラルは僕たちシーカーが最上階に立ち入らない限り動かない。しかも、オークジェネラルを倒しても、アイテムのドロップはほとんどない。戦うだけ無駄《むだ》なので、物好きなシーカーくらいしか戦わない。

オーク城で、僕はあれを発見してしまった。そう、隠し通路だ。当然ながら僕は隠し通路を隠している壁の力場を奪った。

隠し通路を進んで宝箱を発見した。一個しかなかったけど金の宝箱だ。その宝箱を『魔眼』で見ると、嫌《いや》な感じの力場で何やら罠《わな》がありそうだ。

宝箱の後方へ回り、距離を取る。空間の壁を利用して宝箱の蓋《ふた》を開けると、ボンッ。宝箱の中から爆発が起こった。

爆発は前方へ噴《ふ》き出したので、後方で距離を取っていた僕は無事だった。矢が飛び出す罠よりも力場が強そうに見えたので、念のため離れていてよかった。

爆発したのに、宝箱には傷一つない。中を見てみると、手甲《てっこう》があったので収納して先に進む。そしたら、謁見《えっけん》の間のような場所に出た。

その謁見の間に一体のオークがいた。でも、ただのオークではなく、王冠《おうかん》を被《かぶ》っている。玉座にも座《すわ》っている。

「オーク……キング？」

いやいやいや、おかしいよね。オークジェネラルがいる五階層の奥《おく》にいるならともかく、なんで一階層にオークキングがいるの？　いくら隠し通路だからってあり得ないでしょ。

謁見の間に入れば、ほぼ間違いなく入り口が塞《ふさ》がって強制戦闘《せんとう》になる。

さて、どうする？　エリアボスのオークナイトよりもはるかに強いオークジェネラルをさらに上回る化け物と戦う？

オークジェネラルはアイテムをほとんどドロップしないけど、あのオークキングはどうだろうか？

過去二回の隠し通路の魔物は、良いアイテムを落としてくれた。おそらく、オークキングも良いアイテムを落としてくれるだろう。

「やってみるか……」

君子危《あや》うきに近寄らずと言うが、僕の好奇心《こうきしん》はその言葉を凌駕《りようが》した。

あと一歩前に進んだら謁見の間というところで立ち止まった僕は、ドリル弾を発動させた。

空間膨張を繰《く》り返し、数十秒。このドリル弾はマッハを超える速度と、圧倒《あっとう》的な破壊力《はかいりょく》を振りまく殺戮者《さつりくしゃ》になった。

謁見の間に一歩入ると、扉が閉まった。その瞬間、圧倒的な殺気が僕に向けられた。オークキングが僕を認識したのだ。

背筋が凍《こお》りつくかと思うほどの殺気に曝《さら》され、気づくと体が震《ふる》えていた。逃げたいが、すでに踏《ふ》み入ってしまった。だから、真っすぐ前を見て進もう。

「しっかりしろ。どうせ逃げることはできないんだから、あいつを倒して進むしかないんだ」

声に出すと、体の震えはなくなった。

睨《ね》めつけてくるオークキングを、僕も睨めつけ笑ってやる。こっちはすでに準備万端《ばんたん》だ、お前の命はあと数秒で終わる。

命のやり取りはすでに始まっている。引きつった笑《え》みかもしれないけど、僕が生き残るのだと自身に言い聞かせるための笑みでもある。

「一撃必殺。ドリル弾を受けてみろ」

高圧縮された空間が解放される。音も振動もないが、ドリル弾は一気に加速してマッハを超えた。オークキングまで一〇〇メートルほどの距離があったけど、ドリル弾は石の床《ゆか》をその衝撃波《しょうげきは》で破壊しながら進み、一瞬でオークキングへと到達してその上半身を消し飛ばした。

オークキングは何が起きたか分からないまま、消えてなくなったのだ。

「やっぱりドリル弾は強いな」

オークキングには気の毒な最後だったと思うけど、僕だって命がかかっているので手加減をするつもりはない。

オークキングが座っていた玉座の背もたれは消失していて、後方の壁に直径一メートルほどの穴が数十メートルにわたって開いていた。その穴の先は不気味なほど真っ黒な空間だった。

「ダンジョンの壁の向こうはどうなっているのかな……？」

そんな疑問が浮かんできたが、穴の奥から何かが這《は》い出してきそうな不気味さがあったのでオークキングの魔石とドロップアイテムを回収して謁見の間を出た。

四階層へ行き、第五エリアへの通路を進んだ。エリアボスのオークナイトはいなかったので、スムーズに進めた。

第五エリアも建物の中だった。シーカー協会の資料によれば、この建物もオーク城と同じような城タイプだが、出てくるのはオークではない。

僕は地上に戻って、オーク城の一階層に隠し通路を発見したことを報告した。

大水支部長が出てきて、喜んでいる。隠し通路を発見すると、宝箱からアイテムが持ち帰られる。シーカーが自分で使うアイテムもあるけど、多くはオークションに出される。オークションで落札されると、シーカー協会に手数料が入ってくるから大水支部長の実績になる。いいこと尽《ず》くめだ。

「隠し通路を発見できるのも、『時空操作』があるためか？」

隠し通路を見つけているのは『魔眼』。『時空操作』でも隠し通路を見つけられると思うけど、使い勝手が『魔眼』のほうがいい。

「どうでしょうか」

僕は微笑《ほほえ》んで誤魔化《ごまか》した。

「まあいい。この調子でもっと隠し通路を見つけてくれ」

今後、調査隊が送られて隠し通路が確認されると、僕の実績になる。

枇杷島ダンジョンのように、隅々《すみずみ》まで調査されて地図が作られているダンジョンで隠し通路が発見されるのは、とても珍しい。

お金も欲《ほ》しいけど、今はシーカー協会への貢献度《こうけんど》が溜《た》まるのが嬉しい。僕が昇級していく時に有利になるからね。

「ところで、あのことは聞いたか？」

「サハギン砦攻略レイド戦のことですか？」

「そうだ。参加するんだろ？」

僕は肯定《こうてい》した。シーカーにとってこういうお祭りのようなことは、外してはいけないイベントだからね。万年一〇級の僕が、まさかお祭りに参加できるとは思ってもいなかった。とても楽しみだ。

「一〇日後に始まる。レイド戦には協会からも人を出して、支援《しえん》する」

エリア全体が城になっている第四エリアでは数百体の魔物がまとまって襲《おそ》ってくることはない。だけど、第二エリアの草原内にあるサハギン砦の場合は、数百体から一〇〇〇体以上のサハギンが一度に襲いかかってくる。

「規模はどれほどになりますか？」

「今のところは七級シーカーのパーティーが八チームと、ソロが君も含めて数人というところだ。三日後に七級の昇級試験があるので多少増えるかもしれないが、前回の規模とそれほど変わらないだろう」

レイド戦で発見されたお宝は換金《かんきん》して参加者全員で均等に分けられる場合と、早い者勝ちで総取りできる場合がある。

今回のサハギン砦戦の場合は後者の方法をとっていて、パーティーやソロ単位で早い者勝ちでお宝を得ることになる。そのため、参加者が多いとお宝を得るチャンスが減ってしまうのだけど、参加者が少ないとお宝まで辿りつけないというジレンマがある。

「まあ、怪我をしないようにがんばるんだな」

「そのつもりです」

オークキングの魔石は、中一級だった。それだけで五〇〇万円で換金できた。簡単に手に入れた魔石が、こんな金額になると癖《くせ》になりそうだ。

宝箱から得た手甲は『軽減の手甲』というもので、右手用と左手用に武器か盾《たて》を一つずつ収納できるものだった。しかも、その武器と盾の重量は一〇分の一に軽減されるという優《すぐ》れものだ。ただ、僕の場合は『時空操作』があるから微妙な感じかな。でも、使うことにした。

オークキングからドロップしたアイテムは、収納袋だった。容量は小規模の三メートル×三メートル×三メートルで時間経過は普通のものだけど、売れば一〇〇〇万くらいにはなるらしい。

収納袋は強い魔物だとそこそこ落とすけど、便利なのでそれなりに高額で取引されている。小規模でも一〇〇〇万円になるので、貴重なものであることに変わりはないのが分かるだろう。

こちらも『時空操作』が容量無制限で時間を止めることができる僕にとって、とても微妙なアイテムだ。もっとも、収納袋を持っていれば、僕の『時空操作』を誤魔化せるというメリットはありそう。

大水支部長との話が終わって、協会一階のロビーに出るとミドリさんたちの姿が見えた。

僕が手を振ろうとしたら、視界を遮《さえぎ》られた。

「おい、無能。まだシーカーをしていたのかよ」

僕にトレインを擦《なす》りつけた三人組のリーダー格の男だった。

名前は憶《おぼ》えていないけど、いちいち僕に突っかかってくるので顔は覚えている。

「俺《おれ》たちはな、三日後の七級昇級試験を受けて、七級になるんだ。どうだ、羨《うらや》ましいだろ！」

「万年一〇級の役立たずに、そんなこと言ってやるなよ。泣いちゃうぞ」

三人してバカ笑いした。僕が七級だと言ったら、どう思うかな？　バカにしている僕が先に七級になっていたと知った時の顔が見てみたいけど、黙《だま》っていよう。もっと昇級してから、三人に教えてやったほうが面白《おもしろ》そうだからね。

散々僕をバカにして、三人は立ち去った。僕が一言も反論しなかったことに満足したような顔をしてたけど、僕は心の中で笑っていた。

以前はあれほど悔しかったけど、昇級すると余裕《よゆう》ができてあの三人から何を言われても平気だった。でも、あの三人から受けた仕打ちは忘れるつもりはない。

三人がバカ騒《さわ》ぎしたので、周囲の目が僕に向いていた。こういう視線には慣れているから構わない。そこにミドリさんたちがやってきた。

「リオンさん。なぜ言い返さなかったのですか？」

ミドリさんが悲しそうな目をして聞いてきた。

「言い返したところで三人は納得《なっとく》しないでしょ。僕はあの三人に認めてほしいからシーカーをしているわけではないから、構わないよ」

「リオンさんは甘《あま》い。シーカーは舐《な》められたらダメ」

アサミさんの鋭《するど》い視線だ。たしかに彼女の言うように、シーカーは舐められたらいけないような風潮がある。

「リオンさんがいいと言うんだから、いいじゃないの。実力で示せばいいんだし。それに、リオンさんが七級なのに八級が偉《えら》そうに言うのを見ていると、笑えるじゃない」

アズサさんは僕と同じ考え方のようだ。

タイミングを計って僕の級を教えて、彼《かれ》らの驚愕《きょうがく》する顔を見る。彼らに対しては、これくらいの意趣返《いしゅがえ》しでは足りないくらいだ。

「そうだ、リオンさんは七級ですよね。今度のサハギン砦のレイド戦に参加するのですか？」

「うん。参加するよ。今から楽しみだよ」

「いいなぁ、私たちも早く七級に昇級したいです」

アズサさんたちの『ＳＦＦ』は三〇〇ポイント台後半で、昇級試験が受けられる五〇〇ポイントには程遠《ほどとお》い。それでも、かなりの速さで成長していると思う。

通常、八級から七級に昇級するのに、二年くらいかかると言われている。ミドリさんたちは、一年もかからずに昇級するだろう。

来年の今頃《いまごろ》は三人も七級に昇級していると思うので、すぐにレイド戦だよと慰《なぐさ》めておいた。


ヨリミツから連絡があったので、研究室に向かった。いつもそうだけど、いきなり呼び出される。僕もほいほい行ってしまうのがいけないと思いつつ、研究室に到着した。

挨拶《あいさつ》もそこそこにちょっと広い体育館のような場所に連れていかれた。そこには安住教授がいて、全長二メートルくらいのロボットもあり、学生と思われる人たちが忙しくしていた。

よく見ると、それはロボットというよりはパワードアーマーって感じのもので、人が中に入って動きを補助するようなもののようだ。

「やあ、カカミ君。久しぶりだね」

「ご無沙汰《ぶさた》してます。教授」

パワードアーマーから僕のほうに視線を向けた安住教授は、とてもにこやかだった。

「今回リオンを呼んだのは、これを見せるためだ」

ヨリミツがパワードアーマーをポンポンと叩《たた》いた。

これを見せるために僕を呼んだの？　なんで呼ばれたのか、全く理解できない。

怪訝《けげん》な顔をした僕を見たヨリミツが、黙って見ていろとパイプ椅子を指差した。

黙って見ていること三〇分。僕は本当に一言も喋らずに座っていた。

ヨリミツと安住教授、そして五人のアシスタントの学生が忙《せわ》しなく動き回っている。でも、いい加減その光景を見ているのも飽《あ》きた。そこで安住教授が声を張りあげた。

「よーし、準備はいいなー」

ヨリミツとアシスタントたちが、問題ないと返事をしてテストパイロットがパワードアーマーの中に収まった。テストパイロットも学生で、可愛《かわい》らしい女性だった。ただ、臙脂《えんじ》色に白のラインのジャージなので可愛らしさは半減だ。

アシスタントの二人がカメラを構え、一人が操作盤《そうさばん》の前に陣取った。安住教授とヨリミツが四台のモニターの前で、腕組みをして画面を睨めつけている。

アシスタントが操作盤を操作すると、緊張《きんちょう》が僕にも伝わってきた。そして、それは起きた。

「えっ？」

パワードアーマーが少しだけ浮き上がった。

ホバークラフトのように空気を噴射《ふんしゃ》しているようには見えない。ジェットエンジンやヘリコプターのようなプロペラも見当たらない。どうやって浮いているんだ？

僕はそれを見ただけで驚いたけど、ヨリミツたちはまだまだといった感じだ。

パワードアーマーが足を動かして、一歩、二歩と進んだ。動きはスムーズに見えた。腕を動かし、ジャンプし、走って、滑って……えっ、前転⁉

実験は三〇分ほど行われた。なかなかスムーズに動いている。いい感じじゃないの？

「今回の実験は成功だ。良いデータも取れた。皆《みな》、よくやってくれた」

なんか師弟《してい》の暑苦しいドラマが始まった。安住教授とヨリミツ、アシスタントたちが抱《だ》き合って喜んでいる。そんな中、僕は蚊帳《かや》の外でポツンとしていた。

科学の発展だとか口々に言っているけど、僕にはよく分からない。

「いい加減、説明してくれないかな。あのロボットのようなものが、スムーズに動いたのを見せたかったのか？」

喜び合っていたヨリミツに声をかける。

「あの実験機を見て気づかないのか？」

「……何を気づけと？」

「面倒臭《めんどうくさ》い奴《やつ》だ」

怒るぞ、この野郎《やろう》。

「仕方がない。リオンに分かるように教えてやろう」

溜息《ためいき》を吐《つ》き、説明を始めた。本気でぶっ飛ばすぞ、このー。

「あのスマートメタルは、人の動きを正確にトレースする」

あのロボットはスマートメタルと言うようだ。まずそこから知らなかったよ。

「それで、そのスマートメタルがスムーズに動いたのがよかったの？」

「スムーズに動くのは、当然だ。そんなことはかなり以前に成功している」

だったら、なんだよ？

「本当に気づかないのか？」

「悪かったな、頭が悪くて」

「そんなことは、前から知っている」

このぉっ！　拳《こぶし》を握《にぎ》って怒《いか》りを我慢《がまん》する。ヨリミツは昔からこうだ。だけど、いいところもある。だから、こいつと何年もつき合っている。

「あのスマートメタルの動力源は、お前の結晶だ。魔石の七倍ものエネルギーが内包されている結晶は、スマートメタルの稼働《かどう》時間を大幅《おおはば》に上げてくれた」

同じ魔物の魔石よりも、結晶のほうがエネルギー量が多い。それは、前に聞いた。

そうか、魔石よりもエネルギー量が多いと、それだけパワーが出せたり稼働時間が延びるんだ。

色々小難しい説明をされたけど、要はエネルギー量が多いこと、そして重力を封じた結晶によって重力場を発生させることができるということだ。

重力が何に影響《えいきよう》を与えているんだろうと思ったが、スマートメタルが浮いたことを思い出した。でも、浮いたから何？　どうも僕にはよく分からない。

「重力の結晶を制御すると、スマートメタルを浮かせることができる。これによって、各可動部にかかる負担が減る。これも大きなことだ」

「ふ、ふーん……」

「分かってない顔だな」

うっ……。その通りですが、何か？

「分かっているぞ、可動部の負担が減るんだろ」

「可動部の負担が減ると、何がいいと思うんだ？」

「うぅ……」

痛いところを突いてくるな。

「あ、そうだ！　あのスマートメタルを見てもいいか？」

「構わないぞ」

ここは話を変えるに限る。難しいことはヨリミツに任せる。僕は能天気が担当だ。これでいいのだ。

僕はスマートメタルを近くで見させてもらった。なかなか立派なものだ。

その後、ヨリミツから生命結晶と重力結晶をもっと供給してほしいと頼まれた。魔物の生命力を封じたから生命結晶、重力を封印したから重力結晶、そう呼ぶようにしたらしい。


翌日、僕はマンションからそれほど遠くない河川敷《かせんしき》にやってきた。ここなら重力を封印しても誰にも迷惑《めいわく》はかからないだろう。

自分の周囲の重力を『魔眼』で確認し、できるだけ広範囲の重力を封印するようにイメージして『結晶』を発動させる。

その瞬間、地面に落ちていた小石などが空中に浮き、そこが無重力だと実感する。

かなり広い範囲の重力を封印したことから、重力結晶は前回の一〇倍近い三センチくらいになった。

これを五個用意したら、生命結晶を手に入れに行く。ヨリミツと安住教授からは、できるだけ大きな魔石を残す魔物の生命結晶がほしいと言われている。

僕が倒せる魔物の中では、オークが一番大きな魔石を残す。オークの生命結晶が一〇〇個ほしいらしい。

レイド戦を控《ひか》えていることから、持っていたオークの生命結晶は全部解放してしまった。だから獲《と》りに行かないといけない。ついでだから、オークキングの様子でも見ていこうかな。


オークを『結晶』で倒しながら隠し通路を目指して進んでいると、隠し通路の前に四人のシーカーがいた。

「ここはシーカー協会の許可があるまで立ち入り禁止だ」

どうやらシーカー協会から派遣《はけん》されたシーカーパーティーのようだ。オークキングは諦《あきら》めて、代わりにオークジェネラルでも見てこようか。

アイテムをドロップさせないことで有名なので結晶にできるか確認して、ダメなら倒してオーク狩《が》りを続けよう。

オークジェネラルは屋上のようなところで寝《ね》ていた。誰もこないので気が緩んだといったところだが、まるで休日のお父さんのようだぞ。それでいいのか？

僕が近づいていくと、目を開けて徐《おもむろ》に上半身を起こし欠伸《あくび》をした。バカにされている気分だ。まあいい。『結晶』を発動させる。抵抗が激しい。

オークジェネラルが慌てて立ち上がり、巨大な盾を構えて僕に突進してきた。落ちついてオークジェネラルの突進を空間の壁で防ぐと、オークジェネラルは弾《はじ》かれて後方に倒れた。コントのような倒れ方に、ちょっと笑ってしまった。

ここで再び『結晶』を発動させると、さっきより抵抗は弱いように感じた。でも、まだ結晶にはなってくれない。

立ち上がったオークジェネラルの顔が怒りに染まっている。顔はかなり厳《いか》ついので、見ないことにした。

そのオークジェネラルを空間の壁で囲む。動けないので壁を叩いて暴れるオークジェネラルは、次第に動きが悪くなって息が荒《あら》くなってきた。酸欠状態になっているようだ。じっくりと弱るのを待つ。

目が虚《うつ》ろになったオークジェネラルに『結晶』を発動したらその場で倒れて、僕の手の中に結晶が現れた。

さすがはオークジェネラルだ、トロルやオークキングの結晶に次いで力を感じる。

ニコニコとしながら落ちていた魔石を拾おうとしたら、その横に剣があった。

アイテムをドロップさせないケチなオークジェネラルが、僕のために剣を残してくれた！　感動だよ。

思わぬドロップアイテムに気分が良くなった僕は、一〇〇体分の生命結晶を集めた。

地上に戻ってシーカー協会で、オークジェネラルからドロップした剣を鑑定してもらう。

「これは呪《のろ》いの剣でした」

「え？」

「装備すると全身の毛が抜け落ちる呪いがかかっています」

なんと、呪いがかかった剣だった。

「あのブタめぇっ！」

あのオークジェネラルは、僕の毛根を全滅させるつもりだったようだ。次にオークジェネラルと戦うことがあったら、もっと苦しませて倒そうと思った。


サハギン砦攻略レイド戦の日になった。砦の前に七級シーカーたちが集合し、レイド戦を見学するシーカーたちがそれを取り巻く。

「おい、クズ。なんでお前がここにいるんだ」

いきなり肩《かた》を掴まれたと思ったら、そこにあの三人組がいた。

「そうだぞ。見学するにしても、一〇級じゃあこのダンジョンに入れないだろ」

「さっさと帰れ、邪魔だ」

そういえば、三人は七級昇級試験を受けると言っていた。今回のレイド戦に参加するのかな？

「君たちはレイド戦に参加するの？」

そう聞いたら、三人は凄い剣幕《けんまく》で喚《わめ》き散らした。言葉にならないような言葉をなんとか拾っていくと、試験官が悪いとか、調子が悪かったと言っているので、不合格になったようだ。

「あなたたち、リオンさんは七級シーカーで、これからレイド戦に参加するんだから、邪魔したらダメよ」

そう言ったのは、ミドリさんだった。いつの間にか野次馬が集まっていたようだ。

三人は僕が七級だと聞いて、腹を抱《かか》えて笑い出した。

「バカ言ってんじゃねぇよ。こいつは万年一〇級の落ちこぼれ。役立たずのリオンだぜっ」

「こいつが七級なら、俺らは一級だぜ！　アハハハ」

ミドリさんたちが首を振って呆《あき》れている。

本当はもっと上の級になってから教えてやろうと思っていたけど、今日は時間がないからもういいか。

「これ、僕の身分証。ここに七級ってあるよ。君たちは僕より先に九級、八級に上がったようだけど、七級には僕が先になってしまったようだね」

僕は皮肉を込めてとーーーっても柔和《にゆうわ》な笑みを浮かべた。

「はんっ。てめぇが七級だと⁉」

「バカ言うんじゃねぇよっ」

「万年一〇級が、粋《いき》がってんじゃねぇよ！」

シーカーの身分証を見せても理解できないようだ。ショックを受けるんじゃなくて現実逃避《とうひ》しているみたい。

「はぁ……。君たちは頭や性格だけではなく、目も悪いようだね」

周囲の野次馬シーカーたちから失笑《しっしょう》が零《こぼ》れる。

バカにされたのが気に入らなかった三人は、僕に殴《なぐ》りかかってきた。

僕は二人の攻撃を躱《かわ》して、リーダー格の男の手を掴んで捻《ひね》り上げた。

「ぎゃっ」

「これからレイド戦に参加するから忙しいんだ。悪いけど、君たちと遊んでいる暇《ひま》はないから」

痛がる男の腕をさらに捻《ね》じると、悲鳴があがる。本当はこのまま腕を折ってやりたい。僕にはそれをする正当な理由がある。でも、それをしては、彼らと同じ腐《くさ》った人間になってしまう。だから、折れる寸前で離してやった。

「今後は僕に話しかけないでくれ。君たちと同類だと思われたくないからね」

「「「て、てめぇ！」」」

「そこまでだ！」

三人が往生際《おうじょうぎわ》悪く剣を抜こうとしたところで、誰かが止めた。声の主は、シーカー協会の大水支部長だった。

「お前たち、ここで剣を抜けば引き返せないぞ。分かってやっているんだろうな」

「「「ぐっ」」」

「カカミ君もガキどもを煽《あお》るな。大人になれ」

「すみません」

「それから、お前たち。カカミ君は七級だ。それは支部長であるこの大水が保証する。それとも、俺の言葉が信じられないか？」

ところに向かった。

僕は支部長に頭を下げ、ミドリさんたちにも礼を言ってレイド戦に参加する七級シーカーたちの
「もう時間だ。あっちに行って、スタートを待たなくていいのか？」

大水支部長の圧に気圧《けお》され、三人はすごすごと立ち去った。

「うっ……いいえ……」


レイド戦に参加するシーカーは、九パーティーとソロが僕を含めて三人、総勢五一人。僕もそのシーカーの中に交ざった。

以前、ドリル弾でサハギン砦の壁を破壊したけど、その破壊の跡《あと》は見られない。ダンジョンの中の壁や建物などのオブジェは破壊しても数時間で修復されることが多い。サハギン砦もその例に漏《も》れず、すでに修復されたようだ。

このレイド戦の発起人《ほっきにん》である河村《かわむら》さんが、皆の前に出てきた。

「これからサハギン砦の攻略レイド戦を行う！　準備はいいか!?」

「「「おおおっ！」」」

河村さんはサハギン砦攻略レイドの発起人として、毎回名前が挙がる四〇前後の人物だ。このレイド戦がしたくて、六級の昇級試験を受けないのではとまことしやかに言われている変わり者である。

「三時間経過するか、かなり危険な状況があったら花火を打ち上げる。それが撤退《てったい》の合図だ。この花火は砦の中にいても音が伝わる特注の花火だから、安心してくれ」

わざわざこのレイド戦のために作られたものではなく、多くのレイド戦で合図に使われる花火だ。

「逃げ遅《おく》れた奴はサハギンに囲まれて命を落とすことになる。どんなに好調でも撤退の判断を見誤るなよ」

他のシーカーが撤退したら、周囲はサハギンしかいなくなる。それはとても危険なことだ。

「お宝は手に入れた奴のものだ。気合い入れて、探索してくれ」

河村さんは多くを語らず、ただ楽しもうと締《し》めくくった。

「レディィイイイイッゴォォォォッ！」

「「「うおぉぉぉっ」」」

その合図でシーカーたちは駆け出した。その熱気に気圧された僕は出遅れてしまい、最後尾《さいこうび》からついていくことになってしまった。

でも、初めてのレイド戦だから、気合いを入れて探索するぞ！

砦にシーカーたちが近づいていくと、サハギンがわらわらと出てきた。

せっかくの砦なのに籠城《ろうじょう》しないんだ。魔物らしいと言えば、らしいと思ってしまった。

先頭を走っていたシーカーが、サハギンに飛び蹴りを放った。それが合図になって乱戦に突入した。

戦術のない力と力のぶつかり合い。熱い戦いが繰り広げられている。僕はそんな門の前からやや離れた壁の前に立った。

空間を操《あやつ》る時、出した空間を動かすのは多くのリソースを使うけど、動かさないのであればリソースはそんなに使わない。

僕は階段状の空間を作って、その上を歩いて砦の壁の上に立った。およそ五メートルくらいの高さの壁の向こう側には、サハギンがひしめき合っていてこっちを見上げて殺意を向けてきた。

僕は『結晶』を発動して、数十というサハギンの命を結晶に変えていく。一方的に攻撃できる状況を作れば、僕はかなり強い。

次から次に倒れていくサハギンだが、黙って見ているわけではない。サハギンたちは二叉《ふたまた》の槍《やり》を投擲《とうてき》し、僕は集中砲火を浴びる。

だけど、空間の壁が護《まも》ってくれるので、その二叉の槍は僕に届かない。

陣取ったサハギンの一団を壊滅に追いやると、魔石を拾うのが大変だった。でも、七五体分の魔石が手に入り、これだけでもそれなりの金額になる。

そのまま砦の中に入っていくけど、砦の中にも多くのサハギンの反応があって気が抜けない。

僕が砦の中に入った頃、門からシーカーたちが雪崩《なだ》れ込んできた。さすがは七級シーカーなだけあって、あの程度のサハギンはすぐに一掃《いっそう》したようだ。僕も負けていられない。

できるだけサハギンのいる場所は避《さ》けていく。戦ったら魔石を拾いたくなるが、魔石を拾うのもかなり面倒なので戦わずに進んだ。どうしても戦わないと進めない場合は別だけど、可能な限りコソコソと砦の中を探索した。まるで泥棒《どろぼう》になった気分だ。

「あった」

砦の中の袋小路《ふくろこうじ》に出てしまったけど、床に力場がある。この砦には地下があるのだ。

シーカー協会の資料では、この砦は地上二階層だけのはず。つまり、地下は隠し通路の可能性が高いと考え、力場を探していたんだ。そういうものを見分けてくれる『魔眼』は、本当に役に立つ特殊能力だね。

『結晶』で力場を奪うと、床が消え階段が現れた。地下にも多くのサハギン――いや、サハギンリーダーがいた。

サハギンリーダーはサハギンの上位種だ。だけど、オークよりは弱いから問題ない。ただし――。

「おっと！」

僕を見たサハギンリーダーたちは、二叉の槍をこっちに向け、水の球を放ってきた。これがサハギンリーダーの攻撃だ。僕は慌てることなく、空間の壁で防御した。

砦の二階層にもサハギンリーダーがたくさんいるけど、地下にもウヨウヨいる。厄介極まりないけど、空間の壁で自分を護りながら次々と結晶に変えていく。

かなりの数のサハギンリーダーを倒した。魔石や結晶の数を確認するのも億劫《おっくう》になるほどだ。

そんな僕の前には四つの宝箱が鎮座《ちんざ》している。鉄、銅、銀、金が一つずつ。

罠がありそうな銅の宝箱から開けてみると、大量の水が放出された。いつものように後方にいた僕は無事だった。

銅の宝箱の中には革袋が入っていた。また収納袋かなと思ったけど、『魔眼』で見た力場が僕が持っている収納袋とは違う。シーカー協会で鑑定してもらえば分かることだと、収納した。

鉄の宝箱には一キロくらいの金塊《きんかい》が入っていた。これは鑑定するまでもないだろう。

銀の宝箱を開けると、鎧が入っていた。鎧は金属を基調として、サハギンの皮のような爬虫類《はちゆうるい》の皮が使われている感じのものだ。これも鑑定行き。

最後に金の宝箱を開ける。予想通り罠はなく、中には王冠があった。この王冠にどんな効果があるのか、鑑定するのが楽しみだ。なんといっても金の宝箱だからね。

「さて、あの扉の奥には……」

興奮冷めやらない中、あからさまに怪《あや》しい扉がある。その奥には、かなり強い力を持った何かがいるのが分かる。

「鬼《おに》が出るか蛇《じゃ》が出るか」

その扉を開けた。

それはサハギンではなかった。

「本当にヘビが出ちゃったよ……」

胴体《どうたい》の太さが五〇センチはあるかなり巨大なヘビだ。まさかバジリスクじゃないよね！　思わず目を閉じて石化眼を警戒《けいかい》した。バジリスクの目を見ると、石になると言われている。

目を閉じても『魔眼』を発動したら、いつものように『魔眼』の世界が広がった。多少フィルターがかかっているように見えるけど、それほど大きな問題はない。

扉を閉めようとしたら、その蛇がうねうねと襲いかかってきた。かなり速い⁉

扉を閉める前に飛びかかられてしまい、慌てて空間の壁で防御する。

「うわぁ……」

ヘビの魔物は四方に張った空間の壁に巻き付いて、締め上げてくる。

ヤバ――くない？　これはチャンスだよね？

ヘビの外側にも空間の壁を作ってヘビを閉じ込め、『結晶』を発動した。抵抗が激しいけどヘビは閉じ込めてあるので、じっくり時間をかけて『結晶』で生命力を削《けず》っていけばいい。

幸いなことに空間の壁はかなり堅牢《けんろう》なので、ヘビの締め付けではびくともしない。

ヘビが口から液体を吐《は》き出した。空間の壁はなんともないけど、床に落ちるとジュッと音を立てて煙《けむり》が立ち上る。

「毒？　勘弁《かんべん》してよ」

空間は毒に侵《おか》されないから問題ないが、かなり危険なヘビだ。

根競《こんくら》べをすること一〇分……二〇分……三〇分が経過した辺りで、ヘビの生命力が残りわずかになった。

そしてその時はやってきた。ヘビがぐったりと床に横たわって消えた。手の中にある結晶はかなりの生命力を感じる。

「よっこいしょっと」

空間の壁を解除して落ちている魔石を拾い上げる。大きさは中サイズだけど、等級は不明。シーカー協会で鑑定してもらおう。

「しかし、紫色《むらさきいろ》の魔石なんて、珍しいな」

さらに、床の上にネックレスが落ちていた。ドロップアイテムのようだ。細いゴールドのチェーンに、紫色の宝石が一つつけられたものだ。これも鑑定行き。

魔石とネックレスを収納したところに、シーカーパーティーがやってきた。

「あー、やっぱ先客がいたかー」

男性ばかり五人のシーカーのパーティーで、僕とそれほど変わらない年代だ。

「なあ、そっちの部屋は何があったんだ？」

「ヘビの魔物がいましたよ」

「サハギン砦にヘビの魔物か……強かったか？」

「サハギンリーダーが子供に思えるくらいに、強かったですね」

三〇分も『結晶』に耐《た》えたんだから、かなり格上の魔物だ。ただ、バジリスクかどうかは分からない。

彼らは二階層を回ったあと一階層に下りてきて、休憩《きゅうけい》のために袋小路へ移動したら地下への階段を見つけたと言っている。今回で二回目の参加になるが、あの袋小路に地下への階段が隠されているとは思っていなかったようだ。

「あんた、隠し通路を見つけるなんて、運がいいな」

これは運ではなく実力なんだと思っている僕は、微笑んで返事をした。

そこで花火が打ち上げられたようで、大きな音が鳴り響いた。僕たちは地上へと帰っていくのだった。


サハギン砦攻略レイド戦が終わった。大きな怪我をした人はいないようなのでよかった。

シーカー協会の大きな会議室に入った参加者たちは、これから成果を報告することになる。得たものが魔石だけだと報告は不要だけど、ある意味お祭りのようなものなのでシーカーが得たアイテムは全て公表されることが原則だ。

「アイテムを手に入れた奴は、前に出てきてくれ」

河村さんがそう言うと、複数のシーカーが前に進み出る。僕もその一人だ。

「お、ソロの君もお宝をゲットしたんだな」

「ええ、運がよかったようです」

ニカッと笑った河村さんが、よかったなと背中を叩いてきた。乱暴な叩き方だけど、素直に祝ってくれているのが分かった。

いきなり皆の前でアイテムを出すのではなく、会議室の一角にあるパーティションで隔離《かくり》された場所でシーカー協会の人に鑑定してもらってから公開されるのだ。

最初は五人パーティーが得たアイテムを鑑定するため、パーティションの中に入っていった。大水支部長も入っていく。

しばらくして出てきた五人の一人がアイテムを見せてくれた。サハギンが持っている二叉の槍に似たものだ。

「俺たちは、銅の宝箱からサハギンランスを得た。効果は水球を射出できるというものだ」

それが最低でも五〇〇万円の価値があると続けると、大きな歓声《かんせい》が起きた。

水球を射出するということは、サハギンリーダーが持っていた槍なんだろう。ごく稀《まれ》に魔物が持っている武器や防具が発見されることもある。

次は三人パーティーがパーティションの中に入っていった。

出てきた三人はかなり嬉しそうだ。それだけ良いアイテムだったんだと僕も期待してしまう。見せてくれたのは、貝がついたイヤリングだった。

「俺たちが銀の宝箱から得たのは、俊敏性上昇《しゅんびんせいじょうしょう》の効果があるイヤリングだ」

効果がそれなりに高いため、彼らは売らずに自分たちで使うらしい。僕の持っている俊敏性上昇のブーツよりも効果が高いらしい。羨ましい限りだ。

次のパーティーは銀の宝箱から水流の剣を得たと言う。水圧で斬れ味が上昇するし、火属性の魔物に効果絶大らしい。この水流の剣も彼ら自身が使うらしい。

最後に僕がパーティションの中に入った。中には男性が一人と女性が三人、そこに大水支部長が加わって五人体制で鑑定する。

「やっぱりカカミ君もアイテムを得たんだな」

大水支部長が柔和な笑みを浮かべた。

「隠し通路を発見したので」

「ほう、サハギン砦に隠し通路があったのか。隠し通路の発見件数は、これで四件目か。凄いものだな」

僕がその隠し通路の場所を地図で示すと、大水支部長は地下かと唸《うな》った。

鉄の宝箱から得た一キロの金塊、銅の宝箱から得た革袋、銀の宝箱から得た鎧、金の宝箱から得た王冠、そしてヘビの魔物からドロップしたネックレスを出す。五人が息をのんだ。

「宝箱が五つもあったのか？」

「いえ、宝箱は四つです。そのネックレスはヘビの魔物からドロップしたものです」

ヘビの魔物と聞いた大水支部長が、すかさず話を詳《くわ》しく聞かせろと言ってきた。

「それはグレートサーペントではないか？　魔石は回収したかね」

魔石を出すと、四〇代くらいの女性がそれを鑑定した。この人が鑑定士のようだ。

「間違いありません。グレートサーペントの魔石です。しかも、中四級です」

「何、中四級だと？　グレートサーペントは中五級だったと思うが？」

どうやらヘビはグレートサーペントで確定らしい。魔石の品質からかなり育ったグレートサーペントだというのが分かった。

「よく生きていたな。カカミ君」

「運だけは良いみたいです」

グレートサーペントの魔石は中四級、しかも珍しい紫色の魔石だったので換金額は五〇〇万円になった。

「七級シーカーが、しかもソロでグレートサーペントを倒すなど前代未聞《ぜんだいみもん》だぞ。カカミ君はハグレのトロルも倒しているし、実績は抜群《ばつぐん》だ」

大水支部長は僕を褒《ほ》め殺した。褒められたら嫌な気分にはならないが……。

「だが、君はソロだから、しっかりと安全マージンを取って探索してくれよ」

最後に釘《くぎ》を刺《さ》すところは、支部長になる人物なだけはある。

「では、アイテムの鑑定をしようか」

鑑定士のオバ……お姉さんが順にアイテムを鑑定していく。金塊を鑑定してスラスラとペンを動かす。

革袋を鑑定してスラスラ。鎧を鑑定して……あれ、ペンが止まっている？

大水支部長が声をかけると、鑑定士はペンを走らせてそれを大水支部長に見せた。すると大水支部長が「ほう」と声を出す。

「とりあえず、鑑定を進めてくれ」

そう促されて王冠を鑑定した鑑定士だったけど、またペンが動かない。眉間《みけん》に深い皺《しわ》が寄っているところを見ると、呪われたアイテムなんだろうか？　金の宝箱から出たので、かなり期待していたんだけど。

気を取り直した鑑定士がペンを走らせ、最後にグレートサーペントからドロップしたネックレスを鑑定した。

鑑定結果を見て、大水支部長の眉間にも深い皺が寄った。「ふーーー」と大きく息を吐いた大水支部長が指示すると、三〇代くらいの女性職員がそれをコピーした。

「なんと言っていいか……俺が知っている限り、こんなアイテムは見たことがない」

鑑定結果を受け取った僕も内容を確認する。

鉄の宝箱から得た一キロの金塊は、純度が低く三五〇万円の価値しかなかった。

銅の宝箱から得た革袋は収納袋で、一メートル×一メートル×一メートルで容量が小さいので、こちらも二〇〇万円くらいにしかならないらしい。

銀の宝箱から得た鎧は防具としては大した性能はないけど、装備するとサハギンのように水中でも活動できるサハギンメイルというアイテムだった。

これは使い方次第だけど、いいアイテムだ。

金の宝箱から得た王冠はサハギン王の王冠というアイテムで、使用者よりも弱いサハギンを使役《しえき》できるというものだった。これは消費型なので使ったら特殊能力を覚えて、アイテムはなくなってしまうらしい。

グレートサーペントからドロップしたネックレスは耐毒のネックレスで、その名の通り毒を防ぐものらしい。しかも、効果がそれなりに高いので、オークションに出せば数千万から一億超えもあり得るそうだ。

「サハギンメイルの効果と同じような効果を得られるアイテムはある。だが、サハギン王の王冠は初めて聞くものだ。サハギン限定とはいえ、魔物を使役するなど初めてのアイテムだ。しかも、これは特殊能力を我々人間に与えるアイテムだ。レヴォリューターだけでなく、普通の人間でも欲しがると思うぞ」

大水支部長はかなり興奮していた。なんだか大事になってしまった。パーティションの外にいるシーカーたちにもその声は聞こえていることだろう。

なにはともあれ、僕はシーカーたちに五つのアイテムを得たことを報告した。その内容も包み隠さずに教えた。

「隠し通路があるなんて、思ってもいなかったな。次のレイド戦ではその地下への競争になるかもしれないな」

「そのことだが、地下の奥にはグレートサーペントがいた。本来グレートサーペントは七級シーカーでは倒せない。しかも、扉を開けたら部屋から出てきたとカカミ君は言っている。下手をすれば地下から出てくる可能性もある。よって、次のレイド戦には、協会から人を出してグレートサーペントが再ポップしているかを確認する。これは決定事項だ」

「支部長は俺たちの楽しみを奪うのか?」

河村さんが苦い顔で大水支部長に食ってかかった。

「協会側が用意した者には、サハギンと宝箱に手を出さないように徹底《てってい》させる。ただし、地下の最《さい》奥《おう》の部屋はその者の確認がない限り、扉を開けることは禁止だ。宝箱があったのはその手前の部屋だから、問題ないだろ?」

大水支部長がそう言うと、河村さんもしぶしぶ納得する。

この後、大量のサハギンの魔石を換金して、解散となった。

今回の結果はシーカー協会の掲示板《けいじばん》で公開された。

いつもは結果のみを掲示していたが、地下が発見されたということと、どういうアイテムが発見されたとか、それらのアイテムを誰が発見したとか、最後にグレートサーペントが確認されたため、地下はかなり危険だという注意事項が載《の》っていた。

それを読んだシーカーたちは、かなり沸《わ》いた。しかも、僕が珍しいアイテムを得たということも載っているので、しばらくの間、よく知らないシーカーから声がかけられることになった。

「今回のことでリオンさんの名声が上がりましたね」

「名声って、僕はただのシーカーだから、名声なんてないよ」

翌日、僕はミドリさんたちと食事をしたんだけど、三人ともかなり興奮していた。

「私たちも早く七級に昇級して、レイド戦に参加したいわ」

アズサさんが決意表明すると、ミドリさんとアサミさんが頷いて三人が拳を合わせた。

あれ、三人とも僕を見ているんだけど……僕も拳を出したほうがいいの？　おそるおそる僕も拳を合わせると、三人は「おーーーっ」と拳を突き上げた。慌てて僕も拳を上げた。

サハギン砦攻略レイド戦の興奮冷めやらぬ日、またヨリミツに呼ばれた。今度はどんなものを見せてくれるのか、ちょっとだけ楽しみだ。

研究室のあるビルの受付で待っている間、警備員のオジサンと話す。このオジサンとも顔見知りになりつつある。

「月刊シーカーを見たよ。格好《かっこう》良く写っていたじゃないか」

「恥《は》ずかしい限りです。僕なんかまだまだなのに」

「若い子が頑張《がんば》っている姿を見ると、オジサンも頑張らなきゃと思うよ」

月刊シーカーという雑誌のサハギン砦攻略レイド戦という特集記事に僕の写真が載ってしまった。恥ずかしいけど、これも僕がシーカーとして少しは活躍《かつやく》できているんだと思うようにした。

オジサンと話していると、ヨリミツがやってきて、そのまま外に出て車に乗った。前の試験の時にいたアシスタントの男の子が運転だ。安住教室の学生らしい。

どこに行くのかとヨリミツに聞いたら、屋外で稼働試験ができるところだと言った。

車で一時間半ほど走った場所に到着した。そこは河川敷に造られたちょっとしたグラウンドだった。

安住教授と数人の学生がすでにそこにいて、準備している。

「お久しぶりです。安住教授」

「やあ、カカミ君。月刊シーカーを見たよ。活躍しているね」

僕は苦笑しながら頭をかいた。自動車の中でヨリミツに見たと言われたけど、どうやら研究室の中に持ち込んだようだ。まったく、ヨリミツには困ったものだ。

「魔物のことや特殊能力のことを調べていたら、たまたま目についただけだ」

僕が睨《にら》んだら、そっぽを向いたヨリミツがそう言った。

「あまり変なことを教授に吹《ふ》き込まないでくれよ」

「俺は何も変なことを言った覚えはない」

今回の実験に使う機体は、以前から大きく変化していた。以前は色もない剥《む》き出しの金属といった感じだったが、今回は白地に青と赤のカラフルなものになっており、さらにスマートになった。洗練されたと言うべきかな。

「なんか格好良くなってるな」

「以前から開発を進めていたもので、今回は生命結晶の稼働限界時間の確認と、指向性重力制御システムの稼働と耐久テストだ」

また新しい言葉がでてきたぞ。

指向性重力制御システムというのは、重力結晶から放出されるエネルギーを使うシステムらしい。生命結晶からエネルギーを取り出すのは、既存《きぞん》の魔石からエネルギーを得るシステムを少し改造するだけで使えたらしいけど、この指向性重力制御システムは新規に開発されたものらしい。

三〇分ほど待っていると、実験準備が完了《かんりょう》したようだ。

安住教授の合図でテストパイロットの学生が、機体に乗り込む。前回はジャージだったけど、今回はパイロットスーツのようなものを着ている。

音はかなり静かで、モーターの音がわずかに聞こえるだけだ。その音がやや甲高《かんだか》くなり、スマートメタルが動き出した。前回の時は屋内だったが、今回は屋外だ。河川敷のグラウンドでスマートメタルは派手な動きや、急停止、急発進を繰り返した。

一〇分を過ぎたあたりで、安住教授がエネルギー残量を確認した。

「残量九〇パーセントです」

「うむ、順調だね」

安住教授の視線は厳しいが、ホッとしている感じを受けた。

試験はさらに続いて三〇分、そして一時間が過ぎた。

スマートメタルはとにかく動き続けた。僕にはよく分からないけど、この動き続けることが大事らしい。

「よし、仕上げに移るぞ！」

「「はい！」」

ヨリミツが仕上げと言うと、学生たちが元気に返事をして、スマートメタルの動きがさらに激しいものになった。

「左膝《ひざ》関節部の温度が上昇しています」

あれだけ急激な方向転換《ほうこうてんかん》やジャンプをしていたら、関節部に負担がかかるんだろうな。

「エネルギー残量は？」

「残量二一パーセントです」

「このまま試験を継続《けいぞく》する」

「はい」

安住教授の判断で試験は継続になった。そして八〇分で試験は終了した。

人間の動きに近いことができることは、前回の試験で見ている。あの時も驚いたけど、今回はアスリートのような動きをした。ロボット系のことはよく分からないけど、これほどの動きができるのかと毎回驚かされる。

「安室《あむろ》君は大丈夫かね？」

テストパイロットの女子大生はアムロさんというらしい。彼女はスマートメタルから降りて、ヘルメットを脱《ぬ》いだ。相変わらず可愛らしい子だ。

「少し疲れましたが、問題ありません。ほとんどスマートメタルがやってくれますので」

「そうか。でも、無理はいけないから、少し休みなさい」

「はい」

アムロさんは椅子に座ってドリンクを飲み、他の学生やヨリミツは機体のチェックを始めた。

「やはり駆動部《くどう》と関節がかなり発熱しています」

学生がスマートメタルの装甲《そうこう》を触《さわ》りながらそう言うと、ヨリミツがトレーラーへの搬入《はんにゅう》を指示した。

トレーラーの中で機体がバラされ、色々チェックされるのだ。

「カカミ君。コーヒーでもどうかね？」

「あ、僕が」

「いやいや、カカミ君はお客さんだからね」

僕が椅子から立とうとすると、安住教授が止めてきた。そこにアムロさんが「私がやります」とコーヒーを用意してくれた。

僕と安住教授は向き合う形で座った。アムロさんが用意してくれたコーヒーに口をつける。

「今回のこの実験は、とても良いデータが取れたよ。これもカカミ君のおかげだ、感謝するよ」

「いえ、僕は結晶を用意しただけですから」

「その結晶が、我々の研究を進めてくれた。正直言って、頭打ちのところがあったんだ」

「頭打ち……ですか?」

魔石は化石燃料に代わる素晴らしいエネルギー源だけど、それでもスマートメタルの稼働時間は短かった。

それが生命結晶のおかげで七倍のエネルギーを得られ、稼働時間を延ばすことができた。しかも、供給エネルギーが増えたことで、パワーやスピードといった性能を向上させることができた。

「指向性重力制御システムのおかげで、機体への負担も減る。素晴らしい進歩だよ」

「少しは役に立ててよかったです」

安住教授が目尻《めじり》に皺を寄せて微笑み、コーヒーを飲んだ。

「この指向性重力制御システムについては、特許の申請《しんせい》をしている。それとトキ君は論文を書いている。その論文が発表されれば、彼が指向性重力制御システムの第一人者として世界に知られることになるだろう」

「第一人者は安住教授ではないのですか?」

僕が聞くと安住教授が苦笑した。何か悪いことを聞いたのかな……。

「私はアドバイザーをしているだけで、この研究のリーダーは彼だよ」

弟子《でし》が師を超《こ》えてしまったような寂《さび》しさを、安住教授は醸《かも》し出している。

「ヨリミツの功績を奪うことくらいできますよね」

「露骨《ろこつ》なことを言うね。やろうと思えばできるが、そのあとが続かないだろうね」

どうしてだろうかと首を傾《かし》げたら、安住教授が笑い出した。

「理由は君だよ。今現在、生命結晶も重力結晶も、カカミ君しか生産できない。私がトキ君の功績を横取りしたら、君は私に協力してくれるのかな?」

「あぁ、なるほど」

確かに。あんな奴でも僕にとっては大事な友達《ともだち》だから、ヨリミツを裏切った安住教授に結晶を供給するなんてことは絶対にしないだろう。

「教授。バラしがあらかた終わりました。今日は撤収でいいですかね」

「ああ、そうしようか。皆、今日はご苦労様だったね」

皆の顔は晴れ晴れとしたものに見えた。僕はただ見ていただけで時間を持て余したけど、ヨリミツや学生たちにとってはとても充実《じゆうじつ》した時間だったことだろう。

学生たちが撤収の準備をしている時、ヨリミツに指向性重力制御システムのことについて聞いてみたが、やっぱり難しい話を始めた。僕は学生ではないので噛《か》み砕いて教えてほしいものだ。

学生たちが片づけを終えたのでそこで話は終わった。僕はまったく理解できなかったけど、へーと言っておいた。

ヨリミツたちはこの実験結果をお役所に提出するらしい。同時に論文も発表すると言う。

まあ、がんばって。と言うと、半眼で見られた。

「この研究の核《かく》はリオンだぞ」

「え、なんで僕なのさ？」

「この生命結晶や重力結晶は、今のところお前しか作れない。供給元がお前しかいない以上、最重要人物はお前になる。俺のような研究者は次から次に現れるが、特殊能力はそんなに簡単にいかないからな」

「えぇぇぇ……」

「あと、俺たちはお前のことを公表はしないが、この結果が世の中に知られれば、指向性重力制御システムの最重要部分のことを世界中が調べることだろう。お前のこともいずれ知られてしまうと思うぞ」

「なんてこったぁ……」

僕の特殊能力が『結晶』で、役立たずというのはちょっと前まで有名な話だった。少なくとも清須支部に所属するシーカーのほとんどが知っているだろう。面倒な話を持ち込むなよ。

「だが、安心しろ。重力結晶もいずれは工場で生産できるようにしてみせる」

ヨリミツが爆弾発言をした。

「それは僕のやることがなくなるということかな」

「気分を悪くしたか？」

そう聞かれると、少しは悪くなった気がする。

「いいか、結晶はリオンにしか作れない」

「そうだね」

「では、リオンが死んだらどうなる？」

「……」

「お前はシーカーだ。いつ死ぬか分からない。魔物に殺されずに天寿《てんじゅ》を全《まっと》うしたとしても、せいぜいあと七〇年だ。それ以降、誰が結晶を供給するんだ？　都合よく『結晶』持ちのレヴォリューターが生まれてくれればいいが、それを当てにはできない。だから、工場で生産できるようにしなければならないんだ」

　ヨリミツの言うことは分かる。僕しか結晶が作れない以上、僕次第でこの産業が左右されることになる。それではダメなんだと、科学者であるヨリミツは考えているということだ。

「まあ、一〇年で作れれば俺の才能が素晴らしいってことだし、三〇年なら普通、五〇年かかったら俺の才能はその程度だということだ。今すぐどうこうにはならない。だから、リオンの周囲は騒々しくなると思うからな」

「騒々しいのは……嫌だな」

　その日は実験成功を祝してささやかなお祝いをして解散になった。

　僕もシーカーとしてダンジョン探索をする日常へと戻った。

第四章　スマートメタル開発

枇杷島《びわじま》ダンジョンの第五エリアにある城は、ゴブリン城と言われている。オークよりゴブリンのほうが弱いと思われているけど、その考えは間違《まちが》いではない。

弱いゴブリンがオークより深いエリアに城を構えていることに、違和感《いわ》を持つ人は多いだろう。だが、このゴブリン城にいるのは、ゴブリンキングに率いられているゴブリンなのだ。

ゴブリンに限らず、キング種に率いられた魔物《まもの》は大幅《おおはば》に強化され、ホブゴブリンがオーク並みの強さになる。しかも、このゴブリン城にいるゴブリンは、ホブゴブリンよりも上位のゴブリンナイト、ゴブリンメイジ、ゴブリンジェネラル、そしてゴブリンキングなのでオーク城よりも危険だ。

オーク城にはオークキングもいたけど、隠《かく》し通路の奥《おく》にいたせいかオークたちを強化する効果は届いていなかった。隠しボスはオークを率いていないという設定のようだ。

ゴブリン城のエリアボスは、言わずと知れたゴブリンキングだ。だけど、ゴブリンキングを倒《たお》しても、ゴブリンたちは元の強さにならないのが厄介《やっかい》だ。

さらに、ゴブリンキング以外にも厄介な魔物がいる。ゴブリンメイジだ。ゴブリンメイジは魔法を使い色々な属性の攻撃《こうげき》をしてくるのだ。

そのゴブリンメイジが火の槍《やり》を放ってきた。僕《ぼく》は空間の壁《かべ》を出して火の槍を防御《ぼうぎょ》したが、そこにゴブリンジェネラルが大きな斧《おの》で攻撃してくる。

目の前にはゴブリンジェネラル一体、ゴブリンメイジ三体、ゴブリンナイト五体のゴブリンパーティーがいる。

厄介なゴブリンメイジ三体を『結晶《けっしょう》』で倒し、ゴブリンジェネラルを空間の壁で囲い動けないようにする。

ゴブリンジェネラルは大きな斧を叩《たた》きつけて空間の壁を破壊《はかい》しようとしているけど、さすがに空間の壁を破壊するほどのパワーはない。

最近は空間の壁の強度が上がってきた気がする。気のせいじゃないと思う。多分、僕の『ＳＦＦ』が増えたことで、特殊《とくしゅ》能力も強化されたのだろう。

拘束《こうそく》したゴブリンジェネラルを後回しにして、ゴブリンナイトと剣《けん》で打ち合う。ナイトというだけあって、なかなかの剣捌《さば》きだ。

ただ、圧倒《あっとう》的というほどの差はなく、一体、また一体とゴブリンナイトを倒していく。僕だって剣の訓練はしている。日々使い方を研究し、どうやったら効果的な攻撃ができるか考えているんだ。ナイトとはいえゴブリンに負けるつもりはない。

五体目のゴブリンナイトを倒した。残るはゴブリンジェネラルだけだ。

「あ……ごめん、忘れてた」

忘れていたというのは空間の壁を密閉させていたということであって、ゴブリンジェネラルの存在を忘れていたわけではない。

そんな言いわけはよくて、空間の壁に閉じ込《こ》めていたゴブリンジェネラルが酸欠でぐったりしている。かなり暴れていたので、酸素を多く使ってしまったようだ。

空間の壁を解除してふらふらになったゴブリンジェネラルに遅延《ちえん》をかける。一気に懐《ふところ》に入って赤銀の剣を横に薙《な》ぐ。

ゴブリンジェネラルの腹を斬《き》り裂《さ》く。血が飛び散る。それでもゴブリンジェネラルは本能の赴《おもむ》くままに大斧を振《ふ》り被《かぶ》ってくる。

しかし、ゴブリンジェネラルの動きには切れがなく精彩《せいさい》さも欠いている。僕は剣を喉《のど》に突《つ》き刺《さ》して引き裂いた。それでゴブリンジェネラルが大の字に倒れたので、結晶にした。

強化されていても、ジェネラルなら問題なく倒せる。おそらく、ゴブリンキングも倒せるだろう。ゴブリンキングよりもオークキングのほうが強いのは常識で、僕はそのオークキングを倒しているからだ。

ただし、油断はしないように、細心の注意を払《はら》っていこう。


ゴブリンを倒しながら進み、最上階へ到着《とうちゃく》した。ゴブリンキングが僕を待っていたかのように、巨大《きょだい》な剣を向けてきた。

ゴブリンでもオークでもそうだが、上位種になればなるほど体が大きくなる。ゴブリンキングはその背丈《せたけ》と同じくらいの、およそ二五〇センチの大剣を大上段から振り下ろし、二〇メートルほど離《はな》れているところから、斬撃《ざんげき》の攻撃を放ってきた。斬撃が床《ゆか》を斬り裂きながら高速で迫《せま》ってくる。

空間の壁で防御もできたけど、僕は横に飛んでその斬撃を避《よ》けた。相手が一体なので『時空操作』をできるだけ使わず、一騎討《いっきう》ちしたかったんだ。

斬撃を避けられたことが気に入らなかったのか、ゴブリンキングが雄叫《おたけ》びをあげる。

その声に反応して、床からゴブリンナイトとゴブリンメイジが出てきた。

「えぇぇ……眷属《けんぞく》を召喚《しょうかん》したの？　そんなの聞いてないんですけど」

シーカー協会の資料には、一言もそんなことは書かれていなかった。それどころか、ゴブリンキングは力押《ちからお》し一辺倒《いっぺんとう》の脳筋魔物だとあったから、僕は一騎討ちしようと考えたのだ。なのに、あいつはゴブリンナイトとゴブリンメイジを五体ずつ召喚した。

「そっちがその気なら僕にも考えがあるからね！」

僕の純粋《じゅんすい》な心を踏《ふ》みにじったお前と、まともに戦ってやるもんか！

ゴブリンキングを空間の壁で隔離《かくり》し、さらに『結晶』でゴブリンナイトとゴブリンメイジを一掃《いっそう》した。それでもゴブリンキングはゴブリンナイトとゴブリンメイジを召喚してくる。再び『結晶』で一掃。また召喚――――。

結構な時間が経過した。とうとうゴブリンキングは眷属を召喚しなくなった。弾切《たまぎ》れのようだ。

さらにゴブリンキングが苦しそうな表情になってきた。酸欠で意識が朦朧《もうろう》としているのだろう。

『結晶』でゴブリンキングを結晶に変えて僕の完勝。

そしてゴブリンキングの魔石の横にアイテムが落ちていた……。

「また王冠《おうかん》……」

なんというか、王冠が続くな。

前回のサハギン王の王冠は、僕が使った。サハギンは水中戦を得意にしているから、この先あるだろう水中戦を考えるとメリットがあると思ったのだ。

覚えた特殊能力は『サハギン王』。僕よりも弱いサハギンを使役《しえき》できるという特殊能力である。召喚系特殊能力ではなく、使役系《テイム》特殊能力だから、そこにサハギンがいないと意味がない。でも、僕は『時空操作』でいつでもサハギンがいるダンジョンに移動できる。サハギンをテイムして、別のダンジョンに行くこともできるということだ。

「でも、ゴブリンじゃぁ……」

ゴブリンキングを使役できるのならそれなりにメリットはあるけど、サハギン王の王冠で王種は使役できないみたいだから微妙《びみよう》だ。

「とりあえず、ゴブリンキングが眷属を召喚するのはかなり危険だから、シーカー協会に報告しておいたほうがいいだろう」

僕は地上に戻《もど》ってその足でシーカー協会に向かった。

その途中《とちゆう》、けたたましい何かがぶつかるような音がした。そっちを見ると、自動車が横転していてかなり酷《ひど》い状態だった。そのそばに止まっているトラックは、ボンネットが派手に凹《へこ》んでいる。衝《しよう》突《とつ》事故のようだ。

周囲にいる通行人は皆呆然《みなぼうぜん》としていて、救助どころではない。

横転している自動車から煙《けむり》が出てきた。これはマズいと思い、僕は自動車に駆《か》け寄った。

運転席と後部座席に一人ずついて、二人とも気を失っている。息はしているけど、血が流れている。助け出そうとしたが、事故の衝撃でドアが変形していてなかなか開かない。

「くっ、このままじゃ」

こういう時にシーカーの馬鹿《ばか》力《ぢから》がものを言う！　僕は限界ギリギリの力でドアを無理やり開けようとした。

「手伝うぞ！」

「お願いします」

僕くらいの年齢《ねんれい》の男性が、力を貸してくれた。

おかげでドアは開いたけど、後部座席にいた少女は酷い怪我《けが》だ。血がとめどなく流れ出て、かなり危険な状態だった。

僕が少女を、手助けしてくれた青年が運転手をひきずり出す。トラックのほうも誰《だれ》かが運転手を助け出している。

僕たちは安全が確保できるところへ、二人を運んだ。二人ともかなり危険な状態だ。僕が持っている下級ポーションでは、とても足りそうもない。

「中級ポーションがあればな……」

手を貸してくれた青年が呟《つぶや》く。

「僕も下級しか……あ⁉」

「どうした⁉」

僕は結晶を取り出して、その治癒《ちゆ》能力を解放した。少女の傷が塞《ふさ》がっていく。

「それは……」

青年がそう言いかけて止めた。彼《かれ》もシーカーだと思うので、そういったことを聞かないのがマナーだと知っているのだろう。

運転手の男性も結晶で治し、軽傷のトラックの運転手も同じように結晶で癒《い》やした。これで誰も死なずに済む。

救急車のサイレン音が聞こえてきた。赤信号を徐行《じよこう》しながらこっちへやってきた救急車から救急隊員が降りてきて、三人の状態を確認《かくにん》する。

さらにパトカーもやってきて、警察官が僕と青年、他の色々な人に話を聞いていた。

僕は事故の音を聞いたけど、事故を見たわけではないと警察官に説明した。あと、治療《ちりよう》に関しては特殊なアイテムを持っていたと話す。

最初の身分確認で僕がシーカーなのは伝えているし、革鎧《かわよろい》を着ているのですぐにシーカーだと理解してくれた。

そのおかげで、警察官はアイテムのことを詳《くわ》しくは聞かなかった。

「ふー、大変な一日だったな」

事故のせいで、シーカー協会へ入った頃《ころ》にはすっかり夜になっていた。血だらけの僕が入っていくと、すぐに職員が駆け寄ってきてどうかしたのかと聞いてきた。

事故に遭遇《そうぐう》して血だらけの人を助けたので、自分の血ではないと説明した。

ゴブリンキングが眷属を召喚したことを報告して、魔石を換金《かんきん》してもらおうとしたら――――。

「これはゴブリンロードの魔石です」

「え？」

ゴブリンキングだと思っていたのは、ゴブリンロードだったらしい。

そういえば、ゴブリンキングは槍を持っているはずだけど、倒した個体は剣を持っていたことを思い出した。ゴブリンロードは枇杷島ダンジョンに出ないので、ノーマークだった。

大水《おおみず》支部長がやってきて、もしかしたら僕の前に挑戦《ちょうせん》したシーカーたちは、ゴブリンロードに倒されてしまったのかもしれないという話になった。

すぐに行方不明《ゆくえふめい》のシーカーがいないか、確認することになった。そして、ゴブリンロードからドロップした王冠を鑑定《かんてい》してもらうと、ゴブリンの支配者の証《あかし》というアイテムだった。

「これはゴブリン種を召喚するアイテムか。カカミ君は珍《めずら》しいアイテムを回収してくるな」

大水支部長に半眼で見られてしまったが、意図的にしているわけじゃない。

今回得たゴブリンの支配者の証は、サハギン王の王冠と違って装備品だった。ゴブリンを召喚するには、頭にゴブリンの支配者の証を被る必要がある。髑髏《どくろ》のついた王冠なので、趣味《しゅみ》が悪く使う気にはなれない僕はオークションに出すことにした。


『ＳＦＦ』が一二〇〇になって、六級の昇級《しょうきゅう》試験を受けられる一〇〇〇ポイントを超《こ》えた。

さっそく昇級試験の申し込みをしたんだけど――。

「カカミさんの昇級試験は免除《めんじょ》になっておりますので、昇級手続きをします」

大水支部長が昇級試験は免除するように手配してくれたようだ。そのことを僕に言わないのは、サプライズなのかな？

でも、大水支部長のおかげで僕は六級に昇級した。Ｄ級ダンジョンは七級以上なら入れるけど、六級が推奨《すいしょう》されている。これで大手を振ってＤ級ダンジョンに入れる。

枇杷島ダンジョンを早く踏破《とうは》して、D級ダンジョンを探索《たんさく》したい。今すぐD級ダンジョンに行ってもいいけど、中途半端《ちゅうとはんぱ》は嫌《いや》だ。

シーカー協会の資料室で枇杷島ダンジョンのことを調べていたら、職員がやってきて来客だと教えてくれた。シーカー協会で来客とか、どういうこと？

よく分からないけど職員についていくと、応接室にスーツを着た身なりの良い男性がいた。

「私は近藤《こんどう》と申します。各務裏穏《かかみりおん》さんでよろしいでしょうか？」

男性は丁寧《ていねい》な言葉遣《ことばづか》いで、名刺《めいし》を差し出してきた。弁護士って書いてある。

「三日前に、事故に遭《あ》った人を介抱《かいほう》したと思いますが、それに相違ありませんでしょうか？」

三日前というと、あの事故のことだよね。僕は何も悪いことをしてないよ、なんで弁護士が出てくるの？

まさか、怪我の程度を確認するために、少女の体を触《さわ》ったのがマズかったかな……。それは不可抗力《こうりょく》だ。

「そう警戒《けいかい》されなくて結構ですよ。私は各務様《カカミ》に介抱していただいた女性の、ご両親の代理人をしております。依頼人《クライアント》が、お礼をしたいと申しておりますので、お時間を作っていただけたらと思い、シーカー協会を通しアポを取ろうとしたのですが、ちょうど各務さんがおいでということで会わせていただいたのです」

なんだそんなことか。弁護士なんて初めて会ったから身構えてしまった。

「困った時はお互《たが》い様なので、別にお礼なんていいですよ」

僕は断るが近藤さんは、どうしても僕を連れていきたいようだった。代理人というくらいだから、クライアントの意向に沿うようにしたいのだろう。

必死に僕を説得してくるので、仕方がなく受けることにした。明日の一一時にマンションまで迎《むか》えに来てくれるという。すでに住所まで調べられているのが怖《こわ》かった。弁護士って探偵《たんてい》みたい。

翌日、予定の時間に迎えがきた。黒塗《くろぬ》りの高級車で、運転手付きだ。

そう言えば、事故に遭っていた自動車もこんな黒塗りの高級車だった気がする。多分、あの子はお嬢様《じようさま》なんだろう。

血だらけだったので少女の顔は覚えていないけど、確か額に大きな傷があってかなり酷い出血だった。一応、傷口は結晶の効果で塞いだけど、傷痕《きずあと》が残ってなければいい。女の子なのに、額に大きな傷痕があったら可哀想《かわいそう》だ。

かなり高級そうなレストランに案内された。以前、ミドリさんに連れていってもらったホテルのレストラン同様、高級そうな雰囲気《ふんいき》が漂《ただよ》う店だった。

店員に案内されて店の中に入っていくと、なぜかミドリさんがいた。そのテーブルにはミドリさんに似た少女と女性、それと五〇くらいの男性もいた。

「あれ、ミドリさん？」

「リオンさん。今回はありがとうございました」

いきなりミドリさんに頭を下げられ、僕はあたふたした。聞けば、僕が助けたのはミドリさんの妹のアオイさんだったそうだ。

「意識が朦朧としていましたが、必死で私を助けてくれようとしているリオンさんの声だけは記憶《きおく》にあります。助けてくれて、ありがとうございました。あ、私は根岸蒼《ねぎしあおい》って言います」

事故があったとは思えないほど明るい表情のアオイさんは、ミドリさんに似た美少女だ。

「体はもう大丈夫《だいじょうぶ》なの？」

「はい。気になるところもなく、精密検査の結果にも異常はありませんでした」

見たところ額に怪我の痕はない。本当によかった。

「おかげさまで、アオイもこうして無事に生きております。聞けば貴重なアイテムを使っていただいたとか。しかも、以前ミドリも助けていただいたとか。二人を助けていただき、本当に感謝しております。私は父親の根岸孝雄《ねぎしたかお》です。一応、会社を経営しています」

頭を深々と下げるミドリさんのお父さんに、僕は頭を上げてくださいと言う。

「私はミドリとアオイの母で、根岸雪江《ねぎしゆきえ》と申します。二人を助けてくださって、感謝しています」

「え、お母さん？　お姉さんではないのですか？」

とてもお母さんには見えなかった。どう見てもお姉さんだ。

「あらやだ、お姉さんだなんて。うふふ」

お母さんは凄《すご》く若く見えた。二〇代でも通じるくらいだ。

「カカミさんはお口が上手ですね。お母さん、気に入っちゃった♪」

本当にお姉さんに見えた。しかし、まさかあの少女がミドリさんの妹だとは思っていなかった。

それに、困っている人がいたら助けるのは当然だし、僕の力が及《およ》ぶ限りのことはするつもりだ。

「ささ、座《すわ》ってください。カカミさんは嫌《きら》いなものはありますか？」

た。

椅子《いす》に座って、特に嫌いなものはないと返す。

「この店はステーキが美味《おい》しいのですが、それでいいですかな？」

「あ、はい。ステーキは大好きです」

最近でこそ肉を食べられるようになったけど、それまでは一日一杯《いっぱい》のカップラーメンの日もあっ
メニューを見てもどうせ読めないので、料理はお父さんにお任せする。

「カカミさんは優秀《ゆうしゅう》なシーカーだそうですね」

「いえ、僕なんて大したものではありません」

お父さんの質問に、僕は苦笑いを浮《う》かべた。

特殊能力の『時空操作』『魔眼』『結晶』が凄いのであって、僕が凄いわけではない。

「月刊シーカーのサハギン砦《とりで》攻略《こうりゃく》レイド戦の記事を読ませてもらいましたよ。発見した宝箱の数も一番多かったし、手に入れたアイテムの価値も素晴《すば》らしいものじゃないですか。それで大したものではないなんて、謙遜《けんそん》ではなく嫌味になりますよ」

「あなた！」

お母さんに諫《いさ》められたお父さんが慌《あわ》てて、年長者からのアドバイスだと言った。

「でも、リオンさんはいつも謙虚《けんきょ》です。もう少し誇《ほこ》ってもいいと思いますよ」

ミドリさんにそう言われたけど、僕自身は謙遜や自分を卑下《ひげ》しているつもりはなかった。

「すまなかったね、変な話をして。しかし、私はカカミさんがこの世で一番のシーカーだと思っている。私の大事な娘《むすめ》たちを助けてくれたのだからね」

「ミドリもアオイも、カカミさんがいたからこうして生きていられるのです。親として感謝してもしきれないほどです」

ご両親にそう言われると、僕も少しは人の役に立っているんだと思える。

「リオンさん。私が大学卒業したら、リオンさんのところで働かせてください」

「はい？」

「アオイ、あなた何を言っているのよ？」

「だって、シーカーって自営業なんでしょ。私が秘書になって、雑務を全部してあげるから」

「僕はそんなに困ってないから、大丈夫だよ」

「何言っているんですか。リオンさんの活躍《かつやく》はこれからなんですから、色々な雑務はこれから増えるんですよ」

そ、そうなのか……。そういえば、次の確定申告《しんこく》はかなり面倒《めんどう》そうだ。

「カカミさんが困っているじゃないか、アオイ。しかし、カカミさん。アオイは経営学を学んでいるから、少しはカカミさんの役に立てると思うよ」

お父さんまで……。

「お父さんまで何を言ってるのよ」

「何をって、シーカーになりたいと言ったミドリよりは、よほど安心できる仕事だぞ」

「そ、それを言わないでよ……」

ミドリさんがシーカーになるのは、父親としては反対だったようだ。可愛《かわい》い娘が危険なシーカーという仕事に就《つ》くと言われたら、そういう反応をしても不思議はないと思う。多分、僕に娘がいて、シーカーになると言ったら反対するはずだ。

「返事は今すぐでなくてもいい。考えてやってくれないかね」

お父さんまで乗り気なのは、ミドリさんの反動なのかな。

何はともあれ、楽しい食事になったと思う。そういえば、このお店には僕たちしかいないんだけど？

僕がキョロキョロしていたら、お父さんがどうしたんだと聞いてきた。

「今日は貸し切っているんだ。だから、大騒《おおさわ》ぎしても大丈夫だよ」

大騒ぎするつもりはないけど、これだけの店を貸し切れるだけの財力があるんだね。


「よう、暇《ひま》か？」

「……………」

急にそういうことを言われると、ムカつく。

こんなことを言うのは、ヨリミツ以外にいない。

「暇じゃないぞ」

見て分かるだろ。僕は寝《ね》ていたんだ。ずかずかとマンションに上がり込むヨリミツに寝癖《ねぐせ》頭を見せてやったけど、無視された。

「これからスマートメタルの試験を行う。武装試験だ」

「……お前なぁ、今日のことを今言うの？」

今、何時か知っているか？　世間では朝の七時と言うんだぞ。少なくとも僕は寝ている時間なんだよ。

「行くぞ」

僕の予定とか都合は聞かないんだな。まあ、ヨリミツがそういう奴《やつ》なのは以前から知っていたけど。

「すぐに着替《きが》えろ」

着替える時間はくれるんだ。ありがたいことだ。

髪《かみ》を濡《ぬ》らして寝癖を直すと、よれよれのTシャツとパンツ姿からさっそうと服を着替えた。

暦《こよみ》の上では秋なんだけど、マンションを出るとやや暑い。もう一〇月も終わろうというのに、日中は秋にはあるまじき気温になる。残暑という言葉で片づけていけない気候だ。

自動車に乗って移動していると、高速道路に入った。僕がどこに行くのかと聞いても、ヨリミツは行けば分かると言う。

自動車は高速道路の上り車線を進み、途中のサービスエリアで休憩《きゅうけい》をとった。そこでもどこへ行くかは教えてもらえない。

さらに高速道路を進むと富士山が見えてきた。これ、日帰りでいいんだよね？

「……ここ、自衛隊……？」

富士山の裾野《すその》にある演習場。僕はどこに連れて行かれるんだろうか？

「そうだ。今日の稼働《かどう》試験は、自衛隊の協力を得てやるんだ」

いつの間に自衛隊を抱《だ》き込んだんだろうか？

待っていた自衛官とヨリミツが言葉を交《か》わして、入門証をもらう時に僕も名前を告げる。

自衛官は航空自衛隊の牛島《うしじま》三佐と他一名。リアル敬礼を初めて見た。

ジープに乗り換《か》える。自衛官の運転で牛島三佐、ヨリミツ、僕、学生が演習場へと入っていく。舗《ほ》装《そう》されていない地面をジープで走るとか、本当に自衛隊なんだと思ってしまった。

いくつかのテントが張られている。どれも地味な緑色で、自衛隊感が半端ない。

「今日は武装の試験だ。下手なところではできないということで、ここになった」

「そういうことは先に言ってくれるかな。自衛隊の演習場に初めて入るから、めっちゃ緊張《きんちょう》してるんだけど」

自衛隊の演習場ってだけでも緊張するのに、牛島三佐は幹部だよね？　シーカー協会の大水支部長はなんというか、マッチョなおじさんなんだけど、牛島三佐はお偉《えら》いさんといった雰囲気を醸《かも》し出している。

もっと上の人はいくらでもいると思うけど、小心者の僕にとってはドキドキだ。

「やあ、カカミ君。久しぶり」

「お久しぶりです。教授」

安住《あずみ》教授は大水支部長とも違う近所のおっちゃんて感じで喋《しゃべ》りやすい。

「こっちはオカザキ自動車の三橋《みつはし》主任だ」

「三橋と言います。よろしくお願いします」

名刺を差し出してきたので、受け取り挨拶《あいさつ》する。これがサラリーマンというやつなんだ。

大学を卒業したら、サラリーマンになるつもりだった。その頃の僕が持っていた特殊能力は『結晶』だけだった。だから、シーカーになるつもりはなかった。

それなのに、僕はシーカーになった。サラリーマンになれなかったからだ。こういう名刺のやりとりに憧《あこが》れてしまう。

それは置いておくとして、なんでオカザキ自動車なんだろうか？

国内最大で世界でも有数の自動車メーカーのオカザキ自動車が、ロボットの開発に関係しているのにちょっと違和感。まあ、オカザキ自動車がロボット分野に手を出していけないわけではないんだけど。

「純粋な好奇心《こうきしん》なんですけど、なんでオカザキ自動車のような自動車メーカーが開発に関わっているのですか？」

「オカザキ自動車の協力を得て、新しい試験機を作ったんだ。ほら、自動車って精密機器から金型の技術など色々なテクノロジーの塊《かたまり》だからね」

教授の話はなんとなく納得《なっとく》できた。たしかに、自動車はテクノロジーの塊だもんね。

三橋主任は機体の整備に戻った。前回見た機体がベースなのかもしれないけど、色々ごてごてついている。武装がどうこうって言っていたけど、こういうことなんだね。

学生の他に見慣れない大人たちも整備をしている。三橋さんもそこに入ったので、あの大人たちはオカザキ自動車の技術者だろう。

そういえば、ヨリミツが論文を発表したんだった。博士号間違いなしと、安住教授は言っていた。

あの論文があったから、自衛隊とオカザキ自動車がスポンサーというか協力関係になったということか。

しかし、自衛隊は国だし、オカザキ自動車は超《ちょう》一流の自動車メーカーなのに、よく協力してくれたものだ。それほどこのスマートメタルが素晴らしいものということなんだろう。

指向性重力制御システムは僕が重力結晶を支給しないと動かない。これって、仮に僕が死んだらどうなるのかな……。他に『結晶』の特殊能力を得たレヴォリューターが現れるのだろうか？　それとも、ヨリミツたちが重力結晶まで作り出してしまうのだろうか？

いやいや、縁起《えんぎ》の悪いことを考えるのは止《や》めておこう。

それに、毎日一〇個以上の重力結晶を作っているから、在庫はそこそこあるはずだからしばらくは大丈夫なはずだ。

整備が終わったようで、試験機をテントの外に出した。地面を踏む音がなんともロボットらしい。前回は流線形で近未来的な（？）ボディだったけど、今回はかなりごつい。ごってごてに武装しているからだ。

今回、機体に乗り込んだのは、自衛官だった。テストパイロットをしていた女子学生は、ちゃんとメンバーの中にいる。今回は武装を試《ため》すため、学生に任せるわけにはいかないということだ。

試験機に乗り込んだ自衛官は、陸上自衛隊所属の五〇代くらいの人で。名前と階級は倉橋一尉《くらはしいちい》。あと、サブパイロット（予備員）としてもう一人いて、三〇代の大場《おおば》三尉。

試験機の中にはカメラがセットされていて、倉橋一尉の顔がモニターに映っている。顔と言ってもフルフェイスのヘルメット越《ご》しなので、表情は分からない。

テントの中には、色々な方向からスマートメタルを映し出しているモニターがある。計器などもあるし、通信機器もある。

メインパイロットの倉橋一尉は、計器に異常がないことを報告し、試験に移ると言った。なんとも凛々《りり》しい声で、いかにも自衛隊員らしい。

相変わらず駆動《くどう》音が少ないスマートメタルは、土の地面を踏みしめて所定の位置へと移動。

武装は片手で持てるくらいの棍棒《こんぼう》、いや、金棒かな。スマートメタルが二メートルほどなので、そこまで大きくはない。左手には盾《たて》も装備している。

金棒が剣なら機械の騎士《きし》だけど、その両肩《りょうかた》には砲門《ほうもん》がついている。砲門があるのに金棒を振り回せるのだろうか。

シーカーとして剣を使っている僕は、そんなことを思いながら双眼鏡《そうがんきょう》越しにスマートメタルを見つめた。

スピーカーから倉橋一尉の声が聞こえてきて、これから金棒の威力《いりょく》確認を行うと言った。

標的はコンクリートブロック。シーカー協会の訓練場にあるものに似ている。一メートル四方のものだ。

数百メートル先で行われる物理攻撃。ガツンッという音が聞こえてきそうだけど、さすがに聞こえない。

良い感じでコンクリートブロックが破壊されていく。あれを粉々に壊《こわ》せるということは、かなりの威力だ。

次は両肩にある砲門の攻撃らしい。

スマートメタルは「レヴォリューターでなくても魔物と戦える」というのがコンセプトだと聞い

たことがある。つまり、ダンジョン内でも運用するということだ。

ダンジョン内では爆発《ばくはつ》の威力が減衰《げんすい》することは有名だ。レヴォリューターの特殊能力以外の爆発は、あまり役に立たない。

だから、内燃機関のエンジンや爆発力を利用した兵器は使いづらい。あの両肩の砲門は、そういった爆発力を使った武器ではないらしい。

自衛隊ではそういった武器が色々考えられているらしい。ただ、どうしても小型化がネックになる。そこでスマートメタルのような兵器があれば、兵器の小型化にある程度目を瞑《つぶ》れるわけだ。

砲門から射出されたのは、散弾《さんだん》のような数十の金属弾だ。遠く離れていても少しは聞こえてきそうなものだけど、射出音がない。

「あれは空気を圧縮して、射《う》ち出しているんだ」

ヨリミツが言う。爆発が減衰するダンジョン内の運用が基本だから、爆発を伴《ともな》う武器はないらしい。

その後も実験は続いた。かなり激しい動きをしている。戦闘《せんとう》を想定したものだから、当然かもしれない。

一時間ほどの実験が終わると、機体を技術者たちが解体していく。特に異常はないようだ。

前回の時に駆動部や可動部に発熱が見られたけど、それも改善されているらしい。

僕、ヨリミツ、安住教授、牛島三佐、倉橋一尉、大場三尉、三橋主任ら技術者が会議室に入った。

安住教授から今回の試験は成功だと告げられると、次に倉橋一尉が操縦性について話をした。

稼働時間も一時間を超えるものなので、要求をクリアしている。今後は自衛隊が採用の検討に入るらしい。

「自動車と共有できる部品は、できるだけ共有してもらいたい。メンテナンス性も重要な採用要件です」

牛島三佐の要求は僕にも理解ができるものだった。でも、僕がこの席にいる意味が分からない。結晶を供給はするけど、このような話を聞く立場にないと思うんだけど。

「今度は戦闘に特化した試作機を製造してもらいたい」

「現状、予算の面において、まったくの新型を製造するのは困難です」

安住教授の説明に、牛島三佐は自信ありげに予算は取ると言った。そんなに簡単に予算がつくものなのか、僕には分からない。でも、予算を取ると言うのだから、動くことになるんだろう。

今回の試作機は、あくまでも稼働試験用のもの。戦闘を想定したものではない。改善点は多いと思うけどその試験機が良いものであれば、本格的に量産化に進んでいくのだろう。

「当方の希望はパイロットの安全性が最優先になります。攻撃を受けた時の安全性についても、検証しなければならないでしょう」

そのためには、いくつものボディを作らないといけない。それこそ膨大《ぼうだい》な研究費が必要になると三橋主任が主張した。装甲《そうこう》の材料は自動車産業のものを流用できないだろうとも。

装甲と武装によって重量が増える。これは避けられないが、稼働時間は最低でも一時間をキープしなければいけないらしい。

そんな感じで話が進んで自衛隊は予算を確保し、安住教授のチームは指向性重力制御システムの小型化と稼働時間の確保、オカザキ自動車はパイロットの安全性と武器を装備できる機体の開発。

　そして、僕はポツーン。あ、声がかかった。

「スマートメタルを開発・製造する会社を立ち上げるので、カカミ君には役員待遇《たいぐう》で参加してほしいんだ。どうかな?」

「へ?」

　安住教授は何を言っているのかな?

「大学側とも相談したんだけど、さすがに大学で兵器開発をするのはマズいという話になったんだよ。それで、スマートメタルの開発と生産を手《て》掛《が》ける会社を興《おこ》すことになったんだ」

「話の内容は理解しますが、なんで僕が役員なんですか?」

　安住教授の話では、僕がいてこそ高エネルギーの結晶を得られる。エネルギー量はかなり下がるが、生命結晶は魔石で代用ができる。でも、重力結晶は僕しか作れない。だから、僕を好待遇で囲っておきたいと、ぶっちゃけた。

「そんなにぶっちゃけなくても……」

「私は政治家でも経営者でもない。今のうちに本音を知っておいてほしくてね」

　技術的には実用段階に移りつつあるので、一番のネックは重力結晶の供給らしい。そこで僕が役員になれば重力結晶の供給が安定するし、指向性重力制御システムなどの重要な部分の開発に関する障害がなくなるということらしい。

　僕に拒否権《きよひけん》はあるけど、できれば役員として会社の立ち上げに関わってほしいと頭を下げられてしまった。どうしたものか。

「カカミ君に社長をしろとは言わない。今まで通り、シーカーをしてもらって構わない。我々が望むのは、週に一、二度出社して重力結晶と生命結晶を供給してほしいんだ」

安住教授は大学を辞《や》めてその会社の社長になると言う。

今回ぶっちゃけたのは、これから経営者になるので今後は本音を言えなくなるかららしい。

安住教授の後釜《あとがま》は、異例中の異例でヨリミツが教授になるらしい。

僕と同じ年のヨリミツが教授になれるのかと思ったけど、指向性重力制御システムの論文が認められて博士号を得られるので、問題ないらしい。

この国の教育機関は、外圧を受けてかなり規制緩和《かんわ》されているらしい。

まあ、そこら辺は僕がとやかく言うことじゃないのでいいんだけど、問題は僕が会社の役員になるかどうかというところ。

僕がこの話を断ると、会社設立の話もなかったことになる。そうなるとヨリミツが教授になる話もなくなるわけで、断りにくい条件をつけられてしまった。

「僕に経営なんてできませんからね」

「構わない。経営はこちらで人材を用意するから」

「本当に重力結晶と生命結晶の供給だけですよ」

「そうか、引き受けてくれるか！　助かるよ」

大学教授のほうが権威とかあると思うんだけど、なんで安住教授は大学を辞めるのか？　まさかヨリミツにその座を奪《うば》われた？　うーん、ヨリミツは研究バカだから教授とかには興味ないと思ったんだけどな……。

すぐに会社を登記するらしい。その時は、オカザキ自動車から三橋主任が出向という形で、開発担当の役員になると聞いた。

この時の僕は、オカザキ自動車の子会社のようなものだと思っていた。それが違うのだと知るのは、会社ができて役員になってからのこと。


第五エリアのゴブリンロードからドロップしたゴブリンの支配者の証は、オークションで落札されて僕の口座に二億七〇〇〇万円が振り込まれた。オークションの手数料が一〇パーセントなので、落札価格は三億円だった。

「召喚できるのがゴブリンでも、召喚アイテム自体が珍しいことから高額になったようです」

職員からそう説明を受けた。さらに、これまでの収入もあるので、税率はマックスになると職員は言っていた。

シーカーは命懸《いのちが》けで公共性が高い仕事なので、他の仕事よりも税率は低くなっているけど、大幅なものではない。

単純にレヴォリューションブックと今回のゴブリンの支配者の証だけで六億三〇〇〇万円を稼《かせ》いでいる僕は、税率マックスの富豪《ふごう》シーカーの仲間入りをしてしまった。

「武器や防具は経費として落ちますよね？」

「はい。武器、防具、ポーションなどの消費アイテム、野営道具、特殊な環境《かんきょう》へ適応するための道具類は、経費として計上することができます」

その他にもこういった収入と支出を管理するためのパソコンやソフトも経費で買えるらしい。こういうことを調べたり管理したりするのは、僕の性《しょう》に合わない。

そこでアオイさんの言葉を思い出した。僕の資産管理とか税務に関することをやってくれる。本気で考えてしまう。

そういえば、安住教授の会社の役員になる話もあったっけ。そういう時の税金はどうなるのかな……。ヤバい、全然分からない。

お金の管理は僕ではできそうにない。以前、財布《さいふ》の中身、通帳の残高を見ながらカップラーメンを何個買おうとか考えたくらいだ。収入なんて雀《すずめ》の涙《なみだ》だった。

僕はアオイさんに連絡《れんらく》を取ることにした。ただ、彼女《かのじょ》が大学を卒業するのは来年の春なので、次の確定申告に間に合わない気がする。

「最悪はシーカー協会で税理士を紹介《しょうかい》してもらおう……」

アオイさんにメッセージを送ってから、枇杷島ダンジョンの第六エリアに入った。第六エリアは火山帯なので、ところどころで蒸気が噴出《ふんしゅつ》している。蒸気に当たるだけでもダメージを負うので、気をつけないといけない。

幸いなことに『魔眼』で蒸気の動きも見えるので、そこまで危なくはない。

出てくる魔物はファイアリザード。なんとマグマの中に入っても生きているコモドオオトカゲのような魔物だ。

体長は三メートルほどで、ワニのような鱗《うろこ》がある。その鱗が真っ赤に燃えているように見えることから、ファイアリザードと呼ばれている。

ファイアリザードが火を噴《ふ》いてきた。火炎《かえん》放射のような炎《ほのお》が僕を襲《おそ》うが、空間の壁を出して防ぐ。赤銀製の剣を鞘《さや》から抜《ぬ》いて、地面を蹴《け》る。ファイアリザードとの間合いを詰《つ》め、剣を振り下ろした。

まるで鉄を斬ったような衝撃が手に伝わった。右手が痺《しび》れる。それなのに、ファイアリザードの体は鱗に傷がついただけで、斬れていない。

「硬《かた》いとは聞いていたけど、本当に硬いな」

僕に飛びかかってその牙《きば》で噛《か》みつこうとしたファイアリザードを、サイドステップで躱《かわ》して剣で斬る。鱗に阻《はば》まれ、大きなダメージは与《あた》えられない。

ゴブリンナイト相手ならなんとかなった僕の剣術は、ファイアリザードのような硬い魔物相手は斬れなかった。情けない。

火を噴こうとして口を開いたファイアリザードを、空間の壁で囲う。空間の壁に火が当たり跳《は》ね返って自分を焼くが、ファイアリザードはマグマの中に入っても平気なので、その火でダメージを負うことはない。

「まさに最強の盾だな」

運が良ければファイアリザードの鱗付きの皮がドロップする。火や熱に強いため色々な用途がある素材だ。

ファイアリザードの命を『結晶』で吸い取り、戦いは終わった。剣でダメージを与えることができなかったことで、僕の非力さを思い知る。

「ちゃんと剣を学んだほうが良いのかな」

ゴブリンナイトに勝てる程度でいい気になっていた自分が恥《は》ずかしい。

第六エリアにはファイアリザードの他に、ロックゴーレムという岩の巨人が現れる。

体長四メートルほどの人型の岩巨人であるロックゴーレムもかなり硬い魔物で、僕の剣は役に立たなかった。

僕が使っている赤銀製の剣は五級シーカーが使うような武器なので、剣が悪いわけではなく僕の腕《うで》が悪いのだと痛感させられる。

自分の未熟さを思い知らされ、第六エリアを踏破したのに気分が晴れない。


地上に戻った僕は、シーカー協会で剣術の道場の情報を聞いてみた。シーカー協会には武術道場の情報を持っていて、シーカーの相談を受け付けている。

「剣術とひと言で言いましても、色々あります。日本の刀を使った剣術、西洋の剣術、さらに日本でも西洋でも細かく剣術は分かれます。カカミ様はどのような剣術を学びたいと思われていますか」

そんなことを言われても困ってしまう。剣術が千差万別《せんさばんべつ》だとは思ってもいなかった。

「あの、この剣を使った剣術を」

赤銀製の剣を見せて、ざっくりと相談する。

「日本刀に似ていますね。その剣を使う前提であれば、塚原《つかはら》道場が良いかと思います」

道場主の塚原師範《しはん》が古武術を現代風にアレンジした塚原流剣術を教えている道場だと説明を受けた。

「ただ、塚原師範はかなり厳しい方だと聞いております。弟子《でし》入りしても長続きする方は少ないそうです」

「そ、そうなんですか……」

めっちゃ不安だったけど、紹介された塚原道場へ向かった。住宅街の一角にあるその道場は、なんとも古風な門構えで僕を迎えてくれた。

「すみません」

「……」

返事がない。ただの空き家のようだ。

「すみませーーーん」

「なんだ、うるさいな。新聞の勧誘《かんゆう》なら、間に合っているぞ」

五〇近い大柄《おおがら》で稽古着《けいこぎ》を着た男性が出てきた。

「今なら一カ月無料です。どうですか」

「半年無料なら考えるぞ」

「うーん、三カ月では」

「仕方ないな。三カ月無料と洗剤《せんざい》で手を打ってやる」

思わず乗ってしまったけど、どこで終わらせたらいいのか。

「なんだ、新聞屋じゃないのか」

「はい。仮入門希望のシーカーです」

「仮入会は入会金と月謝が半分だ。一カ月後に、本入会する時は残金を払ってもらう」

シーカー協会で聞いた通りなので、仮の入会金と月謝を払った。

「カカミリオン。変わった名前だな」

「親が変わり者なので」

これでも古い家の家系なんだよ。もっとも、今ではただの農家なんだけどね。

それはヨリミツも同じだけど、家の格はヨリミツのほうがかなり上だ。今ではそういった家の格はあまり意味がないものだけど、お年寄りの中では結構あったりする。


さっそく道場に上がらせてもらった。僕と塚原師範以外には、稽古着を着た可愛らしい女の子がいるだけ。

「こいつは、一番弟子のフウコだ」

「上泉《かみいずみ》楓子《ふうこ》」

フウコさんは表情が抜け落ちたかのような無表情で、名前だけを告げてきた。僕も挨拶して仮入門すると言うと、興味なさそうに稽古に戻った。

「塚原流は抜刀術《ばっとう》の流派だ」

抜刀術は居合い術とも言われ、鞘から刀を抜き放つ動作で一撃を加えて二の太刀《たち》でとどめを刺すものらしい。でも、塚原流剣術の抜刀術は、一の太刀で敵の息の根を止めるものだと説明を受けた。

実際に手ほどきを受けると、素人《しろうと》の僕にも容赦《ようしゃ》がない。

木刀を持たされたと思ったら、抜刀の構えのまま一時間動くなと言われた。ちょっとでも動いた

りふらついたりすると、容赦なく叱責《しっせき》が飛んでくる。師範は噂《うわさ》通り厳しい人だった。

中腰《ちゅうごし》で抜刀の構えをしていると、本当にキツい。足がプルプルしてくる。

「気合いでやり遂《と》げろ！」

「はい！」

初日から足が筋肉痛になった。でも、僕の横で同じように一時間も抜刀の構えをしていたフウコさんは、一切《いっさい》動かなかった。足がプルプルすることもなく、無表情で汗《あせ》ひとつかかずに一時間やってのけた。

「フウコさんは凄いですね。道場に通って長いのですか？」

「……半年」

フウコさんは言葉少なく答える。

「僕も半年で動かずに構えをやり遂げることができますかね？」

「……さぁ」

喋りかけるなというオーラが見える気がする。

どうやら僕は歓迎《かんげい》されていないようだ。


アオイさんと会う約束をしたけど、待ち合わせ場所は僕のマンションだった。女の子がくるのは初めてなので、掃除《そうじ》をして待った。

予定通りの時間に呼び鈴《りん》が鳴ったので出ていくと、可愛らしいアオイさんが立っていた。今日は秋らしいファッション。その後ろにミドリさんもいた。

「あれ、ミドリさん。どうしたの？」

「アオイが無理を言ってすみません。保護者としてついてきました」

「こんなこと言ってるけど、お姉ちゃんはリオンさんに会いたかったんです」

「アオイ！」

美人姉妹《しまい》が玄関《げんかん》先で言い合いをしている。ギスギスした言い合いじゃなく、仲の良い姉妹のじゃれ合い。なんと言うか、ほっこりする光景だ。

「あの、二人とも上がって」

「「はい！」」

言い合っていたのに、完全に調和した「はい」が返ってきた。本当に仲がいい。

二人をリビングに通してソファーに座ってもらい、コーヒーを出す。

「インスタントでごめん」

「今日は面接にやってきたつもりなんで、お構いなく」

「僕が相談したんだから、そんな大げさに考えないで」

二人にコーヒーを勧《すす》めて、僕も座る。

アオイさんは税理士試験に現役合格しているので、税金のことは任せてほしいと、なぜかミドリさんが言う。

よく分からないけど、税理士試験って難しいんでしょ。そんな優秀な子が僕専属として働くの？いいのかな？

とりあえず、僕の収入とか見せることになった。シーカー協会に頼《たの》めば、収入の計算書を一カ月単位で出してもらえる。もちろん、オークションで得たお金も含《ふく》んでいる。それを事前に出してもらったものを見せた。

「うわー、稼いでいるんですね」

計算書を見たアオイさんが感嘆《かんたん》すると、ミドリさんが「失礼でしょ」と注意する。でも微笑《ほほえ》ましいし、なにより美人姉妹がキャッキャするのを見るのは眼福だ。

「リオンさん。支出のほうも見せてもらえますか」

「あの、支出のほうはそういった計算をしてなくて……」

「レシートとか領収書でいいです。まさか捨ててないですよね？」

「はい。捨ててないです」

箱に放《ほう》り込んだままのレシートを持ってくると、アオイさんだけではなくミドリさんまで手際《てぎわ》よく内容を精査していく。

「ざっと見ただけですけど、収入に対して支出が少なすぎます。これでは無駄《むだ》に税金を払うことになります。もっと色々購入《こうにゅう》して、節税しないと」

アオイさんのアドバイスに、そんなものかと思ってしまう。

「私がちゃんと節税とかも考えます。雇《やと》ってもらえますか？」

「真面目《まじめ》に働くように、私が目を光らせます。どうでしょうか」

「なんでお姉ちゃんが目を光らせるのよ。お姉ちゃんはシーカーでしょ」

「いいのよ。そんなことは」

美人姉妹のじゃれ合いは、見ていてほっこりする。

「僕のほうからお願いしたいので、よろしくお願いします」

「「本当ですか⁉」」

息がぴったりだ。

大学を卒業するまでは、週に一回レシートなどをアオイさんが整理してくれることになった。レシートの整理が終わったら、どれだけの金額を使ってどういったものを購入するか決めることになった。

また、大学を卒業してからは、平日は毎日出勤する形になる。このマンションを自宅兼《けん》事務所にして家賃の七割くらいは経費にできそうだと言っていた。こんなことならもっと広いマンションにしておくんだった。

あ、そうだ。安住教授の新会社のことを言わないと。安住教授やヨリミツのことや、新しい会社の名前だけの役員になると話す。

「役員報酬《ほうしゅう》の話や、リオンさんが提供するものの対価がどれくらいなのか分かりませんので詳しい話はできませんが、問題ありません。いくらでもやりようはありますので」

頼もしい。

その後、雇用《こよう》条件を詰めた。もっとも、僕ではよく分からないので、アオイさんとミドリさんが話し合って決めてくれた。

後日、ちゃんとした雇用契約書《けいやくしょ》にして持ってくると言っていた。お父さんも経営者だから、そういうことに慣れているのだろうか？

道場には週に三回通うことになっている。仮入門なので、そんなものらしい。

初日は一時間動かずに抜刀の構えをした。実際に木刀を左の腰に携《たずさ》え、中腰で一時間はかなりキツかった。

おかげで、筋肉痛になってしまった。筋肉痛になるなんて、いつ以来だろうか。

抜刀の構えは、家でも稽古できる。朝起きてストレッチをしたら、一時間行う。ただでさえ筋肉痛なので、足がすぐに悲鳴をあげる。それでも我慢《がまん》して一時間じっと構える。

汗が頬《ほお》を伝って顎《あご》から床に落ちる。ヨガマットを敷《し》いていたけど、一時間後には汗で濡れていた。


道場に行く日になって稽古着を持って向かったら、師範が僕を見て驚《おどろ》いた顔をした。

「二度と来ないかと思っていたぞ」

そう言って笑った。理由を聞いたら、入門しても抜刀の構えを一時間すると来なくなる人ばかりらしい。

いくらなんでもそれは根性がないだろうと思う。僕のようなシーカーなら、剣に命を預けることになる人も多いのに、その程度で心が折れるようならシーカーなんてやってられない。

僕のように剣のほうがサブの武器でも、あのくらいで音を上げていたら命がいくらあっても足りない。シーカーというのは、そういう職業だ。

「まあいい。来たからには、しっかり教えるぞ」

師範は、また抜刀の構えを一時間だと指示してきた。

僕が抜刀の構えをすると、フウコさんも同じように構える。二人で構えて動かない――僕は何度も叱《しか》られたけど、一時間過ぎた。

汗が噴《ふ》き出し、床に大の字になって荒《あら》い息を整える。そんな僕を無視して、フウコさんは素振りを始めた。

あの華奢《きやしや》な体のどこに、そんな体力があるのだろうか？　僕なんか足がプルプルして、すぐには立てない。

「あいつは天才だ。手本や目標にするな」

「天才……ですか？」

師範は剣の世界ではそれなりに名が売れているらしい。その師範から見ても、フウコさんは天才だと言う。

「あと二年も修行《しゆぎよう》すれば、俺《おれ》を超えるだろうな」

剣の世界に身を置いて四〇年になる師範を、超えると言うのだから驚きだ。

その頃には師範も五〇になっているので、体力は全盛期《ぜんせいき》ほどない。だけど、この世界の達人たちはそれこそ五〇や六〇になっても達人だ。フウコさんはその師範を超えていくだろうと、師範は楽しそうに語った。

「弟子が師匠《ししよう》を超える。師匠と言われる者には、これほど嬉《うれ》しいことはないぞ」

「そういうものですかね」

「だが、簡単に超えられるわけにはいかないから、俺ももっと修行を積まないとな」

一カ月ほど剣の稽古に明け暮れた。と言っても、一時間抜刀の構えをして、休憩してまた一時間構えるの繰《く》り返しだ。

稽古の日は抜刀の構えだけを三セット行い、稽古のない日でも一セット行う。それが日課になりつつある今日この頃は、筋肉痛も以前ほどない。

「で、どうする？」

「どうするとは？」

「正式に入門するか？」

そういえば、まだ仮入門だった。

正直言って、今の稽古をしていて強くなったとは思っていない。このまま続けても強くなるかどうかも分からない。だけど、ここで止《や》めたら強くなれないことは分かる。

「正式に入門します」

「おう、道場は平日の午後三時から夜の八時まで開いている。その間なら稽古をつけてやる」

「それ以外の時間に道場は開いてないのですか」

「そんなに稽古がしたいのか」

強くなれるなら、稽古する。でも、それが理由ではない。

「職業柄、その時間以外でも稽古ができればと思っただけです」

「事前に言えば、開けてやる。ただし、別料金だ。残念ながら、道場の経営は苦しいんでな」

「では、月謝を通常の一〇倍出します。その代わり、自由に道場を使わせてください」

「ほう、一〇倍か。いいだろう。ちょっと待っていろ」

師範が道場の奥へ消えて、すぐに戻ってきた。

「時間以外に俺はいないと思え。それから使った後は清掃《せいそう》と戸締《とじ》まりをしろ。いいな」

そう言って鍵《かぎ》を渡《わた》された。

「ありがとうございます」

その日、初めて師範は抜刀の構え以外の稽古をつけてくれた。

抜刀の構えから剣を抜き去る、その刹那《せつな》に全《すべ》てを賭《か》ける必殺の術だ。

鞘から剣を抜く。意外とスムーズにできた。

「何を驚いているんだ」

「なんというか、こんなにもスムーズにできたことにちょっと驚きました」

「そのために、構えがブレないように稽古をしてきたのだから、当然だろう」

なるほど、あの構えだけの稽古はこのためなのか。

僕は何度も抜刀し、剣を鞘に戻した。

「リオン。敵を見よ。そして極《きわ》めるのだ」

「敵を見る……。極める……？　師範、どういう意味ですか」

敵を見よというのは、仮想敵を思い浮かべろということらしい。その仮想敵の動きを見極め、弱点を見極める、それが極めるということ。

仮想敵を思い浮かべることが難しい。想像力と記憶力の全てを動員しても、簡単ではない。剣を抜く前に、それができなくて苦労することになった。

久しぶりにダンジョン探索することにした。

枇杷島ダンジョンに入って第七エリアに進んだ。第七エリアは山林型のエリアで、生《お》い茂《しげ》った木々や草花が太古の地球を思い起こさせる。

出てくる魔物も恐竜《きようりゆう》を思い起こさせるようなものが多い。Tレックスに似た魔物のバーサーカーザウルスは、力が強く狂暴《きようぼう》、さらにその皮もかなり厚くダメージを与えにくい。

まだ剣術を身につけてない僕は、剣ではなく『結晶』で戦うことを選んだ。

バーサーカーザウルスを発見すると、すぐに『結晶』を発動して倒す。

最近は最初の頃に較《くら》べて手の中にある結晶のエネルギー量が明らかに多い。おかげで解放した時の『SFF』の増える量も多い。

以前は『SFF』が全然増えなかったことに焦《あせ》りを感じていたけど、『SFF』がただ増えただけでは基本的な能力が上がったに過ぎない。

本当の強さというものは、『SFF』では表れないところのほうが多いのかもしれない。と最近思うようになった。

「『結晶』に頼《たよ》っていては、いつまでも敵をイメージできないか」

地響《じひび》きを立てて迫ってくるバーサーカーザウルスを睨《にら》みつけ、その動きの一挙手一投足に注目する。

なんて大きさだ。あんなのと剣で戦うなんて、正気の沙汰《さた》ではない。だけど、それがシーカーという職に就く者であり、僕なんだ。

鋭《するど》い牙を隠しもしない口からは、涎《よだれ》が垂れている。あんな涎だらけの口で噛み砕《くだ》かれるのは、ごめんだ。

後ろ足はかなり太いけど、前足は短くて頼りない。でも、爪《つめ》はかなり大きくどれも危険だ。

バーサーカーザウルスの武器は、あの鋭い牙と太い後ろ足の攻撃だ。そして弱点は、あの巨体を支える太い後ろ足。だけど、あれを斬れるのか？　半人前にもなってない僕が、あの後ろ足を……。

「集中しろ、僕。あの化け物にだって、必ずつけ入る隙《すき》はある」

長く細い息を吐《は》いて、今にも口から飛び出しそうなくらいに激しく鼓動《こどう》する心臓を抑《おさ》え込む。

赤銀製の剣の柄《つか》に右手を添《そ》え、腰を落として抜刀の構えをとる。

不思議なことに時間が引き延ばされたかのように、バーサーカーザウルスの動きがゆっくりに見えた。次第《しだい》に落ち着いてきたのが、自分でも分かる。

どこだ、どこならあの太くて逞《たくま》しい足を斬れる。バーサーカーザウルスの動きを注意深く見つめる。

「……見えた！」

その刹那、時間が止まりバーサーカーザウルスの動きも止まった。

それを見逃《みのが》さず、僕は抜刀する。

「シッ」

筋肉と筋肉の間、巨体を支える筋を斬る。

ズドーンッとバーサーカーザウルスが倒れた。そのままバーサーカーザウルスは立つこともできず、地面に倒れてもがく。

息の根を止めるまでは、油断しない。『結晶』を使ってその命を摘《つ》み取った。

「できた……。まだ一撃必殺には遠く及ばないけど、何か見えた気がする」

アオイさんに勧められて、防具を新調することにした。以前倒したハグレのトロルからドロップした皮もあるけど、もっと良い防具を買おうということになった。

トロル以上になるとC級ダンジョンでも使えるくらいの防具になる。

C級ダンジョンに入るには、四級シーカーにならなければいけない。

シーカーにとって、五級に昇級することは目標の一つ。『SFF』が基準値に達していても、それなりの実績がないと五級には昇級できないのだ。その五級よりもさらに上の四級にならないと入れないC級ダンジョンから得られる防具、または素材から作った防具はとても高額になる。

素材を集めるのは簡単ではないから、防具を買うか素材を買って防具を作るかの二択《たく》になる。

そういったものはオークションに出品されるので、出品されているアイテムをチェックしていく。便利なもので、ネットでそうした情報は全部閲覧《えつらん》できる。

「リオンさん。これなんかどうですか？」

ミドリさんがノートPCの画面を僕のほうに向けて見せてくれた。アオイさんが僕のマンションに来る時は、いつもミドリさんも一緒《いっしょ》に来る。しかも、今日はアサミさんとアズサさんも一緒なので、四人の美形女子たちに囲まれてハーレムっぽい。

僕も男なので女の子に囲まれるのは、悪い気はしない。でも、アオイさん一人で僕のマンションに来させるのは、危険だと思われているのだろうか？　もしそうなら、ちょっとへこむ。

ミドリさんが見せてくれたのは、聖銀製の鎧《よろい》だった。お値段、なんと、一億六〇〇〇万円から。この値段は開始値なので、もっと上昇することだろう。

「防御力は申し分ありませんし、死霊《しりょう》系の魔物の攻撃はほぼ無効になります」

「僕にはちょっともったいないんじゃないかな」

僕がそう言うと、ミドリさんがしょんぼりした。そんなに落ちこまなくても……。

予算は一億五〇〇〇万円と決めている。開始値が一億六〇〇〇万円の時点で除外になる。

「だったらこれはどうかな？」

アズサさんが見せてくれたのは、ブラックオーガの革鎧だった。お値段は六〇〇〇万円始まり。落札予想価格は一億円前後。

オーガなどの鬼《おに》系魔物は色によって強さが変わり、ブラックオーガはトロルより強い。D級ダンジョンの深いエリアか、C級ダンジョンの浅いエリアに出てくる。

「特殊な効果はないけど、防御力は高いよ」

「これなら値段も手ごろだし、いい感じだね」

聖銀の鎧は明らかに予算オーバーだったけど、今度は予算内に収まりそうだ。

今のところブラックオーガの革鎧を第一候補にする。

「これ」

アサミさんが言葉少なに画面を見せてくれた。

ファイアボアの革鎧。ファイアボアはブラックオーガと同様に、D級ダンジョンでも深いエリアに出てくるような魔物だ。

防御力はトロルの革鎧くらいだけど、特殊効果として火と熱に強い。開始値は八〇〇〇万円と、ブラックオーガの革鎧よりは高いが、三セット出品されているので、上手《うま》くすればブラックオーガの革鎧より安いかもしれない。

「火属性のエリアは多い」

たしかに、枇杷島ダンジョンの第六エリアのような火山帯エリアは多い。火属性と水属性の対策は、これから必須《ひっす》になってくるのでファイアボアの革鎧も考えていいかもしれない。

結果、候補はブラックオーガの革鎧とファイアボアの革鎧の二つになった。

アオイさんは金額が折り合えば、両方を落札してもいいと言っている。

「明日のオークションは、午後三時からだから、二時四〇分に清須《きよす》支部の前で待ち合わせでいいですね」

オークションに参加するには、二つの方法がある。

企業《きぎよう》や団体、個人資産家などが事前に審査《しんさ》を受けて許可を得て参加する方法が一つ。この場合、オークション会場で参加してもいいし、自宅や会社から参加してもいい。

二つ目は臨時に参加が認められた場合で、シーカー協会に現金を預けて、その金額を上限にして落札する方法。この場合、オークションに参加できる端末《たんまつ》がシーカー協会の支部にあるので、それを使うことになる。僕はこの方法でオークションに参加するので、シーカー協会の清須支部でオークションに参加することになる。

シーカー協会の支部でオークションに参加する場合、端末が置いてある部屋に入れるのは二人まで。

明日は僕とアオイさんで、その部屋に入る予定だ。

翌日、僕は朝一で道場で稽古した。師範も誰もいない道場で、構えを一時間。その後、抜刀を繰り返す。

稽古が終わると掃除をして鍵をかけて、近くのファストフード店で軽く昼食を摂《と》ってシーカー協会へ向かう。

僕がシーカー協会に到着すると、アオイさんとミドリさんがすでにきていた。

「待たせてしまったね」

「いえ、私たちも今来たところですから」

「お姉ちゃんまでついてこなくてよかったのに」

「あんただけだと不安でしょ」

「そんなこと言っても、入れるのはリオンさんと私だけだからね」

アオイさんはそう言うと、僕の手を掴《つか》んでシーカー協会の中に入っていく。その手はとても柔《やわ》らかく、小さかった。

ミドリさんが慌てて僕たちの後についてくるけど、協会のロビーで別れた。

「もう、お姉ちゃんたら。いつまでたっても私を子供扱《あつか》いするんだから」

職員の案内で席に座る。端末と言ってもノートＰＣが机の上に置いてあって、パーティションで仕切られているだけ。

もう一つモニターがあって、それにオークション会場の映像が映っている。

オークションが始まった。オークションは開始値が低い順に行われるので、ブラックオーガの革鎧の競《せ》りが先に始まった。値段が上がっていき、九〇〇〇万円になったところで動きが悪くなった。

そこで僕は九一〇〇万円を入力。するとすぐに九二〇〇万円に上がった。僕は一〇〇万円単位で上げていったけど、相手も同じように上げていき、一億一〇〇〇万円を超えた。

「リオンさん。今回は諦《あきら》めましょう」

「そうだね」

過去のブラックオーガの革鎧の落札価格は九〇〇〇万から一億円の範囲《はんい》が多い。相手はどうしてもブラックオーガの革鎧がほしいようで、諦めそうにない。

予算は一億五〇〇〇万円だけど、あくまでも適正価格で買うことが前提だ。これまでの落札価格の最高価格が一億一〇〇〇万円なので、これ以上は適正価格ではない。

他にほしいものがなければ予算一杯まで競《きそ》っても良いが、まだファイアボアの革鎧もあるのだから、無駄にお金を使うのは止めるべきだというのが、アオイさんの判断だった。ここで予算を使い切らなくても、他で使えばいい。

気持ちを切り替えてファイアボアの革鎧を狙《ねら》うことにした。二つ目を一億円で落札。

ファイアボアの革鎧は二日後に引き渡ししてもらえる。

ロビーで待っていてくれたミドリさんに、ファイアボアの革鎧を落札したことを告げる。

「おめでとうございます」

「ありがとう」

三人でシーカー協会を出て、打ち上げをしようということになった。

今日は僕の奢《おご》り。二人にどんなところに行きたいかと聞く。

「中華《ちゅうか》がいいです」

「鉄板焼きがいいです」

ミドリさんが中華、アオイさんが鉄板焼き。さて、どっちにするか。

「お姉ちゃんはおまけなんだから、今日は鉄板焼きね」

「おまけって何よ」

「私一人でいいのに、お姉ちゃんは勝手についてきただけじゃない」

「うっ……。あんたが頼りないから、心配だったのよ」

「私は子供じゃないんだから、そういうのやめてよね」

協会を出た通りで二人の言い合いを待っていると、会いたくない人たちに出会った。

僕が命名した「三バカA・B・C」。僕にトレインを擦《なす》りつけた三人だ。

目を合わせるとサルのように絡《から》んできそうなので無視だ、無視。

「おいおい、万年一〇級がいるぜ」

「女なんて連れて、いい身分だな」

「万年一〇級にはもったいない美人じゃないか」

何かキーキー言っているけど、無視。

「今回は鉄板焼きなんだからね」

「分かったわよ。でも、次は中華よ」

「ＯＫ～」

どうやら二人の意見がまとまったようだ。

「リオンさん、お薦《すす》めの鉄板焼きのお店があるの。行きましょ」

アオイさんが腕を組んでくる。胸が当たっているんですけど……。

「ちょっと待ちなさいよ」

ミドリさんも反対側の腕を組んできた。こちらも当たってます。

そういえば、何かあったような……。まあ、いいか。

美人姉妹に囲まれて、僕、幸せ。


師範の稽古はとにかく単純なものだった。構えたまま動かない、ひたすら抜刀。稽古というよりは修行、いや苦行だ。

だけど、最近はなんとなくだけど分かってきた。基本が大事なんだと。

構えていたり、抜刀している時は心が無になる。集中するからか、周りの音が入ってこなくなる。

塚原流剣術を学び始めて、枇杷島ダンジョンの硬い魔物も斬れるようになった。まだ一撃必殺とまではいかないが、以前よりは斬れるようになった。

剣術を使わない場合、『時空操作』の時空の壁を使うことで魔物を押《お》さえ込める。そうすれば、勝てないまでも負けることはない。

時空の壁を使っていると、ドリル弾を撃《う》つことができないのは相変わらず。だけど、塚原流剣術を学んだことで魔物の動きの見極めが、少しだけできるようになった。それが今後に生きると信じ、僕は稽古を続けている。

　また、時間の操作も少しだけ練度が上った。以前は遅延を使っても五割ほどしか遅延させられなかったけど、最近は八割くらいになった。


　枇杷島ダンジョンの第七エリアのエリアボスは、グレーターザウルスという恐竜型の魔物だ。バーサーカーザウルスよりも一回り大きくて、攻撃力も防御力もかなり高い。

　僕は運が良いのか悪いのか、グレーターザウルスがリポップした場面に出くわした。エリアボスがいなかったので通り過ぎようとしたら、目の前にいきなりグレーターザウルスが現れてとても驚いた。

　慌てて距離《きより》を取って、赤銀製の剣の柄に手を添えて構える。

　リポップして二〇秒ほどグレーターザウルスは動かなかった。リポップによる硬直《こうちょく》時間があると、聞いたことがある。硬直時間中は攻撃してこないけど、こちらが攻撃してもダメージを与えられない。

　しまったな、硬直時間を利用してドリル弾を準備すればよかった。硬直時間が終わってから気づいた。

　グレーターザウルスの目が僕を睨みつけてきた。

「グラァァァァァッ」

　雄叫びをあげて、地面を蹴る。重量感のある地響きを立てて、接近してくる。

グレーターザウルスの巨大な口が、僕を噛み砕こうと迫る。

――――ガンッ。

グレーターザウルスは勢いよく空間壁にぶつかり、ふらつきながら後方に五歩下がった。目の周りに星が出ている感じで呆《ほう》けているグレーターザウルスに、僕は居合いを放った。

「シッ」

太い後ろ足を斬った手応《てごた》えはあったけど、さすがに動けなくなるほどのダメージではない。まだまだだと思いながらも、地面を蹴る。

空中に空間壁の足場を作ってさらにジャンプし、グレーターザウルスの頭部に迫り、その目に剣を突き刺した。

「グラァァァァァッ」

グレーターザウルスが暴れる。僕は剣を抜いて後方へと飛びのく。

巨大な尻尾《しっぽ》が迫る。空間壁でそれを防御し、その尻尾を斬りつける。太すぎて尻尾も斬り落とせない。

空間壁でグレーターザウルスを囲み、『結晶』を発動。まだかなりの抵抗《ていこう》がある。さすがはエリアボスといったところか。

だけど、五分ほどでグレーターザウルスは消えてなくなった。今回はアイテムはドロップせず、魔石だけだった。毎回、アイテムを落としてくれるほど甘《あま》くはないということだ。

これでこの枇杷島ダンジョンは踏破したことになる。

次はD級ダンジョンにチャレンジだ！

地上に戻った僕はシーカー協会へ向かい、魔石を換金して口座振り込みを頼んだ。

シーカー協会清須支部のD級ダンジョンは、花ノ木ダンジョンと言われていて、駅からもシーカー協会の清須支部からもかなり近い。

マンションに帰ると、ネットで花ノ木ダンジョンのマップを購入してタブレットにダウンロードした。

ミドリさんに勧められて購入したタブレットに、マップを表示する。ダンジョン内ではネット環境がないけど、ダウンロードしたものは見ることができる。紙を持ち歩くよりも便利だと言われたので、購入した。

魔物のデータもダウンロードした。このタブレット一つで色々できるから便利だね。

「へー、写真までついているんだ」

マップ上をタップすると、その場所の写真が出てきた。マップ全てが写真を出せるわけではないが、目印になるものは網羅《もうら》しているようだ。

魔物も写真で確認できる。ただ、魔物がそばにいる現場でタブレットを触って確認するのは、僕のようなソロだと難しい。だから、魔物のデータは頭に入れておかないといけない。

花ノ木ダンジョンはD級ダンジョンなので六級以上のシーカーしか入れない。

第一エリアは海エリアらしい。サハギンリーダーとさらに上位種のサハギンランサーなどが現れる。

元々サハギンは二叉《ふたまた》の槍を持っているのに、サハギンランサーとはどういった魔物なのか。タブレットを操作して情報を確認すると、サハギンリーダーよりも二回りくらい大きくて、槍は二叉ではなく三叉《さんさ》のトライデントらしい。

翌日、僕は花ノ木ダンジョンに入った。

第一エリアは見渡す限りの海だった。本当に海エリアだ。

普通《ふつう》のシーカーは、海の中に入らずに船を用意するらしい。船を買って、さらに収納袋《ぶくろ》を持っていなければならない。共に高額なのでかなりお金のかかることだけど、収納袋はずっと使えるものなので買っても損はない。

また、船はここだけになるかもしれないけど、六級ともなるとそれなりのお金を稼いでいるので買えないということはない。

今日の僕はファイアボアの革鎧ではなく、サハギンメイルを装備している。船を買うのをケチったわけではなく、サハギンメイルを持っているし、ソロだから海の中を進んでもいいと思ったんだ。

そう、サハギンメイルを装備していると、海の中でも活動できるのだ。

海の中に入っても、呼吸ができる。最初はかなり違和感があったけど、次第に慣れていく。

呼吸に慣れたら赤銀製の剣を抜いて素振りをしてみる。なぜか海水の抵抗はあまり感じない。

地上と同じように動けるのは、このサハギンメイルの効果だろう。

海の中を進むと、上方の海面に船の影《かげ》を見つけた。

その船の周囲にサハギンリーダーたちが群がっている。スクリューを壊されたのか、動けないようだ。

「おかしいな……」

この海に生息するサハギンリーダーたちは、なぜか船のような無生物は攻撃しないらしい。

スクリューが壊れたのは整備不良か、それとも人間を狙った攻撃が間違って船に当たったか。どちらにしろ、あの船は動けない。

僕は船に群がるサハギンリーダーに向かって『結晶』を発動させた。塵《ちり》となって消えていくサハギンリーダーの魔石が落ちてくる。

多分、船に乗っているシーカーは、何が起こっているのかと目を丸くしていることだろう。

落ちてくる魔石を回収する。どうせ、彼らにはこの魔石を回収する手段はないはずだ。

「しかし、僕がサハギンなら、船の底に穴を開けて沈没《ちんぼつ》させるけどな」

船を攻撃しないとか、サハギンたちは優《やさ》しいね。

そんなことを思いつつ、その場から離れる。彼らもシーカーだから、あとは自力でなんとかするだろう。

たまにサハギンリーダーに遭遇するけど、『結晶』で対処する。

海の中で剣を使うのはできるだけ避けたい。あまり違和感はないけど、ちょっとしたことで怪我をしてもつまらない。

「しまったな……海の中ではタブレットが使えないぞ」

地図をダウンロードしたはいいけど、海の中ではタブレットは使えない。

僕は海面に顔を出して苦笑《くしょう》する。

「海底でも地図を見れるようにするか、僕も船を使うか……。あそこでいいや」

海エリアでも所々に島がある。僕は島の一つに上陸して、地図を確認する。

「えーっと……この島は……」

島の形から、今の位置を地図で確認する。

「どうやら僕は予定のルートからかなり外れた島にいるようだ」

第二エリアへの通路に向かっていたつもりだけど、かなり離れている。

「まあいいか。今日はお試しなんだから」

今日は海エリアに慣れるのと、サハギンランサーを使役したいと思っていた。

僕が覚えた『サハギン王』という特殊能力は、サハギン系の魔物を使役するものだ。僕よりも弱いという条件はあるけど、サハギンランサーなら使役できるだろう。


再び海に入って第二エリア方面に向かう。

ちょっと進むと、待望のサハギンランサーがやってきた。

一〇メートルほどのところで、『サハギン王』を発動させた。

サハギンランサーはビクッとして止まり、動かない。

「成功したのかな?」

使役できたか確認するために右腕を上げろと命令したら、サハギンランサーは槍を持った右腕を上げた。

「成功のようだな。お前は第二エリアに続く通路のことを知っているか？」

うんと頷《うなず》いた。言葉は喋れないけど、簡単な意思疎通《そつう》はできるようだ。そうじゃないと、使役しても使えない。

「僕を第二エリアの通路まで連れて行ってくれるか」

サハギンランサーはこっちだとジェスチャーして、動き出した。その後ろからついていく。

一〇分ほど進んだ辺りで、島と島の間に違和感のある力場を発見した。サハギンランサーを止めて、その場所をしっかり確認する。

「これは……隠し通路か？」

さすがに海の中に隠し通路があるとは、誰も思っていないだろう。

砂場の海底に一〇メートルくらいの岩があるだけだから、発見できなかったのかもしれない。

僕はその岩の力場に向かって『結晶』を発動させた。

すると岩が崩《くず》れ、地底へ続く穴が現れた。

「何が出るのか……」

穴に入らないという選択肢《せんたくし》はない。

サハギンランサーと共に穴の中に入っていく。しばらく二メートルくらいの洞窟《どうくつ》のような海底トンネルを進む。トンネルが上向きになってさらに進むと、途中で海水がなくなった。

海水から上がって洞窟をさらに奥へ進む。緩《ゆる》やかな上り坂を一〇〇メートルほど行くと、石畳《いしだたみ》の通路になった。

通路は一本道で二〇〇メートルほど進むと、広いエリアがあった。そこに宝箱はなく、大量の魔物が陣取《じんど》っていた。

「あれは……ナーガ？」

上半身は人間だけど、下半身がヘビの魔物だ。ヘビの下半身だけで、五メートルはありそう。

この花ノ木ダンジョンに、ナーガは現れない。それどころか、ナーガはC級ダンジョンに現れるような魔物だ。それが三〇体以上いる。サハギンランサーの支援《しえん》を受けても、ちょっとヤバいかもしれない。

「戦闘を始めたら、どうせ通路は塞がれちゃうんだろうな」

四級シーカーがパーティーで挑《いど》むような魔物が三〇体もいる。一体なら、なんとかなりそうだけど、さすがにこの数は無理か。『時空操作』を使えば、なんとかなる気もするけど……僕は撤退《てったい》するか迷った。なんとか倒すことはできないのだろうか？

「ん、待てよ……」

閃《ひらめ》いた！

「サハギンランサー。ここから一番離れたナーガに、水で攻撃できるか？」

サハギンランサーは頷いた。

僕はサハギンランサーに作戦を伝える。難しいことはないので、サハギンランサーでも理解できたようだ。

石畳の通路を引き返した。石畳の端《はし》まで行くと振り返る。サハギンランサーがかなり小さく見える。

「いぃいぃいぃいぃいぃぞぉおぉおぉおぉおぉおっ！」

準備を始め、それが完了《かんりょう》したら大声でサハギンランサーに合図を送った。

サハギンランサーが奥のナーガに攻撃した。どうやら、通路からでも攻撃できたようだ。サハギンランサーがそのまま僕のほうへ走ってくる。

足の間に水かきがあるためか、ペタペタという音がする。その後ろから三〇体ほどのナーガがヘビの下半身をクネクネさせて追いかけてくる。

「よし、予想通りだ」

足がないぶん、走る速度はナーガのほうが遅《おそ》い。少しずつナーガとサハギンランサーの距離が開いていく。

サハギンランサーが僕を通り過ぎた。

「射出！」

ドリル弾が通路を直進し、行列になっているナーガを貫通《かんつう》していく。

「うわー……やっておいてなんだけど、一瞬《いっしゅん》だったね」

通路が直線でよかった。曲がりくねっていたら、こんなことできなかった。

「さて、残っているナーガはいるかな？」

魔石を拾いながら広い空間へ向かうと、ナーガは一体も残っていなかった。なかなかやるじゃないか、サハギンランサー君。

何かご褒美《ほうび》をあげたかったけど、何が喜ぶのか分からない。

そうだ、ツナ缶《かん》があったんだった。サハギンランサーにツナ缶をあげると、においを嗅《か》いで……って、鼻あるの？

魚顔のサハギンランサーは、ツナ缶を食べ始めた。

「美味しいか？　そうか、美味しいか」

サハギンランサーはとても美味しそうに食べている。

「さて、あの宝箱には何が入っているのか」

ナーガのいなくなった場所に、さっきはなかった銀の宝箱が鎮座《ちんざ》していた。ナーガを一掃すると出てくる宝箱なんだろう。

おそらく罠《わな》はない。だけど、念には念を入れて……。サハギンランサーに開けてもらう。

やっぱり罠はなかった。入っていたものは、指輪だった。シーカー協会で鑑定してもらおう。

隠し通路から出ると、エリアボスはいなかったので、すんなり第二エリアに入ることができた。

第二エリアも海エリアだ。入り口付近の海底から転移ゲートで第一エリアの入り口近くの海底へ移動し、地上に戻った。

すぐにシーカー協会へ行き、隠し通路のことを報告した。

「花ノ木ダンジョンの第一エリアの海底に隠し通路ですか。よく発見しましたね」

「サハギンメイルのおかげで、海底でも自由に動けますので」

調査隊が送られることになったが、ナーガが相手なので三級シーカーを送るらしい。

宝箱から見つかった指輪は、回復の指輪だった。効果は一日に一回だけ重傷を癒やすことができるというもの。

御守《おまも》りとして、とてもありがたいものだった。

第五章　五級昇級試験

花ノ木ダンジョンの第一エリアの海底に、隠《かく》し通路が発見されたことで三級シーカーパーティーが派遣《はけん》された。

そこにはナーガが三〇体以上いて、三級シーカーパーティーによって殲滅《せんめつ》されたと聞いた。ナーガを殲滅すると宝箱が出た。僕《ぼく》の時と同じだ。三級シーカーたちの時は金の宝箱だったらしい。手に入れたアイテムは、ゴルアディスの剣《けん》。

効果がある武器や防具には位階があって、下から覇王《はおう》級、伝説級、精霊《せいれい》級、神級の順で良いものになる。

ゴルアディスの剣は伝説級の武器。D級ダンジョンで手に入れられるような武器ではない。

そのことはあっという間に世間に広まり、四級以上のシーカーたちが隠し通路を目指した。

「カカミ君のおかげで、伝説級の武器が出たよ。おかげで高ランクシーカーが競《きそ》うように隠し通路を目指して、この清須《きよす》支部は今までにない活気に溢《あふ》れている」

大水《おおみず》支部長から感謝の言葉をもらった。

「カカミ君の『ＳＦＦ』はいくつかな？」

「隠し通路を発見した直後に、一六〇〇を超《こ》えました。それ以降は測っていません」

「『SFF』が二〇〇〇になったらすぐに教えてほしい。五級に推薦《すいせん》するから」

「ありがとうございます」

五級への推薦も確約してくれた。あとは、頑張《がんば》って『SFF』を二〇〇〇以上にするだけだ。


その翌日、僕はある場所に向かった。アオイさんと一緒《いっしょ》に向かったのは、最寄《もよ》り駅から徒歩五分という場所であった。

「安住《あずみ》製作所……ここだ」

大きな門があり、その横にでかでかと看板がある。守衛までいるかなり大きな建屋がある工場だ。

「やあ、カカミ君。久しぶりだね」

「半月ぶりですか、教授」

「今は教授じゃないよ。この安住製作所の社長さ」

「そうでしたね」

「こちらのお嬢《じょう》さんが根岸《ねぎし》さんかな」

「ネギシアオイと申します。よろしくお願いします、安住社長」

「はい、よろしくね」

今日は安住元教授が立ち上げた会社で、僕が役員になる手続きをする日だ。

契約《けいやく》のことはよく分からないから、アオイさんにも同席してもらうことにしたのだ。

「根岸さんも安住《う》製作所《ち》の社員ということでいいかな？」

「本当に私までよろしいのですか？」

「どの道、カカミ君の秘書は必要だったんだ。構わないよ」

「ありがとうございます」

アオイさんは僕の秘書として、この会社からお給料をもらうことになった。まだ大学を卒業してないけど、そんなことはどうでもいいらしい。

もちろん、大学はちゃんと卒業してもらう。その余った時間で僕の面倒《めんどう》を見てもらうということになっている。

ちなみに、アオイさんはお父さんの会社に入社するのを止《や》めてまで、僕の秘書になってくれた。以前、お会いした時にお父さんはそれでいいと言っていた。

「うちは、オカザキ自動車と国の資本も入っている。分かっていると思うけど、極秘事項《ごくひじこう》も多いので言動にはくれぐれも気を使ってほしい」

「「はい」」

極秘事項の守秘義務や契約内容について細かい話を聞いて、契約書など必要な書類に署名捺印《なついん》した。社員証をもらい、首からぶら下げる。

「これでカカミ君はウチの役員だ。オフィスに案内するよ」

「社長自ら案内してくれるのですか」

「私の秘書や他の重役など、まだ決まってないんだよ。もうね、バタバタなんだよ。ははは」

社長さんよりも先に秘書をつけてもらって、申しわけない……。

案内されたのは、個室だった。しかも、かなり広い。

「こんなに良い部屋を使っていいのですか？」

「構わないよ。広さは私のほうがあるからね」

僕用のデスクの他に応接セットもあって、それでもスペースが余っている。

「ところで、この工場、かなり大きいですね」

「オカザキ自動車の関連会社の工場を払《はら》い下げてもらったんだよ。世界のオカザキ自動車だからね、関連会社でも立派な工場を持っていたんだよ」

立派な工場があっても、こんなにタイミング良く空いているものだろうか。

「これだけでも、かなりの資金が必要だったのでしょ？」

「スマートメタルの試作三号機を、自衛隊に五〇億円で買い上げてもらい、新型四号機の開発に二〇〇億円の予算がついたからね。その資金で購入《こうにゅう》したよ」

武装マシマシの試作三号機は、僕もちょっとだけ見たことがある。武装がごてごてついていて、ボディも太くなっていた。その試作三号機が五〇億円とは、凄《すご》い金額だ。しかも開発費に二〇〇億円？

どうやら自衛隊は良い金づるらしい。

なぜそんなに予算がホイホイ出るのか不思議だ。いくら国でも二五〇億円もの大金を右から左ってわけにはいかないはずなのに。

「ダンジョンのことだよ。自衛隊の中にもレヴォリューターはいるけど、多くは普通《ふつう》の人間だからね」

安住社長が教えてくれたけど、自衛隊はかなり厳しい状況《じょうきょう》に置かれているらしい。何が大変って、国民を守るべき自衛隊が、ダンジョンの中ではその戦闘力《せんとうりょく》を生かせないからだ。

ダンジョンの中では爆発《ばくはつ》の威力《いりょく》が減衰《げんすい》するから、近代兵器のほとんどが役に立たないのだ。

自衛隊員の中にもレヴォリユーターはいるが、絶対数は少ない。割合でいったらレヴォリユーターじゃない人のほうがはるかに多い。

レヴォリユーターが魔物《まもの》を倒《たお》すと、『SFF』が増えていく。

普通の人は『SFF』が〇《ゼロ》で、魔物を倒しても増えない。だから、レヴォリユーターでない自衛隊員が、どれだけ魔物を倒しても強くならない。

レンジャーと言われる特殊《とくしゅ》部隊のような自衛隊員がいる。レンジャーは人間とは思えない圧倒《あっとう》的な戦闘能力を持っていて、それはもう、化け物レベルらしい。

でも、レンジャーは八級シーカーには勝てても、七級のシーカーには全く敵《かな》わないと聞いたことがある。つまり、レンジャーという化け物でも、戦闘力では九級から八級相当でしかない。

そのレンジャーは陸上自衛隊のエリート。エリートってことは、数は少ないってこと。国民を守るべき自衛隊員のほとんどは普通の人間に毛が生えた程度の感じなので、ダンジョン内においては民間人のシーカーを頼《たよ》らないといけない。自衛隊はそれでいいのかと言う人がいるらしい。

僕個人としては、ダンジョンのことはシーカー協会に任せて、自衛隊は外敵から国を守ってくればいいと思っている。

だけどそれではダメだと言う人が多い。しかも、そう主張する人ほど、なんらかの権力を持っているのだ。

そんなわけで、自衛隊員でも魔物を倒せる力が要《い》る。それが、スマートメタルというわけだ。

需要《じゅよう》があると、科学というのは進歩するらしい。そして、そこには利権が生まれ、金儲《かねもう》けの種になる。安住社長はその波に乗ろうと思っているとか。上手《うま》くいくことを願ってます。それが僕にも恩恵《おんけい》をもたらしてくれるのだから。

「トキ君から聞いていると思うけど、カカミ君の周りもうるさくなるかもしれない」

「以前、そんな話を聞きました」

「トキ君はカカミ君の身の安全や行動の自由を担保するように、自衛隊に働きかけているんだ」

ヨリミツがそんな働きかけをしている？　知らなかった。

「彼《かれ》もカカミ君を巻き込《こ》んでしまったことに責任を感じているんだと思うよ。開発費よりもそっちを優先するように、自衛隊に働きかけていたからね」

あいつは昔からそういうことは言わない。

あれは僕が高校でイジメられていた時のことだ、ヨリミツは何も言わずに裏で僕をイジメていた生徒を追い込んだ。半分は退学し、半分は僕に土下座して謝《あやま》ってきた。

そのことを僕が知ったのは、イジメがなくなってからかなり後のことだった。何をどうやったかヨリミツは教えてくれなかったけど、そのおかげで僕はイジメられなくなった。

あいつはずっと普通に接してくれた。僕が知らないところで僕を護《まも》ってくれていた。卒業の前にそのことを聞いたことがあるけど、あいつは「友達《ともだち》なら当然だろ」と恥《は》ずかしげもなく言った。

だから僕もヨリミツのために何かができて嬉《うれ》しい。ヨリミツのために、何かをしたいと思う。それは友達だから。親友だからだ。

「もし、カカミ君の周辺に気になる人が現れたら、すぐに言ってほしい。今は君の行動の自由を優先しているため護衛などはつけてないけど、いつでも護衛をつけれるように手配できるから」

「そうならないことを祈《いの》ります」

「そうだね」

自衛隊員は地上ならかなり戦闘力が高いと聞いている。地上なら近代兵器が使えるから。七級シーカーでも拳銃《けんじゆう》の弾《たま》をかわすことはできないし、弾《はじ》くことも難しい。拳銃で撃《う》たれたら怪我《けが》して、下手をすれば死ぬ。

「あー、もしもし。うん、説明は終わった。よろしくね」

安住社長はスマホで誰《だれ》かに連絡《れんらく》した。

「私はここまでだ。すぐに楠《くすのき》君という女性が来るから、あとは楠君に案内してもらうね」

「お忙《いそが》しいところ、ありがとうございました」

会社を立ち上げたばかりで、かなり忙しいのだろう。安住社長は部屋を出ていった。


安住社長と入れ違《ちが》いで、女性がノックしてから入ってきた。ビジネススーツのその女性は、三〇前後のメガネをかけた真面目《まじめ》そうな人だった。

「私は経理を担当します、楠と申します。これから工場内を案内させてもらいます」

楠さんの案内で工場内を見学する。

工場は五階建てで一階はだだっ広いスペース、二階は食堂や会議室、三階は全部研究用で四階は試験室と資料室になっていた。五階に各部署のオフィスと重役のオフィスがある。

僕のオフィスも五階にあって、見晴らしがよかった。

三階に入ると、ヨリミツがいた。

新しいスマートメタルを開発しているようで、僕たちが入ってきたことに気づいていない。かなり近づいて、やっと僕たちに気づいたヨリミツが手を上げた。

「よう、カカミ執行役《しっこうやく》」

僕の役職は執行役。最初は常務になる予定だった。僕だって常務のことくらい知っている。いくらなんでも常務はない。役員になることは了承《りょうしょう》したけど、常務は丁重《ていちょう》に辞退した。

「なんですか、トキ教授様」

「誰が様だよ」

「国立大の教授様だろ」

「ふん。俺《おれ》は教授なんてものに興味はないんだ。だけど、研究させてくれるって言うから、仕方なく教授になったんだよ」

「お偉《えら》い先生様は言うことが違うね。僕なんか、執行役なんて言われると、舞《ま》い上がっちゃうのにさ」

軽口を叩《たた》き合って、ヨリミツが開発しているスマートメタルについて聞いた。

現在開発しているのは、中距離支援《ちゅうきょりしえん》用の機体らしい。

「想定よりも重量が重い。それは稼働《かどう》時間に関わってくるからな」

「ふーん」

「ふーんって、お前は気楽だな」

「よく分からないからね」

よく分からない僕が、何かを言っても見当違いだろう。

「でもさ、指向性重力制御《せいぎょ》システムで重量をもっと軽減できるようにはならないの？」

「「「っ⁉」」」

え、何？　やっぱり見当違いだった？　言うんじゃなかったかな。

「リオンのくせに、たまには良いこと言うじゃないか」

「失礼な奴《やつ》だな。ぶっ飛ばすぞ」

ヨリミツがバンバンッと僕の背中を叩いてくる。これでも六級シーカーだから、ヨリミツ程度の力では痛くも痒《かゆ》くもない。

「指向性重力制御システムの重力制御によって、重量による関節部への負担軽減及《およ》び稼働時間の改善を行うぞ！」

「「「はい！」」」

ヨリミツはハハハと笑い、研究者の輪の中に入った。

「すぐに三橋《みつはし》さんに連絡してくれ」

「はい」

なんだか活気づいてしまい、僕たちは蚊帳《かや》の外だ。


工場見学が終わり、僕とアオイさんは帰宅する。

これから一週間に一回程度、工場に顔を出して生命結晶《けっしょう》と重力結晶を納品するのが、僕の仕事になる。

生命結晶は月に三〇〇個、重力結晶は一〇〇個ほしいと言われている。

これまでも生命結晶と重力結晶を供給してきた。オークの生命結晶が二〇万円、重力結晶が一五万円だった。オークの魔石はシーカー協会で五万円で買い取ってもらえるので、生命結晶は四倍の金額だった。

今後は安住製作所の執行役として、毎月役員報酬《ほうしゅう》をもらうため生命結晶が一〇万円、重力結晶が五万円ということになっている。

七倍の力が内包されている生命結晶が二倍の金額なのは、ヨリミツと僕の関係を考えた価格だ。最初はこれまでと同じ金額を提示されたけど、僕がこの価格を希望した。

これからは僕から安住製作所、さらに自衛隊に生命結晶が渡《わた》ることになる。自衛隊に渡る頃《ころ》には、七倍くらいの価格になる予定になっている。その差額が安住製作所の利益になり、ヨリミツの開発費の一部になるのだ。

これまでできなかったヨリミツへの恩返しを、ここでしておきたい。これまで、そういう想《おも》いを持っていたからちょうどよかった。

それに、結晶の売却《ばいきゃく》だけで毎月三五〇〇万円の収入になる。年間四億二〇〇〇万円だ。これだけで僕は億万長者だけど、役員報酬を含《ふく》めると一〇億円近くの収入になるはずだ。もっとも、半分は税金で取られてしまうけれど。

これだけの収入があるのでシーカーを辞《や》めてもいいかと思うかもしれないけど、それはちょっと違う。

最初は就職浪人《ろうにん》になりたくなくて、シーカーになった。でも、今はやり甲斐《がい》のある仕事だと思っている。

最低でも五級にはなりたい。それに、僕はまだ限界を感じていないから、上に行けると思っている。

僕自身が限界を感じるか、納得《なっとく》できたらシーカーを辞めるつもりだ。それがいつになるか分からないけど、今はまだその時ではない。

「アオイさん。今日はありがとうね」

「いえ、私まで社員にしてもらえましたので、こちらこそありがとうございます」

ミドリさんたちと夕食を一緒に食べようと誘《さそ》った。

ミドリさんはアサミさんとアズサさんたちと一緒にダンジョンに入っていたけど、丁度地上に戻《もど》ってきたところらしい。

三人とも一緒に夕食を食べることになったので、僕たちは待ち合わせの店に向かった。

四人の美人に囲まれて、僕は幸せな時間を過ごした。こんなに幸せでいいのだろうか、と思ってしまった。

しかし、僕が重役か。しかも、安住製作所の株式を三〇パーセントも保有している。僕と安住社長の二人で六〇パーセント。あとの四〇パーセントは国とオカザキ自動車、それから取引先の銀行が株を持つそうだ。

この会社はあくまでも民間企業《きぎょう》。国の資本が入っていようと、民間主導の会社だ。

いつかあの工場に見合う大きな会社になってほしい。いや、もっと大きな工場を持つ大企業になってほしい。

安住製作所の経営が軌道《きどう》に乗ったら、家族に自慢《じまん》しようかな。僕がシーカーになるのを反対していたこともあるけど、安心させてやりたいという気持ちもある。

朝起きてテレビをつけると、外国で百鬼夜行《ひやっきやこう》が発生したというニュースが流れていた。

日本では百鬼夜行と言うけど外国ではスタンピードが一般《いっぱん》的な呼び名のそれは、魔物が大量に地上へ出てくる現象のことだ。

魔物が地上に出ると、人間を襲《おそ》う。軍隊とシーカーが協力して、魔物を迎《むか》え撃つ。地上は戦場になり、下手をすると数千、数万人の被害者《ひがいしゃ》が出るような事態になってしまう。

ニュースでは大陸の大国が、軍隊を動員して魔物を抑《おさ》え込もうとしていると報道している。

ダンジョン内と違って地上では爆発系の武器が、爆発力の低下なく通常通り使える。でも、Bランクダンジョンに出てくるような、強力な魔物へはあまり効果がない。一定の強さまでなら軍隊でも対処できるけど、強い魔物は特殊能力を持った人でなければ倒せないのだ。

シーカー協会のないこの国は、他の国とは違う考え方で魔物やダンジョンに対処している。ダンジョンに入るのは、全員軍人。軍人以外に力を持たせることを許容していない。

そういった国は他にもあるけど、多くの国ではシーカー協会が置かれている。

テレビの向こう側では、凄惨《せいさん》な戦いが繰《く》り広げられている。

軍隊は市街戦でも一切容赦《いっさいようしゃ》することなく、重火器を使用している。弱い魔物を一掃《いっそう》するには、効率の良い攻撃《こうげき》だ。

重火器でも倒せない強い魔物が最後に残るが、その時は特殊能力を持ったレヴォリューターがその魔物を倒せばいい。

だけど、市街地には大きな傷跡《きずあと》が残ることになる。

国民をしっかり避難《ひなん》させることを前提にしつつ、市街戦を許容できる国民性ならこういう戦い方もありだろう。こういう戦いなら、レヴォリューターの消耗《しょうもう》を防げるから。

ただ、百鬼夜行を起こさないのが一番いい。

テレビを消して、腕立《うでた》て伏《ふ》せと腹筋を一〇〇回ずつ三セット。その後は塚原《つかはら》流剣術の構えを二時間。最近は構えを二時間することにしている。

これをすると、心の中が空になるような気がする。まだ半人前にもなっていないけど、少しずつ前に進んでいる気がする。


朝の稽古《けいこ》を終えると、昼食を摂《と》って道場へ向かう。道場に到着《とうちゃく》すると、フウコさんが稽古していた。

「フウコさん、早いですね」

「普通」

フウコさんもカギを持っていて、一人で稽古することが多いらしい。

僕も稽古着に着替《きが》えて抜刀《ばっとう》の稽古を始める。何度も何度も繰り返し、抜刀。心を空にしてひたすら稽古に没頭《ぼっとう》する。

「リオン。稽古をつけてやる。構えろ」

いつの間にか師範《しはん》が立っていた。気づかなかった。

「本気でかかってこい」

「いいのですか、これでも六級のシーカーですよ」

自衛隊のエリート隊員のレンジャーでも、七級シーカーには敵わない。

今の僕は六級なので、レヴォリューターじゃない師範では到底及ばない身体能力を持っている。

いくら鍛《きた》えていても、普通の人間には限界がある。でも、レヴォリューターは人間を超越《ちょうえつ》した力を身につけることだってできる。

「構わん」

僕は抜刀の構えをする。

え……。何これ？　師範がとても大きく見える。どういうこと？

師範はただ立っているだけ。なのに、とても大きく、そして隙《すき》がない。

「はぁはぁ……」

「どうした、かかってこい」

「は、はい！」

かかって来いと言われても、どこをどうやって打ち込めばいいのか……。

くっ、こうなったら！

「はっ！」

「甘《あま》いわっ！」

抜刀しかかった僕の木刀は、途中《とちゅう》で止まった。

師範は声だけで、僕の動きを止めてしまった。

これが僕と師範の実力差なのか……。

「師範。今のは……？」

「精神力を鍛えろ。武術は心技体だ。心が強くなければ、身体能力がいくら上がったとしても、本当の強さに到達できない」

師範は日々の鍛錬《たんれん》によって、精神、技《わざ》、そして身体能力を鍛えろと言う。

どれ一つ欠けてもダメだけど、何よりも大事なのが精神だと師範は教えてくれた。

「精神を鍛えるには、どうすればいいのでしょうか？」

「心を無にしろ。心が無であれば、何事にも動じないものだ」

「心を無に……」

抜刀の構えを続けるのは、型を体に覚え込ませるだけではなく、精神を鍛えるためだと師範は言う。

抜刀の構えをしている時の僕は、心を空にしている気になっていたけど、それは無ではなかった。

空と無は似ているが、まったく違うものだと教えてくれた。

だけど、無がなんなのかは、自分で見つけろと言われてしまった。無とはなんなのか……。

毎日道場に通って、無の境地というものを模索《もさく》した。

時々師範と手合わせをしてもらうが、相変わらず体が動かない。

フウコさんにも手合わせしてもらうけど、まったく相手にはならない。六級シーカーの自信が崩《くず》れていく。

冬も本番。もうすぐ年の瀬《せ》になる頃、僕は『ＳＦＦ』を測定した。

二〇〇〇を超えて、二一〇五だった。これで五級に推薦してもらえる。

僕はさっそく大水支部長にアポを取った。今日は出張で不在だけど、明日の正午には帰ってくるということなので、その後に連絡をもらうことになった。

花ノ木ダンジョンは第六エリアまで踏破《とうは》した。花ノ木ダンジョンは第一〇エリアまであるけど、ずっと海や大河、湖だった。おかげでサハギンメイルは大活躍《だいかつやく》だ。

大金を出して買ったファイアボアの革鎧《かわよろい》の出番がない。まあ、このことは元々分かっていたけど。

翌日、午後二時過ぎに大水支部長から連絡があった。

明日の午前九時なら会えるというので、その時間で約束を取った。

「君も五級に挑戦《ちょうせん》か。ソロで五級に挑戦するシーカーは少ないが、いないわけではない。がんばってくれ」

「そのつもりです。推薦、ありがとうございます」

大水支部長の推薦を受けたので、僕は五級の昇級試験を受けられることになった。

「ダンジョン内にシーカー協会が隠した何かを見つけることが課題だ」

「何を隠すのかは、教えてもらうことはできないのですね」

「本部の昇級試験官だけが知っている。つまり、俺も知らないってことだ」

試験は三日後に行われる。こんなに早く昇級試験を受けることができるとは思っていなかった。

五級の昇級試験は本部が所管していて、全国のシーカーが申請《しんせい》するからもっと待ち時間がかかると思っていた。

試験場所は東京のD級ダンジョン。二日後には東京に入って、試験官との顔合わせがある。

「シーカーとして、色々な心構えが試《ため》される。準備を怠《おこた》らないようにな」

「はい」


支部長室を出るとすぐにアオイさんにメールした。

急ですねと、すぐに返信が来た。

本部の都合だから、僕に決定権はない。

そんなわけで、すぐに準備を始める。と言っても、そこまで大げさなものではなく、消費したものを補充《ほじゅう》するだけだ。

僕は『時空操作』によって異空間に大量の物資を収納できる。それに、いざとなったら転移ゲートで地上に戻ってくることもできる。

だからと言って、特殊能力が使えなくなるエリアがあるかもしれないので、最低限の物資はバックパックに入れて持っていく。

最近は『SFF』が増えたおかげで、身体能力が非常に高くなっている。バックパックに色々入れて持ち歩いても、苦にならなくなっている。

赤銀製の剣を出してヒビや欠けがないかチェックする。これまで使い込んできた愛剣の状態は良い。

しっかり汚《よご》れを拭《ふ》き取って、刀剣用の油を塗《ぬ》る。

こうやって剣のメンテナンスをしていると、自然と心が落ちつく。

新幹線に乗って東京へ。

なぜかアオイさんがついてくる。さらに――。

「それ美味《おい》しそうだね。お姉ちゃん、交換《こうかん》してよ」

「良いわよ」

ミドリさんもついてきた。

明日、僕が昇級試験をしている間、二人は東京都じゃないのに東京と冠《かんむり》がつくテーマパークに遊びに行くらしい。そして明後日《あさって》の昼に横浜《よこはま》で合流になっている。

僕は仕事。二人はレジャー。

テンションが上がるのは分かるけど、今の僕は結構ナーバスなので察してほしい。

「リオンさん、あーん」

「え、いや、僕は……」

「せっかくの旅なんだから、楽しもうよ。はい、あーん」

パクリ。アスパラの肉巻き美味しい。

「ちょっと、アオイ！」

「何？　お姉ちゃんもリオンさんに、あーんしたいの？」

「そ、そんなことは⁉」

「いいじゃない。あーんしなよ」

なぜかミドリさんも肉団子を半分に割って、差し出してくる。これは食べてもいいのだろうか？

でも、拒否《きょひ》することもできそうにない。

ミドリさん、そんな不安そうな目で僕を見ないで！

パクリ。この肉団子も美味しい。

ただ、周囲の視線が痛い。

サラリーマン風のスーツの人は、苦々しい顔をしてビールの缶《かん》を握《にぎ》り潰《つぶ》していた。


東京にあるシーカー協会総本部は、ビル群の中にある立派なビルの中にある。

「摩天楼《まてんろう》とはこのことか……」

東京は中学校の修学旅行で来たことがある。もう一〇年も前のこと。一〇年一昔とはよく言ったもので、あの頃の記憶《きおく》なんてなんの役にも立たないくらいに街並みが変わっていた。

受付で五級の昇級試験を受けに来たと言うと、すぐに会議室に通された。五分くらい待つと、二人の女性が入ってきた。

一人は四〇前後の女性。なんというか、マンガなどに出てくる肝《きも》っ玉母ちゃんみたいな風貌《ふうぼう》の人だ。

もう一人は二〇代前半だろうか、僕よりやや下の年齢《ねんれい》の女性で、水色の髪《かみ》をサイドテールにしていてゴシックな服が特徴《とくちょう》的だった。それが妙《みょう》に似合っていて、可愛《かわい》らしい。

「お待たせしましたね。私はシーカー協会で昇級試験を担当している綾瀬《あやせ》といいます」

四〇くらいの女性は、昇級試験の責任者の綾瀬さん。

「私はメリッサよ。三級シーカーをしているわ」

日本人のような顔をしていたのに名前が外国人ということにも驚《おどろ》いたけど、三級シーカーということにさらに驚いた。

シーカーは五級になるのが難しい。たしか、シーカー協会が発表している情報では、五級以上のシーカーは全体の三割ほどだったはず。それが三級ともなると、かなり稀有《けう》な存在だ。

「彼女《かのじょ》は飯島《いいじま》香《かおり》さんよ。メリッサというのは彼女が勝手に名乗っているだけだから、気にしないで」

もしかして痛い人？

こういう痛い人と話したことないから、ちょっと不安になった。

「私はメリッサ。それ以上でもそれ以下でもないわ」

設定を曲げない面倒臭《めんどうくさ》い人っぽいので、メリッサさんでよしとする。

「僕は六級シーカーのカカミリオンです。よろしくお願いします」

昇級試験はD級ダンジョンで行われるけど、その時の試験官がメリッサさんだと説明を受けた。

「明日は午前九時にダンジョンに入り、夕方の六時までに指定されたアイテムを回収してもらうことになります。質問はありますか？」

「そのダンジョンの情報は事前に調べました。でも、初めて入りますので、何か気をつけることはありますか？」

すると、綾瀬さんは頷《うなず》いて微笑《ほほえ》んだ。

「第一試験は合格ね」

「え？」

第一試験って、何？

「五級になるためには、用心深いことが大事なの。情報を大事にする姿勢は五級シーカーにとって必要不可欠なことよ」

なるほど。すでに昇級試験は始まっているようだ。気を引き締《し》めないと。

綾瀬さんはタブレットを僕に見せてくれた。

「出てくる魔物は虫系ばかりね。キラーホッパー、フライングビートル、シャドウスパイダーが出てくるわ」

魔物の特徴、さらにダンジョン内のフィールドについて確認《かくにん》する。

マップもあるので、その情報はタブレットにダウンロードしてある。

洞窟《どうくつ》内だが、森のあるエリアだ。視界が悪く熱帯雨林のような気候で気温と湿度《しつど》が高め。この国の真夏ほどではないが、不快指数が高いダンジョンらしい。

実際に話を聞くと、文字から得る情報よりも実感が持てる。

「隠されるアイテムは、当日ダンジョンの中に入ったら教えます」

時間経過に合わせて、アイテムを隠した場所のヒントがもらえるらしい。決められた時間内でアイテムを探し出さなければいけないので、そういったシステムになっていると言う。

顔合わせと説明が終わり、僕は宿にチェックインした。

アオイさんが予約してくれた、豪華《ごうか》な宿だった。広大な庭があって、その庭を回るだけでも一時間以上かかるらしい。

僕は庭に出てベンチに座《すわ》る。明日入るダンジョンの情報を落ちついて再確認するためだ。

たまに頬《ほお》を刺《さ》すような冬の風が吹《ふ》くと、身震《みぶる》いする。頭が冴《さ》える。

「万年一〇級シーカーとバカにされていた僕が、五級の昇級試験を受けるまでになった……」

タブレットから視線を上げ、葉の落ちた寂《さび》しい木々を眺《なが》める。

全てはあの日から始まった。あの三人のことは今でも許せないけど、ある意味三人のおかげで僕は力を手に入れた。

「明日はがんばるぞ！」

両手で頬を叩く。冬の寒さに曝《さら》された頬が痛い。


翌朝、ダンジョンへ向かった。メリッサさんはまだ来てないようだ。

「おはよう」

「っ⁉」

急に声をかけられて、驚いて飛び上がった。

「大袈裟《おおげさ》ね」

「め、メリッサさん？」

ゴシックな服を着たメリッサさんが立っていた。そのいで立ちとは逆に、彼女の気配を全く感じなかった。

「お、おはようございます」

「準備、できてる？」

「はい」

「行くよ」

言葉少なめのメリッサさんは、ダンジョンの入り口を入っていった。僕も急いで後を追う。

岩肌《いわはだ》が無骨なトンネルを進むと、大きく開けた場所に出た。洞窟内に森があり、湿度が高く不快な空間だ。

「目標は私の容姿を模したフィギュア。大きさは三〇センチくらい。六時までに探し出せなければ不合格。始めて」

メリッサさんのフィギュアを探すのが、今回の目的らしい。彼女のフィギュアなら、人気が出そうな気もしないではない。

「はい」

メリッサさんは僕の行動を監視《かんし》する。あとは時間になったらヒントをくれるだけ。どういった探《たん》索《さく》をするのかは僕の自由だ。出てくる魔物も僕が対応する。

まずは『魔眼』を発動する。カラフルなサーモグラフィのような世界が広がる。

力場に違和《いわ》感やおかしなところはない。つまり、どっちへ行くか勘《かん》に頼ることになる。

五級は僕のようにソロでなくても、パーティー単位で昇級試験が受けられる。だけど、パーティーで昇級試験を受けると、パーティーを五級に認定することになる。そのため、パーティーのメンバーが替わると、認定は取り消される。

そこで、パーティーで昇級試験を受けた後、力をつけてからソロで昇級試験を受ける場合がほとんどだ。

二回も昇級試験を受けるのは面倒だが、五級パーティーになったらC級ダンジョンに入れるので、得られる『ＳＦＦ』も多くなる。それに収入も増える。パーティーを解散する予定がないのであれば、悪くない。

「こっちへ行きます」

「何も言わなくていい。ついていく」

「分かりました」

僕は『魔眼』を発動させながら、右へと進んだ。次第《しだい》に木々の密度が濃くなる。

今回は魔物を避《さ》けて戦闘はできるだけしないつもりだ。目的はあくまでもメリッサさんのフィギュアを発見することだ。

細い木々が密林のように生えている中を、魔物がいそうもないところを縫《ぬ》って探索する。

それでも魔物を避けきれない時は、『時空操作』の転移ゲートに剣を差し入れることで、魔物の首筋に剣を突《つ》き刺す。

僕が持つ『時空操作』は、シーカー協会に知られている。それは今回の試験に関係する人にも伝えられているので、メリッサさんも当然知っている。

転移ゲートのことも知られているので、それを使って魔物を倒すのは問題ない。

僕が最初に得た『結晶』のことは悪い意味で有名だけど、メリッサさんが知っているかは分からない。もし知られていても、以前のまま使えない特殊能力だと思われていることだろう。

『結晶』が有益な特殊能力なのはヨリミツ経由で自衛隊にも伝わっているので、そのうちシーカー協会も知ることになるだろう。

シーカーが特殊能力を使って他の仕事をするのは認められているし、自営業だから法に触《ふ》れない範囲《はんい》で仕事をするのは自由だ。

転移ゲートに剣を突き刺すだけで魔物が倒れるのだから、三級シーカーのメリッサさんでも最初は驚いていた。

第一エリアと言っても、さすがに広大だ。昼になってもメリッサさんのフィギュアは発見できず、全体の二割くらいしか探索できていない。このままではフィギュアを発見できないということもあり得る。

「ヒント。森の中」

ヒントはもらえたけど、このエリアの七割は森だ。三割は除外されたと前向きに考えるべきか。そう前向きに思うことにして、僕はうねった木の根に腰《こし》を下ろした。

「ちょっと休憩《きゅうけい》します」

メリッサさんに断ってバックパックを下ろす。携帯《けいたい》食で腹ごしらえし、喉《のど》の渇《かわ》きを缶コーヒーで潤《うるお》す。

携帯食がメープル味の甘いものだったので、缶コーヒーはブラックにした。

メリッサさんはエネルギーゼリーを口にしていた。

しかし、今さらだけどダンジョンの中もゴシックな服なんだ。あれで防御力はあるのだろうか？

ヒントを得て森の中を探索するが、なかなかメリッサさんのフィギュアは発見できない。『魔眼』では特におかしな力場は見えない。

ダンジョンの入り口から見て森の右側は探索した。これは左だっただろうか……。

夕方の六時まであと三時間。このままでは五級に昇級できないかもしれない。焦《あせ》りで探索が雑にならないように、気を引き締める。

そんな僕の進む先に、魔物が群れていた。魔物間の距離が嫌《いや》らしい。この配置では、迂回《うかい》するとかなり遠回りになりそうだ。

迂回すると時間はかかるけど安全だ。戦えば時間は短縮できるけど魔物がリンク――戦闘中に次から次へと魔物が襲ってくる状況になりかねない。

「さて、どうするか……?」

顎《あご》に手をやり、しばし考える。

魔物はぐるりと何かを囲んでいるようだ。もしかしたら、この先にフィギュアがあるのか? 魔物が人間の都合に合わせて、フィギュアを守るように動くなんてあり得ない。だけど、この魔物の配置は気になる。

「メリッサさん。転移ゲートを使いますが、構いませんか?」

「私も使えるのであれば、問題ない」

僕は転移ゲートを出した。水面のようなゲートを見たメリッサさんの目が見開かれた。

「僕が通った後に、続いてください」

転移先は魔物が遠巻きにしている何かがある中心部だ。

そこだけ木々がなく、巨石《きょせき》が聳《そび》え立っていた。そこはかとなく神秘的な感じがする場所で、『魔眼』では巨石からかなり大きな力場が発せられている。この巨石の力場が魔物を侍《はべ》らせているのだろうか?

僕は巨石に手を当ててみた。その瞬間《しゅんかん》、巨石が震え出した。

とっさに後方にとびのいた僕は、その巨石の動きを注視した。何が起きているのか?

すると、五メートルほどの高さだった巨石がさらに高くなった。

「引けっ!」

「っ⁉」

メリッサさんが叫《さけ》び、僕の腕《うで》を引いた。

巨石のような何かから距離を取った僕は、その巨体から放たれる威圧のようなものに目を見張った。

これほどの力場は見たことがない。この力を結晶にしたら、どれだけの『SFF』を入手できるだろうか。

「これはジャイアントゴーレム。C級ダンジョンに出てくるような魔物」

「これがジャイアントゴーレム……」

体長一〇メートル近い巨体で、圧倒的なパワーを誇《ほこ》る化け物。

ジャイアントゴーレムが動くと、周囲に侍っていた魔物が四散していった。

こんな化け物が動きだしたら、踏《ふ》み潰されかねない。周囲の魔物たちが逃《に》げるのも無理はない。

なのに、これほど大きな力場を見て喜んでいる僕がいる。最近の僕はちょっとおかしい。これも良い特殊能力を得たおかげなのか、それとも調子に乗っているのか。後者ではないと思いたいけど、自分ではよく分からない。

「ハグレに遭遇《そうぐう》するなんて、ついてない」

そうかな？　ハグレはアイテムがドロップしやすいから、いい獲物《えもの》だ。もちろん、勝てる見込みがあればという条件つきだが。

こういう考え方をすることが、調子に乗ったり増長しているということなのかもしれない。

これは遊びじゃない。下手をすれば死んでしまう。それなのに、力を手に入れることを先に考えてしまう。

「ジャイアントゴーレムの動きは遅《おそ》い。逃げる」

メリッサさんは瞬時に逃げる選択《せんたく》をした。三級シーカーのメリッサさんでもジャイアントゴーレムを倒すのは難しいということだ。

だけど、僕は踵《きびす》を返したメリッサさんを呼び止めた。

「メリッサさん、時間を稼《かせ》ぐことはできますか？」

「時間を稼いであなたを逃がせと？」

「いえ、ジャイアントゴーレムを倒します」

「……本気で言っているの？」

「時間を稼いでもらえるのであれば、倒せます」

僕のドリル弾《だん》なら、あのジャイアントゴーレムでも倒せるはずだ。だけど、ドリル弾は溜《た》めが必要になる。その間、僕は動けない。

メリッサさんがジッと僕の顔を見る。

「どれだけの時間が必要？」

「一分ほどで大丈夫《だいじようぶ》です」

「その程度？」

「はい」

ドリル弾がマッハ超えになるのには、溜めに約三二秒かかる。マッハを超えたドリル弾はどんなものでも破壊《はかい》する。僕はそう信じている。

「引きつけるのは一分よ」

「はい、お願いします」

メリッサさんの視線が鋭《するど》くなった。戦闘モードに入ったようだ。

僕はさらに距離を取ってドリル弾の準備に入った。

メリッサさんの姿が消えた。そう思った瞬間、ジャイアントゴーレムの頭部の前に飛び上がっていた。

「はぁぁぁっ！」

その拳《こぶし》でジャイアントゴーレムの左頬を殴《なぐ》る。ジャイアントゴーレムの頬が陥没《かんぼつ》し、巨大な顔が四五度ほど回転した。

さらにメリッサさんは肩《かた》を蹴《け》って、くるくると数回回転して着地した。

その流れるような動きに、僕は目を奪《うば》われてしまう。

それ以上にひらひらのスカートがめくれそうでめくれない。見えそうで見えない。なんとも言えないじれったい演出（？）があって、目が離《はな》せない。

「てやっ」

おっといけない。見とれている場合ではない。ドリル弾をしっかりと準備しないと。

キュイィィィィィィンッとドリル弾の回転数が上がっていく。さらに、空間圧縮をマシマシで威力を高めていく。力が溜まっていくのが、分かる。

その間、メリッサさんとジャイアントゴーレムの戦いは続いている。

メリッサさんの動きは目にも留まらぬほど速い。だけど、ダメージを与《あた》えても、ジャイアントゴーレムの体はすぐに修復されてしまう。

これでは鼬《いたち》ごっこで、このまま戦いが続いたらメリッサさんの体力が尽《つ》きてしまう。メリッサさんが一分という時間稼ぎを了承したのも、その程度であれば体力は問題ないと考えたからだ。

ジャイアントゴーレムの巨体から繰り出されるパワーは厄介《やっかい》だと思っていたが、修復力こそがジャイアントゴーレムの本当の恐《おそ》ろしさだった。

「せいっ」

「グオオオオオッ」

ジャイアントゴーレムが叫ぶと、その体からたくさんの岩が射出された。

メリッサさんは圧倒的な速度で岩を躱《かわ》していく。だけど完全には避けきれず、いくつかは掠《かす》ってしまった。

「…………」

あれだけの物量で攻《せ》められると、完全に躱すことは無理だ。直撃せずとも、それなりのダメージを負ってしまう。

ひらひらのゴシックな服に防御力はないだろう。それだけにちょっと掠っただけでも、このクラスの魔物の攻撃は大変なダメージになるはずだ。

しかし、ダメージを受けても、メリッサさんは一分という時間を僕に与えるために、ジャイアントゴーレムに立ち向かっていく。

僕はその時間を大事に使わなければいけない。一撃必殺。一発でジャイアントゴーレムを屠《ほふ》るそれだけの威力のあるドリル弾を撃たなければならないと、拳《こぶし》を握りしめた。

しかし、メリッサさんの動きはほんとうに美しい。僕もあんな動きができれば、きっと違う世界を見ることができるだろう。

「僕があの域に達するのは、いったいいつのことか……」

雨のように射出される岩の攻撃を、メリッサさんは最小のダメージで切り抜《ぬ》けていくが、それでもダメージは蓄積《ちくせき》するのだろう。メリッサさんの動きが鈍《にぶ》ったように見えた。その時、ようやくドリル弾の準備が完了した。

「メリッサさん！」

「離脱《りだつ》！」

メリッサさんが、ジャイアントゴーレムから距離を取った瞬間、僕はドリル弾を射出した。

高速回転高圧縮されたドリル弾は、戦車の砲門《ほうもん》から射出される砲弾のような衝撃波《しょうげきは》を残し、一直線にジャイアントゴーレムへと進んだ。

ドゴンッ……バリッバリッバリッバリッドガーンッ。

音速を超えた超高速のドリル弾のその衝撃波は、僕を吹き飛ばし、地面を抉《えぐ》り、ジャイアントゴーレムに命中した。

ジャイアントゴーレムの上半身を完全に消滅させたドリル弾は、止まることなく森の木々を薙《な》ぎ倒していった。

「え？」

その光景にメリッサさんが目を見開き、口を大きく開けている。

衝撃波によって吹き飛んだ僕は、立ち上がって土埃《つちぼこり》を払った。『魔眼』でジャイアントゴーレムの下半身を見てみる。

なんとジャイアントゴーレムの下半身には、大きな力場がまだ残っていた。僕は『結晶』を発動した。さすがに上半身がなくなったジャイアントゴーレムの抵抗《ていこう》は小さく、僕の手の中にジャイアントゴーレムの力を封印《ふういん》した結晶が現れた。

それを回収した僕はメリッサさんへ近づき、ポーションを差し出した。

「今の……何？」

「僕の奥《おく》の手です」

「そんな奥の手があるなんて、聞いてない」

「奥の手をペラペラ喋《しゃべ》るようなことはしませんよ」

「そうね」

僕たちはフィギュア探しを再開した。

そして巧妙《こうみょう》に隠されたフィギュアを発見できた。

メリッサさんにそっくりなフィギュアは、ゴシックな感じが強調されていてまるでアニメのキャラのようだった。

「これ、メリッサさんにそっくりですね」

「有名な原型師に頼《たの》んで作った。自信作」

フィギュアのようなポーズで可愛らしく言われると、なんと返事すればいいのか分からない。可愛いと言えばいいのか？　似合っていると言ったほうがいいのか？

「むう。感想は？」

「え、あ……か、可愛いですね」

メリッサさんがにやりと頬を緩《ゆる》めた。正解だったようだ。

とにかく、僕は時間内にメリッサさんのフィギュアを発見した。これで五級に昇級できるはずだ。

万年一〇級とか無能とかバカにされていた僕が、五級かぁ……。

「ところで、ダンジョン内でこういったアイテムは、時間経過と共にダンジョンに吸収されますよね？」

「特殊な加工がされている。だから大丈夫」

「その特殊な加工というのは、なんですか？」

「知らない。協会がした」

なるほど、シーカー協会はそういった技術を持っているということか。それも特殊能力かもしれないけど、僕に教えてくれることはないだろう。でも、帰ったら聞いてみようと思った。

人間は誰でも死ぬ。魔物も絶対に死なないという理屈《りくつ》はない。

僕だっていつ死ぬか分からない。病気で死ぬかもしれないし、魔物に殺されるかもしれない。だから生きているうちに楽しみたい。そのためにお金が必要なのは、嫌というほど味わった。もう二度とあの生活に戻りたくはない。

幸いにも今の僕には、シーカーの他に安住製作所の重役の地位がある。役員報酬の他に月に数千万円の収入がある。

「リオンさん、難しい顔をしてどうしたのですか?」

「あ、いや、なんでもないですよ。アオイさん」

目の前にはミドリさんとアオイさん姉妹《しまい》がいて、中華《ちゅうか》料理店らしい赤い柱やテーブルを囲んでいる。

美人姉妹と高級中華を食べられる幸せを噛《か》みしめている。

「リオンさん、五級昇級おめでとうございます」

「おめでとー、リオンさん!」

グラスをカチャンッと合わせ、ウーロン茶を飲む。

「二人ともありがとう。まさか僕が五級になれる日が来るとは、感慨《かんがい》無量です」

「ねえ、リオンさん」

「何?」

「C級ダンジョンは、どこにするの?」

僕が所属する清須支部には、C級ダンジョンはない。そのため、他の支部が管理するC級ダンジョンに入ることになる。

マンションから四五分圏内《けんない》に二カ所のC級ダンジョンがあるが、一カ所は罠《わな》がたくさんあり、もう一つは死霊《しりょう》ダンジョンと言われるほどアンデッドが多い。

それ以外になると片道二時間くらいのところに一カ所ある。でも、わざわざそこまで行かなくても、罠か死霊のどっちかに行けばいい。

「正直言って、一度死霊を見てみたいかな」

「そうすると、海ね！」

海と言っても海水浴場ではなく、海に近い場所にあるダンジョンだ。

「アオイ、海水浴場が近くにあるからって、遊びじゃないのよ」

「分かっているわよ。それに、今は冬だし」

そう、今は冬。残念ながら海水浴は無理。つまり、水着は……。本当に残念だ。

もっとも、まだD級ダンジョンを踏破していないので、踏破後にC級ダンジョンへ挑戦するつもりでいる。

「帰ったら死霊について、調べておきますね」

「あ、うん。お願いするよ」

そんなわけでC級ダンジョンは、死霊が多く出る知多《ちた》ダンジョンになった。

「私も早く五級になりたいです。そのためには、日々のダンジョン探索をがんばります！」

「ミドリさんたちなら、きっとなれるよ」

これは適当に言っているわけではない。それなりの根拠《こんきょ》がある。

まず、ミドリさんは信頼《しんらい》できる仲間を見つけた。背中を預けられる仲間というのは、本当に大事だ。

僕だって過去にパーティーを組んでいたことがある。珍《めずら》しい特殊能力を持った僕が凄いと勝手に思い込んだ彼らは、役に立たなかった僕を荷物持ちにしてこき使った。

荷物持ちをしていたある日、僕たちの前にエリアボスが現れた。いや、エリアボスを倒すんだと、彼らが突撃《とつげき》していった。

だけど、彼らはエリアボスに勝てなかった。そして、僕をエリアボスの生贄《いけにえ》にした。

その時は運良く別のパーティーが通りがかって、僕を助けてくれた。

地上に戻った僕は、パーティーメンバーたちのことを協会に訴《うった》えた。だけど、協会は彼らを処罰《しょばつ》しなかった。証拠《しょうこ》がないから処罰できないと言うのだ。

それ以来、僕はソロでシーカーを続けた。別にパーティーを組むのが怖《こわ》いわけではない。誰も僕とパーティーを組まなかったのだ。

役立たずとはパーティーを組めないと言うのだ。その気持ちは分からないではない。背中を預ける仲間が僕のような役立たずでは、安心できない。でも、一番安心できないのは、仲間を生贄にするようなシーカーだ。

ダンジョンの中では何があるか分からない。ちょっとしたことが命取りになる。だから、信頼できる仲間は昇級やお金以上に大事だ。

そしてミドリさんにはアサミさんとアズサさんがいる。二人は強い。戦う所を実際に見たのは昇級試験の時くらいだけど、最近の彼女たちの動きを見ればなんとなく分かる。

塚原道場に通って師範に稽古をつけてもらい、シーカーとして五級にもなった。多少は強さというものが分かるようになったつもりだ。大した眼力はないかもしれないが、二人からは強さが伝わってくる。

ミドリさんは前衛ではないので、二人のような強さはあまり感じない。でも、あの『植物操作』は可能性が詰《つ》まっている。きっと大成すると、僕は確信している。

「はい！　早く五級になれるように、がんばります」

天使のような笑顔《えがお》のミドリさんに、僕も微笑み返す。

「あっれー、何、何、二人、なんだかいい感じー」

「うっ⁉」

「ちょ、アオイ！」

「あははは。お姉ちゃんたら、赤くなってるー」

僕とミドリさんがいい感じ……。ちょっと嬉しいかな。

「リオンさん、どうしたの？　ボケーッとして」

「え、あ、うん。なんでもないよ」

「ほら、もっと食べて！　お姉ちゃんも食べなよ！　お姉ちゃんの奢《おご》りなんだから！」

「あんたねぇ……」

別に僕が奢ってもいいのだけど、僕の五級昇級を祝うものだからとミドリさんの奢りになった。学生のアオイさんは、働くようになったら考えるそうだ。ちゃっかりしてるね。

口にしたフカヒレの姿煮《すがたに》はとても美味しい。頬が落ちそうだ。

僕たち三人でたくさんの料理を食べた。お腹《なか》がいっぱいで動けなくなるのだった。

シーカー協会の本部内にある個室。そこではシーカー協会で昇級試験を担当している綾瀬と、リオンの五級昇級試験の試験官をしたメリッサがコーヒーを飲んでいた。

「あれは化け物」

「あんたが言うんだからそうなんだろうけど、どう化け物なの？」

「ハグレのジャイアントゴーレムを瞬殺」

「瞬殺……？　ジャイアントゴーレムを？　どんな攻撃だったの？」

眉間《みけん》に皺《しわ》を寄せた綾瀬が、コーヒーカップを見つめたまま問いただした。

リオンには、ソロで五級として活動していける力がある。それはこれまでの実績と『ＳＦＦ』の数値からシーカー協会として判断している。その判断基準はシーカー協会が設立された時よりも、より厳しいものになっている。そのおかげで五級以上の死傷率はかなり減っていた。

綾瀬も元はシーカーであり、二級へと至った人物だ。二〇歳《さい》そこそこで三級になったメリッサほどの才能はないが、地道な努力で一流と言われるまでになった。

メリッサにしても、決して才能だけではない。それを綾瀬は知っているだけに、「怪物《かいぶつ》」とか「化け物」をあまり信じていない。

「分からない。気づいたら、ジャイアントゴーレムの上半身がなくなっていた」

「……ジャイアントゴーレムの上半身がなくなった？　粉々に砕《くだ》いたってこと？」

「なくなった。消滅」

「消滅とは穏《おだ》やかじゃないね」

眉間の皺が深くなるのを感じた綾瀬は、顔を上げて眉間を揉《も》み解《ほぐ》した。

「管理職なんてしていると、眉間の皺が取れないよ。困ったものだね」

メリッサがそういう話に反応しないのは分かっている。ただ考える時間を作っているだけだ。

「あの子の特殊能力は『時空操作』と『結晶』、さらに最近身につけた『サハギン王』。『結晶』は役に立たない特殊能力だと報告を受けているし、『サハギン王』はさすがに違うと思うから『時空操作』による攻撃だと考えるのが妥当《だとう》かね」

消滅したのであれば、上半身だけ別の空間に飛ばしてしまったとも考えられる。そんな攻撃ができるなら、不可避《ふかひ》の攻撃となる。ゾクリと背筋に冷たいものが走った。

「もっと詳《くわ》しく話してもらうよ」

「面倒」

「面倒でも試験官なんだから話してもらうよ。私だってそういった情報を集めるのが仕事なんだ。動画を撮《と》ってあるよね。それも提出してもらうよ」

「上手く撮れてなかった」

「そうなのかい。まあいい。見せておくれ」

メリッサが見せた動画は、メリッサがジャイアントゴーレムと戦っていたため、ブレブレで大事なところ――――リオンが特殊能力で攻撃するところが、映っていなかった。

それでも、ジャイアントゴーレムの上半身が消滅した光景は、しっかり映っていた。その光景はとても六級や五級のシーカーによる攻撃とは思えなかった。

「この動画、私のメールに送っておいてくれるかね。その後はしっかり消去しておきなよ」

「分かった。もう帰っていい？」

「ああ、構わないよ」

メリッサを見送った綾瀬はリオンのことを報告するため、シーカー協会の大幹部の一人、実質的に協会を動かしている副会長のところへと向かった。

エピローグ　俺たちにも名前があるんだぜ

五級シーカーになってD級《花ノ木》ダンジョン踏破《とうは》に向けた活動を再開したリオンだが、そのリオンに敵意を剥《む》き出しにした視線を浴びせる者たちがいた。

かつてリオンに魔物《まもの》のトレインを擦《なす》りつけた三人――小島一章《こじまかずあき》、中岡定二《なかおかさだじ》、大竹三津雄《おおたけみつお》である。

彼《かれ》らは七級昇級《しょうきゅう》試験に二回落ちた後、今回で三回目の試験に挑戦《ちょうせん》するつもりだったが、協会の決まりであと二カ月も昇級試験を受けられないことに憤《いきどお》っていた。

そんな三人の耳にリオンが五級に昇格したことが入ったことで、リオンへの憎《にく》しみの炎《ほのお》が大きくなってしまった。

シーカーは八級になると、一人前と言われる。だが、五級になると熟練者と言われ、C級ダンジョンに入ることが許される。

誰《だれ》もが知る役立たずのリオンが、今やシーカーの憧《あこが》れである五級になった。バカにしていたリオンが、自分たちをバカにできる立場になった。それが許せない三人は、その感情が嫉妬《しっと》だとも知らずにリオンを敵視していた。

「あんな奴《やつ》が五級なんて、俺は認めないぞ」

「カズアキの言う通りだ。そんなバカな話があってたまるか、なあ、ミツオ」

「おう、絶対におかしいぜ。協会の中にコネがあるんじゃねぇか」

「「それだ！」」

彼らはリオンの悪口を言いながら、E級の枇杷島《びわじま》ダンジョンに入る。

協会にコネがあるなら最初から一〇級を二年以上もしていないのだが、そんなことは彼らの頭にはない。リオンのことになると、冷静さが姿を消して彼らの都合のいいように変換《へんかん》されてしまうのだ。

カズアキは『身体強化』、サダジは『防壁《ぼうへき》』、ミツオは『気配隠蔽《いんぺい》』の特殊《とくしゅ》能力を持っている。

サダジが盾役《タンク》をして、カズアキが基本的な攻撃《アタッカー》、ミツオは気配を消して急所を狙《ねら》った一撃《いちげき》が強力なので、三人の相性《あいしょう》は悪くない。

『SFF』は十分に七級になれるだけの数値がある。なのに、彼らは七級で足踏《あしぶ》みをしてしまった。それもリオンのせいだと、根拠《こんきょ》のない恨《うら》みを持っているのだ。

なんだかんだ言っても、三人は危なげなく第四エリアに至った。この第四エリアはオーク城と言われ、多くのオークが陣取《じんど》っている。

三人は隠《かく》し通路に向かった。そこにはオークキングが陣取っているはずだ。

「たしか、オークキングから収納袋《ぶくろ》がドロップしたんだったな」

「ああ、協会の資料にそう書いてあったぜ」

サダジが確認《かくにん》すると、資料を確認したミツオが答えた。

この隠し通路を発見したのも収納袋を得たのもリオンだが、三人はそういった情報は見ていない。

さらに、収納袋のような良いアイテムは滅多《めった》にドロップしないという情報も見ていない。

通路を進んで行き、オークキングの待ち受ける謁見《えっけん》の間の前に到着《とうちゃく》した。だが、扉《とびら》は固く閉《と》ざされていて、押《お》しても引いても開くことはない。

残念ながら別のシーカーたちがオークキングと戦っているようだ。

「「「ちっ」」」

オークキングと戦っているシーカーに聞かせようとしたかのような大きな舌打ちが聞こえた。

その時だった。謁見の間の扉がガガガッと開いていく。それは戦闘《せんとう》が終わったことを意味するが、オークキングが倒《たお》されていたら二四時間待たなければならない。

幸いにも他のシーカーは一人もいない。二四時間待てば、オークキングへの挑戦権は三人のものだ。――待てれば。

三人は開かれていく扉の隙間《すきま》から、謁見の間を窺《うかが》った。

そこには六人のシーカーがいたが、全員が倒れていた。そして、オークキングはいない。どうやら相討《あいう》ちになったようだ。

こういった相討ちは稀《まれ》に起こる。その場合、落ちているアイテムは、発見した者のものになるのが暗黙《あんもく》のルールだ。

「「「ラッキーッ」」」

六人の死体を無視して、オークキングが落としたであろうアイテムを探す。

「おい、あったぞ」

ミツオが袋を拾い上げた。

「「収納袋か！」」

目的の収納袋が得られて、三人は飛び上がるほど喜んだ。なんの苦労もなくアイテムが得られるのだから、死んだ六人に感謝だ。

この六人をこのまま放置すれば、ダンジョンが取り込《こ》む。その時は死体ごと装備や持っているアイテムがダンジョンに回収される。

三人は顔を見合わせ、ニヤリと嫌《いや》らしい笑《え》みを浮《う》かべた。

「せっかくの収納袋だ、持ち帰れるだけ持ち帰るぞ」

「「おう！」」

カズアキの号令で、三人はシーカーたちの装備を漁《あさ》り出した。

そもそも、オークキングのドロップアイテムが、収納袋だとは決まってない。もし、それが呪《のろ》われたアイテムだったらどうするのか？　そういったことをまったく考えてない三人だった。

この三人でも日頃《ひごろ》はもっと冷静な判断をする。しかし、現在の状況《じょうきょう》が三人を興奮させて、冷静さを奪《うば》った。

三人が死体を漁っていると、ミツオが漁っていた死体が動いた。

「うわっ⁉」

死んだと思っていたシーカーが動いたため、ミツオは驚《おどろ》いて大声を出してしまった。

「「どうしたっ⁉」」

カズアキとサダジがミツオに視線を向ける。そこで死体が動いていることに目を見張る。

「お、おい、生きてるぞ」

ミツオはそのシーカーの呼吸を確認した。浅い呼吸だが、間違《まちが》いなく生きている。

そこで三人は他のシーカーたちの生死を確認した。六人とも気を失っているが、全員生きていた。ただし、このまま放置したら、死ぬくらいの大怪我《おおけが》だ。

「どうするよ？」

「面倒《めんどう》だな」

ミツオとサダジが眉間《みけん》に皺《しわ》を寄せた。

シーカーは他のシーカーを助ける義務はない。怪我をしたシーカーにポーションなどを与《あた》えて、自分たちが使いたい時に数が足りなくなったら本末転倒《ほんまつてんとう》だからだ。

何よりも自分の命が優先される。それがシーカーである。

だが、助けられるなら、助けるのは人として当然の行いである。もし、シーカーを助けるために貴重なポーションを使った場合、相場の三倍を返すのが暗黙のルールになっている。

今、ここで持っているポーションを使えば、少なくとも相場の三倍の金銭を得ることができる。

「殺《や》るぞ」

「「マジか」」

カズアキの言葉に、二人は目を剥いた。

「こいつらが死んでも、誰にも知られない。だが、こいつらを放置したらこの収納袋は、こいつらのものだ」

「「……よし、殺ろう！」」

三人の瞳《ひとみ》が暗く怪《あや》しく光っていた。彼らは欲に負けたのだ。

ここには倒れている六人と自分たちしかいない。六人を殺せば、三人を糾弾《きゅうだん》する者は誰もいない。

カズアキは躊躇《ちゅうちょ》なく剣《けん》を首に刺《さ》した。サダジとミツオも同じだ。それぞれが二人ずつ、その首に剣を刺した。

誰も見ていない。だから、何も悪くない。魔物を殺すのと大差ないことだ。三人の頭の中で、そう肯定《こうてい》される。

「おい、ずらかるぞ」

「「おう」」

まるで盗賊《とうぞく》のような三人が、謁見の間から出ようとした時だった。

「「「っ⁉」」」

三人の脳裏《のうり》に天の声が聞こえた。

「「「な、なんだとっ⁉」」」

天の声が聞こえた者は、特殊能力を得る。それが常識だ。

この時、三人は非常に稀な現象に遭遇《そうぐう》してしまった。

オークキングを倒した六人のシーカーは、特殊能力を得るはずだった。隠しボスでも稀に特殊能力を得ることができるのだ。

今回は六人に特殊能力が与えられる前に、三人に殺されてしまった。それによって六人が手に入れるはずだった特殊能力が、三人へと流れてしまったのだ。しかも六人分。

「「「クククククッ。アーッハッハハハハハハ！　俺たちの時代がやってきたぜ！」」」

一人に二つの特殊能力。三人は一度にそれだけの特殊能力を得た高揚《こうよう》感に浸《ひた》った。

まさかオークキングを倒してもいないのに、特殊能力を得るとは思ってもいなかった三人はあまりの嬉《うれ》しさに笑い転げるのだった。

番外編　ミドリの場合

私は根岸《ねぎし》緑《みどり》と言います。私は特殊《とくしゅ》な能力を持っています。俗《ぞく》に言うレヴォリューターです。

私が持つ特殊能力は『植物操作』になります。『植物操作』は植物を生長させる能力があるものです。あまり戦闘《せんとう》向きではない私に、父は自分の会社に入るように言いました。私も最初は父の会社で働くつもりだったのですが、五年以上もシーカーになろうと考えていたことから諦《あきら》めがつかなかったのでした。

もしかしたらシーカーには向いていないのかもしれません。ですが、諦めがつかない私は、大学を卒業してすぐにシーカーになったのです。父には申しわけなく思いますが、私の我《わ》が儘《まま》を聞き入れてくださいました。ありがとう、お父さん。

シーカーになったはいいのですが、現実は甘《あま》くありませんでした。

私は実家から通える清須《きよす》ダンジョンに入るのですが、魔物《まもの》が放つ殺気に怖気《おじけ》づいて上手《うま》く戦えないのです。

清須ダンジョンはダンジョンの中で最も格が低いF級ダンジョンです。出てくる魔物は弱いはずなのですが、一日五時間ほど入って七体を倒《たお》すのが精一杯《せいいっぱい》です。

魔物を倒すと、魔石を得られます。Ｆ級ダンジョンの魔物、しかも第一エリアの魔物は最も小さく価値の少ない極小五級の透明《とうめい》の魔石しか得られません。

極小五級の透明の魔石は一個二〇〇〇円です。七個を換金《かんきん》すると、一万四〇〇〇円になります。駆《か》け出しシーカーとしては悪くない収入です。

ですが、シーカーは自営業なのです。武器も防具も生活費もなんでもかんでもこの収入から出さないといけません。私は一本五万円もするポーションを毎回使ってしまうため、実質的には大赤字になります。親の脛《すね》を齧《かじ》っている現状に、忸怩《じくじ》たる思いしかありません。とても悔《くや》しいです。

また、ダンジョンの中では魔物も危険ですが、人間も危険です。犯罪があっても解決されるのは稀《まれ》なのです。それに、ダンジョンの中だというのに、男性シーカーが平然と声をかけてきます。しかも、かなり強引《ごういん》な方も多いのです。

シーカーになって一カ月ほどですが、少し後悔《こうかい》しています。でも今から二〇年前に起こった『百《ひやっ》鬼夜行《きやこう》』と呼ばれる魔物の氾濫《はんらん》を、二度と起こしてはいけないと思い、シーカーを続けています。あの『百鬼夜行』では、二万人もの人が犠牲《ぎせい》になりました。昔大津波《おおつなみ》で一万六〇〇〇人もの尊い命が犠牲になったことがあります。それを超《こ》えるまさに天災というべき事件は、今も人々の心に刻まれています。

当時、私はまだ幼子でしたが、『百鬼夜行』が発生したあの日になると、毎年テレビがその話題を持ち出してくるので、私は筆舌《ひつぜつ》に尽《つ》くしがたい光景をテレビで知ることになりました。あんな悲劇は二度と起こしてはいけないのです。

『百鬼夜行』はダンジョン内の魔物の数が増えると発生すると言われております。つまり、魔物の数を抑《おさ》え込《こ》めば発生しないということです。それ以外の原因を主張する方もいるようですが、魔物の数の増加が原因というのが世界的な共通した見解です。ですから私は魔物を少しでも減らす一助になりたいとシーカーを続けています。親の脛を齧る負い目はありますが、『SFF（Special Factor Force）』が増えれば親に迷惑《めいわく》をかけることなく、自立した生活ができるようになるはずです。

『SFF』というのは、私たちレヴォリューターの戦闘力のようなものです。私がシーカーになった際に測った『SFF』は四〇でした。これは決して悪い数字ではありません。中には最初から三桁《けた》の方もいるようですが、そんな方は決して多くないのです。

私の『植物操作』は蔦《つた》を魔物に絡《から》ませて、その動きを止めることができます。ですが、『植物操作』を発動させても、およそ三〇秒は蔦が生えません。その間に魔物が私を襲《おそ》ってきます。『SFF』が四〇もあるため、物理攻撃《こうげき》だけでも第一エリアの魔物相手なら苦戦はしないはずなのです。ですが私はどうも武器を扱《あつか》うのが苦手なのです。それ以前に魔物に接近するのが怖《こわ》くてたまらないのです。

一カ月もシーカーをしていて、まだ怖いと思ってしまいます。怖がりな自分が恨《うら》めしいです。

そんな時でした。今日はいつもより怪我《けが》が多く、二体目の魔物を倒したところでポーションを飲んでしまいました。ですから、これ以上奥《おく》へ行くことなく、引き返そうと思って歩いていたのです。

こういう日に限ってなぜかすぐに魔物と遭遇《そうぐう》してしまいます。しかも迂回《うかい》ができない場所に陣取《じんど》っており、戦う以外に選択肢《せんたくし》はないようです。

「私だって一体くらいなら！」

いつものように『植物操作』を発動させます。『植物操作』を発動させると、芽が生えるまで三〇秒かかります。ですから、魔物が移動すると、『植物操作』の芽から離《はな》れてしまい意味がありません。

私の役目は芽が生え、蔦が生長して拘束《こうそく》するまで、魔物をその場所に留《とど》めておくことです。一メートルくらいならなんとかなりますが、あまり離れると『植物操作』を再発動させないといけません。

これが大変なのです。

「やぁっ！」

ダブルヘッドラビットに短剣《たんけん》で攻撃したのですが、避《よ》けられてしまいました。ダブルヘッドラビットは動きが速い魔物で、いつもそのスピードに苦労させられます。

ダブルヘッドラビットの位置を調整しながら戦っていると、どうしても攻撃を受けることが多くなってしまいます。この痛みも接近戦が苦手な理由の一つです。

対峙《たいじ》すること三〇秒、ようやく芽が生えました。蔦が伸《の》びるのは早いのですが、それでも一メートルほど離れたダブルヘッドラビットに絡みつくのに時間が少しかかります。それに、蔦が絡みつくまで私がダブルヘッドラビットを引き付けなければいけません。痛みを我慢《がまん》して、必死に時間を稼《かせ》ぎます。

「「P・i・k・i・i・i・i・i」」

蔦がダブルヘッドラビットに絡みつき、二つの頭から鳴き声がしました。これで一息つけます。

それにしても痛いです。涙《なみだ》が出ます。

大学を卒業するまでは傷一つなかったとは言いませんが、それなりに張りのある綺麗《きれい》な肌《はだ》をしていたつもりです。今はそれが見る影《かげ》もありません。あっちこっちに傷痕《きずあと》があります。ポーションを飲むと傷口は塞《ふさ》がっても、痕は残るのです。

「女の子の肌に傷をつけるなんて、駄目《だめ》です！」

ダブルヘッドラビットの右側の首元に短剣を刺《さ》しこんで倒しました。手に伝わってくる肉を貫《つらぬ》く感覚が気持ち悪いです。でも、これを乗り越《こ》えないと、シーカーとしてやっていけません。

もうすぐ出口だというのに、私は魔物の奇襲《きしゅう》を受けてしまいました。物陰《ものかげ》からいきなり現れ、先手を取られてしまいました。

「きゃぁぁぁ」

あまりのことで、私は悲鳴をあげてしまいました。

大きなカエルの魔物のゲッコウフロッグです。その長い舌が私に絡みつき、逃《に》げることも戦うこともできません。

このままでは丸のみされてしまう。でも逃げられない。ああ、私はここで死ぬのかな……。

その時でした。ゲッコウフロッグの舌が弾《はじ》けるように切れてしまったのです。私は何が起きたのか分からず、目を白黒させました。

「はっ！」

誰《だれ》かが私のすぐ横を駆け抜《ぬ》けたかと思うと、ゲッコウフロッグは消えてなくなりました。

私は誰かに助けてもらったようです。私は心からホッとし、腰《こし》が抜けてしまいました。

「大丈夫《だいじょうぶ》か⁉」

「は、はい。ありがとうございます」

男性でしょうか、シーカーの男性にはあまりいい感情はありません。彼《かれ》もそうかもしれない。そう思うと、体が硬《かた》くなってしまいました。

彼は私の腕《うで》を引っ張り上げてくださいました。その時、足首に痛みが走り、顔を顰《しか》めてしまいます。どうも歩けそうにありません。困りました。

「歩けそうにないな。ポーションは持ってないの？」

「ポーションはさっき使ってしまったので、地上に帰る途中《とちゅう》だったのです」

「肩《かた》を貸すから、ダンジョンから出ようか」

「すみません……」

彼の動きはあまりにも自然で、気づいたら肩を貸してもらっていました。

また魔物が現れました。私は彼から離れようと思ったのですが、その魔物がいきなり消えてしまいました。

「え？　……今、魔物が勝手に倒れませんでした？」

「きっと誰かと戦っていたんだよ」

「そんな感じはしませんでしたけど……」

「細かいことは気にしないの」

これは追及《ついきゅう》してはいけないことなのでしょう。シーカーの特殊能力について聞くことはルール違反《いはん》なのです。

「はい」

シーカー協会の医務室に連れていってもらうと、お礼を言う間もなく彼は立ち去ってしまいました。

命を助けてもらっておきながら、お礼を言いそびれるなんてとんだ失礼をしてしまいました。

しかし、男性シーカーにも彼のような人物がいるのですね。厭《いや》らしい目つきで私を見てくる人たちとは、全然違《ちが》います。

明日ちゃんとお礼を言おう。

颯爽《さっそう》と現れたちょっと中性的な男性シーカー。あのような人ばかりなら、パーティーももっと気軽に組めるのですが……。

「あっ⁉　……名前を聞き忘れました。私のバカ！」

あの人は清須ダンジョンで活動しているシーカーでしょうか。とにかく、ちゃんとお礼を言って、そして……名前を聞かないと。

翌日、私は清須ダンジョンの前で彼が現れるのを待ちます。なんだかアイドルの出待ちをするファンのようです。シーカーたちの目が集まっています。ちょっとお洒落《しゃれ》してきましたから、場違いなのは自覚しています。

あれ、なんで私はお洒落をしたのでしょう。お礼を言って、名前を聞くだけなのに……。

彼が出てきました！

昨日はよく見てなかったのですが、身長は他のシーカーよりやや低いでしょうか。女性シーカーとまでは言いませんが、比較的《ひかく》小柄《こがら》です。

年齢《ねんれい》は二〇歳《さい》くらいでしょうか、私より年下に見えます。マッシュカットされた髪形《かみがた》は他の男性シーカーより清潔感が感じられます。装備は使い込まれていますが、初期装備です。

「あの、昨日はありがとうございました」

思わず駆け寄って声をかけてしまいました。彼はちょっとキョトンとしました。いきなり声をかけてはしたなかったでしょうか⁉

「足、大丈夫？」

覚えていてくれたのですね！

「はい、軽い捻挫《ねんざ》でした」

ポーションを飲んだらすぐによくなりました。

「あ、私、根岸緑、二十二歳です！　あなたのお名前を教えていただいてもいいでしょうか⁉」

ちょっと、緑！　こんなところで年齢を言わなくていいの！　なんでそんなことを口走ってしまったのでしょうか。はぁ……。

「僕《ぼく》は各務裏穏《かかみりおん》。二十四歳です」

え、二十四歳⁉　私より若いと思っていたのに、年上だったのですか。とても若く見えますね。

お礼も言ったし、名前も聞いた。でも、このまま別れるのはちょっと寂《さび》しいかな。

気づいたら、各務さんを誘《さそ》っていました。恥《は》ずかしい！

「魔石を換金するけど、その後なら」

「はい。お待ちしてます！」

そんなに食い気味に返事をしないでいいのに！　各務さんの前だと、とてもドキドキします。


「君、一人？」

厭らしい笑《え》みを浮《う》かべた男性シーカーが声をかけてきました。このような厭らしい笑みを浮かべている人に、ろくな人はいません。ダンジョンの中で断ったら急に態度を変えて恫喝《どうかつ》するような人ばかりです。って、この人、以前私を恫喝した人です！

「以前、ダンジョンの中でも声をかけられましたが、その時お断りしたら恫喝されましたよね。二度と声をかけないでください」

「ちっ。つまんねぇアマだな」

舌打ちして、捨《す》て台詞《ぜりふ》を残して立ち去っていきました。せっかく気分がよかったのに、とても悪くなってしまいました。どうせ私の顔を覚えてなかったのでしょう。もう二度と声をかけないでほしいものです。


「お待たせ」

「大して待ってませんよ、各務さん」

「あー、僕のことはリオンって呼んでほしいです。あまり各務と呼ばれたことないので」

「それでは、私のことはミドリでお願いします。リオンさん」

「うん。分かったよ、ミドリさん」

はう⁉　いきなり名前呼びなんて、なんて嬉《うれ》しいことなのでしょう！

その後、私はリオンさんとホテルのレストランで食事をしました。ホテルに入った時、リオンさんが妙《みょう》な顔をしていたので、私はしまったと思いました。もしかして、私がホテルに誘ったと思われてしまったのでしょうか。私、そんなはしたない女ではないのです！


リオンさんとの食事はとても楽しいものでした。また一緒《いっしょ》に食事できたら、嬉しいと思います。

その機会はすぐに訪《おとず》れました。

私がダンジョン探索《たんさく》を終え、魔石の換金をシーカー協会清須支部でしようと思っていたらリオンさんの姿があったのです。私は思わず声をかけてしまいました。

「今、お帰りですか？」

「はい。今、魔石を換金してきたので、これから帰るところです」

「私も今から換金するところなのです。もしよかったらこの後に、食事でもどうですか？」

え……。心の声が思わず出てしまいました。はしたない女と思われなかったでしょうか。

でも、リオンさんはとても眩《まぶ》しい笑みで頷《うなず》いてくださいました。

私は急いで普段着《ふだんぎ》に着替《きが》えます。急いでいても身だしなみには気を使います。リオンさんに恥ずかしくない姿を見ていただかなければ！

待ち合わせの場所に向かうと、リオンさんは空を見上げていました。その横顔はまるで男装の麗人に見えます。肌も白く綺麗で思わず触《さわ》りそうになってしまいました。

この胸の鼓動《こどう》はなんでしょうか。リオンさんを見ていると、心臓がいつもより大きく鼓動し、太鼓のように胸を打ちます。

リオンさんが私に気づき手を上げてきます。ああ、私はリオンさんに恋《こい》してしまったのですね……。

「お待たせしました」

あまり会話は覚えていません。ですが、リオンさんは外食をしないらしく、私が居酒屋を提案しました。居酒屋に到着《とうちゃく》してから失敗に気づきました。リオンさんはお酒が飲めないと、仰《おっしゃ》っていたのです。それなのに、居酒屋にお連れするなんて、私は気が利《き》かない女だと思われたでしょうか。ああ、痛恨《つうこん》の極《きわ》みです。

でも、リオンさんは気にする素振《そぶ》りを見せません。大人の男性ですね！

「乾杯《かんぱい》しようか」

「何に乾杯します？」

「僕とミドリさんの出逢《であ》いに乾杯しようか」

「はい！」

なんて嬉しい言葉でしょうか。私もリオンさんに出逢えて、とても幸せです。

居酒屋は雑多な感じがし、結構騒《さわ》がしいです。それでもリオンさんは気にすることなく、よい笑みを浮かべて焼き鳥を食べています。

そこでなぜシーカーになったかという話になりました。私は顔も知らない誰かのためにシーカーになりました。私のようなことを口にする人は少ないかもしれません。リオンさんはちょっと驚《おどろ》いた表情をしました。

「誰かのためと言うなら、別にシーカーでなくてもよかったんじゃないかな？」

「私もそう思わないわけではありません。でも、二〇年前のあの惨事《さんじ》を知ってしまったら、シーカーになるしかないと思ったのです」

二〇年前、私が幼子の時にあった大惨事は、ダンジョンから魔物が溢《あふ》れ出し二万人もの人が亡《な》くなりました。

あの事件によって多くの建物が破壊《はかい》されてしまい、数十万人が他所《よそ》の土地へ移り住んだり、一〇年以上も仮設住宅での暮らしを余儀《よぎ》なくされました。私の友達《ともだち》にも被害者《ひがいしゃ》がいて、あの事件のあとに名古屋に移住してきたと聞いたことがあります。

友達からよく話を聞いていたせいか、私は二度とあの大惨事を起こしてはいけないと思うようになりました。それがシーカーになるきっかけでしょうか。

その流れで『ＳＦＦ』の話になりました。私は初期値が四〇で、今は四二になったところです。特殊能力は『植物操作』なので、戦闘で効果があるまで時間がかかると正直に話しました。

「戦闘より農業のほうが向いているような気がするんだけど……」

まさにその通りで、私の特殊能力は農業に向いています。ですが、この国で特殊能力をダンジョンの外で使うことは基本的に禁止されています。例外はほとんど認められておりません。もちろん、気づかれずに使う方は多いそうです。ですが、農業で大々的に私の特殊能力を使えば、間違いなく国に知られてしまいます。だから最初に農家という選択肢はなくなりました。

「しかし、植物で魔物の動きを封《ふう》じて攻撃すれば、かなり安全に狩《か》りができるね」

「そうでもないのです」

「どうして？」

「蔦を出現させるのに、三〇秒くらいかかるのです。ですから、その前に攻撃されると」

リオンさんも三〇秒という時間がシーカーには命取りだと思ったことでしょう。

「でも、『SFF』が四〇ポイントもあれば、第一エリアの魔物くらいなら普通に戦えるよ。それに、パーティーを組めば、『植物操作』の真価を発揮すると思うよ」

「私もパーティーを組んでと思ったのですが」

シーカーは男性が多い職業です。これまで出会った男性シーカーは、皆厭《みな》らしい目をしていました。私の考えすぎかもしれませんが、魔物より男性シーカーに危険を感じるのです。

あっ⁉　リオンさんは別です。リオンさんはなんというか、言葉にするのは難しいのですが、安心できるそんな感じなのです。

「リオンさんはソロですよね？　パーティーは組まないのですか？」

「僕？　僕は以前パーティーを組んでいたけど、役に立たないから追放されたんだ」

リオンさんを追放⁉　なぜそんなことに？

「でも、リオンさんは強いじゃないですか」

「二年以上一〇級シーカーをしている僕が強いとは、誰も思わないよ」

「二年も？」

二年は長いと私でも思います。でも、あんなに簡単に魔物を倒せるのに、なんで二年も一〇級なのですか？

「最近、やっと『ＳＦＦ』が九級の昇級試験《しょうきゅう》の基準を超えたんだ」

九級昇級の基準は『ＳＦＦ』が五〇以上あることです。つまりリオンさんは『ＳＦＦ』が五〇以上あるということです。私より強いのは当然ですね。

二年かかろうと、『ＳＦＦ』が成長しているのですから、リオンさんはいつまでも一〇級ではないです。それに、大器晩成という言葉もあります。そうです！　リオンさんはこれからドンドン伸びる方なのです！

「あの、今度一緒にダンジョンに入って、狩りの仕方を教えてもらえませんか？」

二年も苦労してきたのです。戦い方に工夫《くふう》をされているはずです。リオンさんの戦い方を見たら、私も成長できるかもしれません！

「僕が？　万年一〇級シーカーに学ぶことなんてないと思うよ」

そんなことありません！

リオンさんは苦笑《くしょう》しながらも受け入れてくださいました。私、頑張《がんば》ってよいシーカーになりますから、見捨てずにご指導をお願いします！

リオンさんと清須ダンジョンに入ります。一緒にダンジョンに入るなんて、なんだかデートのようです。え、今デートって……はうっ⁉　頬《ほお》が熱くなります。

「どうかした？」

「い、いえ、なんでもないです!?」

慌《あわ》てて否定しましたが、変な女だと思われなかったでしょうか……。


リオンさんがダブルヘッドラビットを攻撃しました。動きは速くて見えないのですが、緩急《かんきゅう》をつけて戦っているのが分かりました。二年もシーカーをしている方の戦い方というのは、このように上手いと思うようなものなのですね！

最後に何かしたようですが、リオンさんは危なげなくダブルヘッドラビットを倒しました。

「凄《すご》いです。全然危なげなかったです！」

「ダブルヘッドラビットとは嫌《いや》というほど戦ってきたから、コツは掴《つか》んでいるつもりだよ」

敵を知ることに意味があるのですね！

「今度はミドリさんの戦い方を見せてくれるかな」

「はい。分かりました」

がんばります！


私の相手はゲッコウフロッグでした。

「僕がゲッコウフロッグを引きつけるから、拘束してくれるかな」

「分かりました」

リオンさんが切りつけたと同時に、『植物操作』を発動させます。三〇秒後に芽が出るまで、リオンさんがゲッコウフロッグを引きつけてくれます。それさえも危なげないのですから、リオンさんはさすがです！

三〇秒ほどで芽が出て蔦が一気に生長してゲッコウフロッグに絡みつきます。

「口を塞ぐようにできるかな」

「やってみます」

蔦の動きを自由自在に操《あやつ》れるのが、この『植物操作』の能力です。

「うわー、これ凄いね。こうなったら、動けないよ」

口も四肢《しし》も全ての自由を奪《うば》いました。こうなったら私でも簡単にゲッコウフロッグを倒せます。

「この蔦はかなりの強度があるのかな」

ゲッコウフロッグに剣を立てて倒したリオンさんは、興味津々《きょうみしんしん》といった感じです。

「私の『ＳＦＦ』に比例して強度は上がります」

リオンさんは少しだけ考え込みました。その考える表情が凛々《りり》しくて、ちょっと見惚《みと》れてしまいます。

「蔦は地面しか生えないの？」

「どういう意味ですか？」

「たとえば、魔物から蔦を生やすとか？」

「……やったことがないのですが、多分できると思います」

「じゃあ、次は魔物から蔦を生やしてみて」

「はい」

私は植物だから地面から生えるのが当たり前だと思い込んでいたようです。

リオンさんに言われたように、ダブルヘッドラビットから蔦を生えさせました。すると、リオンさんは私のところへと戻《もど》ってきます。

「とどめを刺さないのですか？」

「このまま見ていて」

なんということでしょう。もがいていたダブルヘッドラビットはドンドン弱っていきます。そして、ダブルヘッドラビットは動かなくなりました。

「え？」

私は唖然《あぜん》としてしまいました。まさかこんな戦い方があったなんて、思いもしていなかったのです。

魔物が逃げようと足掻《あが》くほど、蔦は魔物の生命力を吸って拘束を続けようとします。その結果、魔物は自分の動きのせいで生命力を奪われていくのです。

長期戦になればなるほど、私の『植物操作』は効果を発揮することになります。

しかも……これが最も大事なのですが、魔物から蔦を生やすことから、魔物が動いても問題ないのです。魔物をその場から動かないようにしなくていいのですから、『植物操作』を発動させてから三〇秒間逃げ回ればいいのです。目から鱗《うろこ》が落ちる思いです。

「蔦は魔物の生命力を吸って育つようだね」

「私、こんなこと考えもしませんでした。リオンさんは賢者《けんじゃ》です！」

「いや、賢者ではないから」

賢者じゃなければ、神です！

「次は魔物が動いていても蔦が生えるか実験しようか」

「お願いします！」


検証した結果、リオンさんの考えは正しいことが分かりました。

「芽が生えるまで三〇秒、その後蔦が拘束して魔物が動かなくなるまでに一分。さらに二分で魔物の生命力は尽きる。つまり、三分三〇秒で戦闘は終わるってことだね」

この第一エリアに出てくるような魔物であれば、合計で一分三〇秒逃げ切れば魔物は動けなくなり、あとは蔦が生命力を吸い尽くしてくれるのを待つだけです。

「チートだ。ミドリさん。『植物操作』はチートだよ！」

「チートですか？　えーっと、よく分かりませんが、嬉しいです！」

リオンさんは私がこの戦い方に慣れるまで付き合ってくださいました。おかげで課題が分かりました。私は体力がないということです。

私、これから毎日ランニングして体力と走力をつけます！

私は意を決して、リオンさんにパーティーメンバーにしてほしいとお願いしました。厚かましいお願いなのは理解していますが、リオンさんと一緒ならもっと成長できると思うのです。

「ごめん。行けるところまで一人でチャレンジしたいと思っているんだ」

「そうなのですね……」

私の考えは一瞬《いっしゅん》で崩《くず》れ去りました。リオンさんにはリオンさんの考えがあるのですから無理強《むりじ》いはしませんし、そんなことするつもりもありません。ですが、とても残念です。

リオンさんに何度もお礼を言い、この日はお別れしました。なんだか寂しいです。心がリオンさんを欲《ほっ》しています……。


翌日、私はいつもより一時間早く起き出して、ランニングをします。スマホで五キロメートルのルートをナビしてもらいますが、いきなり五キロメートルは長かったようです。

「はぁはぁはぁはぁ」

息が上がってしまい、足が止まってしまいました。スマホを見ると、まだ二キロメートルも走っていません。体力のなさが恨めしいです。

こういうのは『ＳＦＦ』というより、日頃《ひごろ》の努力なのです。ですから、たとえ倒れようとも最後まで走り切ってみせます！


あれから毎日ランニングを欠かさず行い、少しずつですが、体力がついてきました。

そんなある日、私がダンジョンに入ろうと着替えをしていると、肩を叩《たた》かれました。振《ふ》り返ると、赤毛の少女と、鋭《するど》い目をした背の高い女性の二人が立っていました。

「ちょっといいかな」

赤毛の少女は人懐《ひとなつ》っこい笑みです。

「なんでしょうか？」

「そんなに警戒《けいかい》しないでよ。私は工藤梓《くどうあずさ》。この春からシーカーになった一〇級シーカーなんだ」

赤毛の子が名乗ると、次に目つきの鋭い背の高い子が「飯塚麻美《いいづかあさみ》」と言いました。

「私は根岸 緑《ねぎしみどり》と言います」

「根岸さんも一〇級だよね？　どうかな、私たちとパーティーを組まない？」

「え？」

まさかのお誘いでした。

話を聞くと、彼女《かのじょ》たちも男性シーカーの勧誘《かんゆう》が多くとても鬱陶《うっとう》しいのだとか。その気持ちは私もよく分かります。特に厭らしい目や笑みを浮かべた人は気持ちが悪いです。

「あの、最初は仮ということなら」

「うん、それでいいよ。私のことはアズサって呼んで」

「アサミ」

「それなら私はミドリで」

アズサはとても明るく社交的で、アサミは無口です。

仮とはいえ、パーティーを組むのです。三人の情報共有は重要です。『ＳＦＦ』と特殊能力を教え合い、戦闘時の立ち位置や行動について話し合いました。

『ＳＦＦ』は私が四八、アズサが三七、アサミが三九でした。特殊能力はアズサが『短剣二刀流』、アサミが『鉄壁《てっぺき》』です。

「へー、『植物操作』なんて聞いたことない特殊能力だね。でも、私たちと相性《あいしょう》がよさそうだから、よかったわ」

アズサは『短剣二刀流』でも、攻撃力は普通の『二刀流』よりも落ちるらしいです。そのため手数でダメージを出すタイプです。

アサミの『鉄壁』は防御《ぼうぎょ》に優《すぐ》れた特殊能力で、彼女は大きな盾《たて》を持っています。

盾役のアサミ、近接戦闘のアズサ、そして支援《しえん》型の私と、アズサが言うように私たち三人の相性はいいようです。


「え、二人とも一八歳なの⁉」

二人はこの春に高校を卒業してシーカーになったそうです。私と変わらないと思っていたら、まさか私より四つも下でした。

「ミドリが四こも上とは思わなかったよ。『ミドリさん』と呼んだ方がいいかな」

「『さん』づけは止《や》めて……私、ちょっとショックを受けているの……」

ちょっとというか、結構ショックです。私が高校に入学した時、彼女たちはまだ小学生だったのですよ。

「よかったー。正直言って、ミドリのほうが年下に見えるもん。一六って言っても通じるよ、ミドリは」

「はうっ⁉」

それはつまり子供っぽいということですよね。やめてー！　私は大人の女性を目指しているのですから！

アズサは一六〇センチメートルの私よりも背が高く、一六五センチメートル。髪を赤く染めてポニーテールにしているのですが、それがよく似合って大人っぽく見えます。

アサミはなんと一七三センチメートルの長身で、まるでモデルのようなメリハリのあるプロポーションをしています。鋭い視線もスーパーモデルのようです。

そして私は……子供っぽいのですね。ああ、パーティーを組んでこんなに精神的なダメージを受けるとは思いもしませんでした。

精神的にダメージを負った打ち合わせの後は、実際にダンジョンに入ってみます。

アズサが斥候《せっこう》として動いてくれるため、先頭を歩きます。その後ろに私、そしてその後方にアサミが続きます。

予《あらかじ》め決めておいたハンドサインで、アズサが魔物の発見を知らせてきます。私はゆっくりと進み、魔物の姿を視界に入れます。

「気づかれてないわ。先制するわ」

「アズサが最初の攻撃をしたら、私が『植物操作』を発動。予定通りでいい？」

「うん。それでお願い」

「了解《りようかい》」

アズサが駆け出します。走る音がほとんど聞こえません。一気に駆けると、右手に持った短剣で刺突《しとつ》し、左手の短剣で斬《き》りつけました。素晴《すば》らしい速さです。

私も負けていられません。『植物操作』を発動させます。

アズサは私たちのほうに魔物を誘導《ゆうどう》し、アサミが走り出して盾を魔物に打ちつけるように体当たりをします。流れるような連携《れんけい》に、上手いと思いました。

アサミの体当たりでふらついた魔物に、追撃の短剣が迫《せま》ります。

私の役目は『植物操作』だけではありません。二人が戦闘に集中できるように、周辺の警戒をする役目もあります。

以前、二人が魔物との戦闘に集中していたら、魔物が近づいていたことに気づかなかったそうです。その時はなんとか魔物を倒したそうですが、二人ともかなり危険な状態だったそうです。

それ以来注意はしているそうですが、戦闘に集中してないと倒す速度が遅《おそ》くなってしまうと言っていました。

蔦が魔物に絡みついて拘束すると、二人は驚いています。

「うわー、これは反則だわ」

「反則」

「でも、芽が出るまでの時間と、蔦が魔物を完全に拘束する時間を稼ぐのは一人だと厳しかったの」

「なるほどー」

こうなったら、私でもとどめを刺すだけの簡単な作業になります。アサミさんがとどめを刺し、魔物を倒します。

「私たち、攻撃力のなさが問題だったけど、これなら五分もかからずに魔物を倒せるわ」

蔦は魔物を拘束するだけでなく、その生命力も奪います。戦闘は長くても三分三〇秒で終わりますし、私が危険になることもなくなります。パーティーを組むと、こんなに楽になるのだと驚きました。


仮パーティーは三日の予定でしたが、私たちは毎日多くの魔物を狩るようになりました。自然と『仮』が取れて正式な『パーティー』になっていました。

戦闘時間が短いと、休憩《きゅうけい》も少なく済みます。効率がとてもよくなるのです。

私たち三人の『ＳＦＦ』もグングン伸びて九級昇級の基準をクリアしてしまいました。

「よーし、九級になるぞーー！」

「「おーー！」」

アズサの音頭《おんど》に、私とアサミが応えます。

なんというか、もう何年もパーティーを組んでいるような錯覚《さっかく》を覚えるくらい私たちは馴染《なじ》んでいると思えます。

シーカー協会清須支部で昇級試験の手続きをしてから、反省会を兼《か》ねた食事をファミレスで摂《と》ります。

二人と出会うまでファミレスに入ったことはなかったのですが、色々なメニューがあって楽しいですね。それにドリンクバーは飲み物が飲み放題なのだとか。

アズサはコーラなどの炭酸類が好きで、何杯もお代わりします。

アサミはオレンジジュースやリンゴジュースなど炭酸なしの飲み物が好きです。

私はコーヒーが好きですが、せっかく多くの飲み物があるのですから色々飲んでいます。

「今日は戦闘中にいきなり魔物が湧《わ》いて一瞬危なかったけど、事なきを得たわ」

そうなのです。今日は戦闘中にそれまで何もなかった空間に魔物がいきなり現れたのです。ダンジョンの中では、こういった現象がたまに見られます。私たちシーカーが魔物を狩ると、ダンジョンが魔物を補充《ほじゅう》する現象だと言われています。

「一体目はアサミに任せ、二体目を私が受け持つ。そしてミドリが二体目も蔦で拘束した後、私は一体目の攻撃に戻る。いい感じに決まったわ！」

アサミが一体目を引きつけている間に、アズサが二体目を引きつけます。その間に一体目は蔦に拘束されて動けなくなりましたし、二体目もアズサが回避《かいひ》に専念すれば被弾《ひだん》はありません。

私たちの戦いは、三人それぞれができる限りのことをすることで、安定して安全な狩りができます。

「あの二体目はなんであの場所に湧いたのかな？」

アズサの素朴《そぼく》な疑問に、私は答えられません。リオンさんなら答えてくれるでしょうか。フフフ。

リオンさんでもなんでもかんでも知っているわけないですよね。

最近リオンさんにお会いしてないから、寂しいです。毎日でもリオンさんに会いたいのに、なかなか機会がありません。はぁ……。

電話して……そういえば、番号を知りません。もう、私ったら、なんで電話番号聞いてないのよ！

私のバカ、バカ、バカ、バカ、バカ、バカ！　今度お会いしたら、絶対に聞かなくちゃ！

あとがき

こういうことは『あとがき』でよく述べ、ありきたりなのですが、本作品を書籍《しょせき》化できたことを嬉《うれ》しく思います。もちろん、皆《みな》さんの応援《おうえん》があったからこそであり、本当に感謝しています。

本作品は所謂《いわゆる》ローファンタジー物です。ですから、日常生活に関しては現代に近いものになっています。スマホがありテレビがあり電車があるほとんど日本だけど、完全に日本ではない世界観を持った作品になります。

さて、本作品はダンジョンがあり特殊《とくしゅ》能力があり、ダンジョンの内外で起きる出来事を並列で書いているのですが、それが非現実的なものだからこそ物語なのだと作者は考えています。

ダンジョン内では主人公リオンが成長し、さらに新しい力を得ていく。ダンジョン外ではスマートメタル開発と生産過程において重要なポジションにいながら一歩引いたところから親友のヨリミツを応援する。そんな素朴《そぼく》なリオンの生き方を表現している作品だと思っていただけると嬉しいです。

それでは、二巻で再びお会いできることを願い、あとがきとさせていただきます。

大野半兵衛

DRAGON NOVELS
ドラゴンノベルス

いずれは最強の探索者

2025年2月5日　初版発行

著　　者　大野半兵衛《おおのはんべえ》

発 行 者　山下直久

発　　行　株式会社 KADOKAWA
〒102-8177　東京都千代田区富士見 2-13-3
電話 0570-002-301（ナビダイヤル）

編　　集　ゲーム・企画書籍編集部

装　　丁　寺田鷹樹（GROFAL）

D　T　P　株式会社スタジオ２０５ プラス

印 刷 所　大日本印刷株式会社

製 本 所　大日本印刷株式会社

DRAGON NOVELS ロゴデザイン　久留一郎デザイン室＋YAZIRI

●お問い合わせ
https://www.kadokawa.co.jp/（「お問い合わせ」へお進みください）
※内容によっては、お答えできない場合があります。
※サポートは日本国内のみとさせていただきます。
※ Japanese text only

定価（または価格）はカバーに表示してあります。

ISBN978-4-04-075811-4　C0093

◇◇◇

ドラゴンノベルス好評既刊

捨てイヌ拾ったらテイマーになった件

自称・平凡な男子高校生は、強すぎるペットたちと共にダンジョン無双

反面教師　イラスト／チワワ丸

うちのポチは可愛くて最強！　頼れる仲間と楽しいダンジョン配信ライフ！

絶賛発売中

「お前、ウチに来るか？」「わふ！」１匹の子犬を拾ったことで、平凡な高校生・透は世界でも稀なテイマーに覚醒した。憧れのダンジョン探索者として初の冒険で、なんとポチがボスを一蹴。ポチ、もしかして最強!?　実力を見込まれ、有名配信者の久藤明日香にスカウトされた透。配信をすればポチの可愛さと強さに話題が沸騰。日本初のテイマーとして大注目され一躍有名に！最強のペットたちとおくる、無敵のダンジョン配信ライフ！

KADOKAWA

ドラゴンノベルス好評既刊

平和になった世界を巡る旅

生き残った英雄は仲間たちの願いを胸に
人生二度目の旅に出る

白水廉　　イラスト／赤井てら

魔王討伐後の世界をゆっくり旅する、旅情ファンタジー

絶賛発売中

魔王との激闘で一人生き残った剣士ベンゼルは、パーティーの仲間が命を犠牲にして救ったこの世界がどうなったのか確かめようと旅に出た。かつて生き別れた駿馬と再会し、亡き親友の妹を旅の仲間に迎え、ベンゼルは世界のすべてを見届けるため馬車を駆る。たまにトラブルもあるけれど、行く手にはきっと心優しき人々と愛おしい世界が待っている！　亡き仲間の夢を背負う剣士と、彼のために強くなろうと健気に頑張る少女の、驚きと喜びの旅の物語。

KADOKAWA